L'héritage

T. J. Bennett

L'héritage

*Traduit de l'américain
par Julie Guinard*

Titre original
THE LEGACY

Éditeur original
Medallion Press, Inc.

© T. J. Bennett, 2008

Pour la traduction française
© Éditions J'ai lu, 2011

1

Anno Domini 1525, Wittemberg, Troisième duché de Saxe

Allongée par terre, la baronne Sabina von Ziegler écoutait les grattements impatients peuplant l'obscurité. Sentant avancer son ennemi, elle se redressa en sursaut.

— Lève-toi, marmonna-t-elle d'une voix éraillée de ne point servir. Vite. Les chaînes, Sabina, secoue tes chaînes !

En bon petit soldat, elle obéit à ses propres exhortations. Le cliquetis perça à peine la pénombre. Dans le coin du cachot, l'agitation allait croissant. Ses muscles se tendirent.

— Reste calme, reste calme…

Le rat bondit vers sa cheville. Malgré sa résolution, elle cria et lança des coups de pied. Son talon nu heurta quelque chose de solide. Un couinement de rage témoigna de la violence du choc.

— Sale vermine !

Elle distingua vaguement deux yeux vitreux. Un clignement et ils eurent disparu. Les petits pas furtifs battirent en retraite dans l'angle opposé, où, imaginait-elle, l'animal se tenait avec sa bande. Il tenterait à nouveau sa chance plus tard, Sabina le savait. Frissonnante et affamée, elle se laissa glisser le long du mur. Dans son désespoir, elle songea que ce n'était qu'une question de temps. Tôt ou tard, les rats se repaîtraient.

Une larme silencieuse coula le long de sa joue. Elle tendit le bras vers la cuvette, derrière elle, et passa les doigts sur la fine couche d'eau gelée. Elle la brisa, trempa la main dans l'eau glacée et s'aspergea le visage. Un carré de tissu arraché à son ourlet pour s'essuyer tant bien que mal...

Quand elle rendrait le dernier soupir, au moins ce serait le visage débarbouillé.

— Prie, murmura-t-elle. Prie.

Elle joignit les mains en cherchant des paroles de réconfort, mais seule l'invocation du Christ sur la croix trouva son chemin dans ses prières :

Mon Dieu, mon Dieu... pourquoi m'as-tu abandonnée ?

Un crissement de métal l'interrompit.

Elle retint son souffle tandis que le verrou coulissait et que la lourde porte s'ouvrait dans un grincement. La lueur d'une torche éclaira la cellule. Elle se redressa pour affronter son destin avec autant d'orgueil qu'elle le pouvait.

Un homme entra, qui tenait la torche au-dessus de sa tête. Depuis bien des années, Sabina ne le considérait plus comme son père. Le baron Marcus von Ziegler, le *Schenk* de Wittemberg, avait épousé sa mère et adopté Sabina lorsqu'elle avait deux ans à peine. Il était l'usufruitier direct du château von Ziegler, son ancienne demeure devenue sa prison.

Il posa sur elle ses yeux clairs.

— Tu es encore en vie, je vois.

Elle releva le menton avec provocation.

— Oui. Malgré tous vos efforts.

— Quelle âme endurante ! Cela a toujours été ta force, et ma malédiction. Enfin, c'est la volonté de Dieu..., soupira-t-il. Je suis venu te dire que mes recherches ont été fructueuses.

Elle crispa les doigts sur une aspérité du mur, dans son dos.

— *Non*.

— Tu ne seras pas mal lotie, à la vérité. Mieux que tu ne le mérites. Le mariage aura lieu dans deux jours.

Son regard étréci parcourut la mince silhouette.

— Il faudra qu'on te lave. Inutile de faire fuir ton futur mari, après le mal que j'ai eu à le... convaincre d'accepter cette union.

— Plutôt mourir de faim qu'épouser un homme choisi par vous ! lança-t-elle.

Il marcha vers elle et baissa la torche jusqu'à ce qu'elle sente la chaleur hérisser le duvet de son avant-bras. Elle s'adossa au mur et détourna les yeux. Sous le sifflement et le crépitement de la flamme, elle entendit sa voix froide :

— Cela peut s'arranger...

Elle sentit un frisson parcourir tout son corps. Elle avait perdu. Pourtant, une partie de sa volonté refusait de se soumettre. Il en avait toujours été ainsi, entre eux. La gorge nouée, elle s'obligea à parler.

— Je ne désire rien d'autre que l'héritage de ma mère. C'est la seule chose que je suis venue chercher. Promettez-moi de ne pas y faire obstacle, et je disparaîtrai pour toujours.

— Si j'avais voulu que tu disparaisses, j'y aurais veillé il y a longtemps, fit-il sèchement. Mais tu peux encore m'être utile.

Elle soutint son regard froid et calculateur.

— Pourquoi me haïssez-vous ainsi ? Pourquoi refuser de me libérer ?

Un souvenir assombrit les yeux du baron, qui murmura :

— Tu le sais bien.

Sabina se boucha les oreilles ; elle connaissait par cœur la litanie du blâme.

— Je n'ai jamais voulu qu'il arrive malheur à Carl. J'ai imploré votre pardon. J'ai expié. Je vous en prie, ajouta-t-elle en le suppliant du regard. Les dernières volontés de ma mère...

— Oh, oui, ta mère était très intelligente.

À la lueur de la torche, ses yeux scintillaient comme les flammes de l'enfer.

— Trop, peut-être...

Elle battit des paupières sans comprendre.

— Que voulez-vous dire ?

Son regard se fit plus brillant encore.

— Tu as deux solutions : soit tu épouses cet homme, soit tu restes enfermée ici, et nul ne saura jamais ce qu'il est advenu de toi.

Elle secoua la tête.

— Les... les domestiques... quelqu'un parlera.

— Aucun risque. Ils croiront tous que tu es retournée tranquillement au couvent d'où tu es venue. Ou, devrais-je dire, dont tu t'es échappée ? Je suis le seul à savoir que tu es encore ici.

Il approcha son visage du sien, et l'odeur tannique du vin nouveau la fit suffoquer.

— Et je n'ai aucune intention de le révéler.

Sabina se laissa glisser à terre, vaincue. Il se débarrasserait d'elle d'une manière ou d'une autre, mais tant qu'elle respirerait, elle ne devait pas lâcher le fil ténu de l'espoir.

— Je... j'épouserai cet homme, mais promettez-moi de ne pas lui donner le droit de toucher mon héritage. Que cela figurera dans le contrat de mariage. Montrez-moi le document, et je ferai ce que vous me demandez.

— Silence ! Tu n'es pas en position de barguigner.

Ses sourcils grisonnants se froncèrent sur ses yeux couleur de l'acier, si différents des siens, bleu marine. Elle avait hérité cette couleur de sa mère, décédée des années auparavant.

Le baron inclina la tête et la considéra, songeur, à la façon d'un chat face à une souris prisonnière de ses griffes meurtrières.

— Toutefois... je suis d'un naturel conciliant. Si cela peut mettre fin à cette petite guerre entre nous, eh bien soit !

Sabina releva la tête avec surprise.

— Et dans quelques semaines, à ma majorité, vous n'entreprendrez rien pour m'en empêcher ? Vous ne modifierez pas le contrat ?

— Je te promets de ne rien faire d'ici là. Voilà. Es-tu satisfaite ?

Lentement, elle hocha la tête. Elle avait l'impression qu'elle venait de conclure un pacte avec le diable.

La liberté. Après tout ce temps !

Mais quel genre de liberté, au juste ? Et à quel prix ?

Le soleil traversant les vitraux jetait dans l'église un prisme de lumière. Sabina cligna des yeux devant les couleurs dansantes, fascinée. Eu égard au froid et au vent, et au rang de la mariée, le prince-électeur Frédéric le Sage avait donné son accord pour que la cérémonie se déroule à l'intérieur plutôt que sur le parvis de l'église, comme le voulait la tradition. La lumière, après tant de jours passés dans les ténèbres, procurait à Sabina à la fois une douleur physique et une indicible joie. Cependant, les nuages revinrent bientôt éclipser la timide apparition du soleil, dont la promesse s'inclina devant une grisaille tenace.

Une grosse bougie solitaire posée sur l'autel s'éteignit en grésillant et un moine s'empressa de la rallumer. Il fallait que le marié puisse voir sa promise, eût-il souhaité la regarder. Ce qu'il n'avait point fait encore. En vérité, *Meister* Wolfgang Behaim avait tout regardé. Les hommes armés du baron, le pasteur, la porte fermée derrière Sabina. Tout, sauf elle…

Le pourpoint et le haut-de-chausses sombres qu'il portait évoquaient davantage le deuil qu'un événement joyeux. Néanmoins, leur sobriété ne dissimulait pas le corps puissant qu'ils recouvraient. Si ses vêtements semblaient composés d'un tissu plutôt grossier, ils lui donnaient l'altière allure d'un lion rôdant autour d'une proie. Il devait se sentir entravé par les coutures et les manches, alors que sa peau hâlée aurait été plus seyante. Même nu, il devait être superbe.

Sabina sentit le sang monter à ses joues lorsqu'elle se rendit compte qu'elle nourrissait des pensées aussi coupables au sujet d'un homme qu'elle venait de rencontrer.

Le révérend Bugenhagen les déclara unis par les liens du mariage et entama une longue bénédiction. Comme le nouveau mari de Sabina tapait du pied avec une impatience à peine masquée, le pasteur conclut promptement et se tourna vers *Meister* Behaim avec un sourire aimable.

— Si tel est votre plaisir, vous pouvez embrasser la mariée...

Meister Behaim émit un soupir méprisant.

— Ne soyez pas ridicule, dit-il.

Et sur ces mots, il se détourna.

Un vieux serviteur qui, bien que voûté, parvenait à donner une impression de droiture, vint porter à son maître une lourde cape. *Meister* Behaim la jeta sur ses épaules et se dirigea vers la porte, mais il s'arrêta lorsque son domestique s'éclaircit la gorge. Il se rembrunit, puis il regarda autour de lui comme s'il avait oublié quelque chose. Ses yeux se posèrent sur elle, et il la montra du doigt.

— Vous... Venez !

Il s'éloigna, manifestement convaincu qu'elle le suivrait. Elle observa son mari tandis qu'il fendait à longues enjambées la foule des invités. En ce petit matin, le baron avait réveillé de bonne heure les gens de maison pour qu'ils assistent à la procession nuptiale du château von Ziegler jusqu'à l'église du grand-électeur, à Wittemberg. Prêts à le féliciter, les domestiques intimidés s'écartaient à présent sur le passage de *Meister* Behaim.

Sabina grinça des dents devant tant d'impudence. Il n'avait même pas pris la peine d'ôter la couronne nuptiale de ses cheveux détachés, conformément au rituel matrimonial. Il avait tout bonnement tourné les talons en lui donnant un ordre, comme à un chien.

Eh bien, elle ne lui ferait pas ce plaisir !

Les doigts tremblants, elle ôta l'ancestral symbole de fertilité et le laissa tomber à terre. Malgré le regard choqué du pasteur, elle résista difficilement à l'envie de le piétiner.

Elle fulminait. Elle était baronne, tout de même ! Son père adoptif était le *Schenk* de Wittemberg, un échanson de l'empereur en personne. Comment l'insolent *Meister* Behaim, un simple roturier, osait-il la traiter de la sorte ? Elle serra le poing et aperçut le reflet de la bague en or qu'elle portait au pouce. Quand le pasteur avait demandé un gage de leur union, l'expression de *Meister* Behaim avait clairement montré que cela ne lui avait pas traversé l'esprit. Cependant, il n'avait hésité qu'un instant avant de retirer sa chevalière.

Elle prit une profonde inspiration et ravala sa fierté. Les Écritures disaient que la fierté présageait la chute, et elle était bien placée pour le savoir. Son rang ne comptait plus désormais, puisqu'elle était sa femme. Elle formula silencieusement une prière de contrition.

Bien qu'elle fût désormais disposée à obéir, Sabina doutait néanmoins de sa faculté à y parvenir. Pour s'assurer de sa coopération, le baron avait continué à l'affamer et elle n'avait rien mangé ce matin-là. Elle avait l'estomac dans les talons et la tête lui tournait. Aurait-elle seulement la force de suivre son mari au bout de l'allée ?

Meister Behaim atteignit la porte et, en l'ouvrant, il s'adressa à elle.

— Nous devons...

Ses sourcils noirs se rejoignirent lorsqu'il constata qu'elle était à la traîne et qu'il parlait dans le vide. La bourrasque qui s'engouffra dans l'église balaya sur son large front ses cheveux bruns aux reflets cuivrés.

Il la foudroya du regard, puis se tourna vers son serviteur comme pour signifier qu'elle était sous sa responsabilité. L'homme haussa les épaules d'un air éloquent et s'écarta. *Meister* Behaim leva les yeux au ciel, referma la porte et revint sur ses pas.

Sabina examina son mari tandis qu'il avançait dans sa direction d'une foulée calme, mais décidée. Il s'arrêta devant elle, les poings sur ses hanches étroites. Sa mâchoire volontaire, remarqua-t-elle, contrastait de façon frappante avec la courbe sensuelle de ses lèvres. Un nez long pas tout à fait droit mettait en valeur ses yeux d'un vert intense. Elle imagina que lorsqu'il souriait, si toutefois cela lui arrivait, ses yeux devaient se plisser.

Elle s'évertua à résister à l'attirance qu'exerçait sur elle son regard pénétrant. Elle était insensible à ce genre d'homme. Elle l'était devenue à ses dépens, et ne devait jamais l'oublier.

Il contracta un moment la mâchoire avant de parler.

— Rassemblez vos effets. Dites adieu à votre père.

Sans se laisser impressionner, Sabina répliqua :

— Je n'ai rien à rassembler. Ne m'attendant pas à un mariage aussi hâtif, je n'ai guère eu l'opportunité de m'y préparer.

Il fit un geste du menton.

— Où sont vos malles ? Et votre trousseau ?

Elle baissa les yeux sur sa robe.

— Vous l'avez sous les yeux.

Son orgueil ne lui permettait pas d'en dire davantage.

D'un air pincé, *Meister* Behaim considéra sa robe, si peu adaptée à la morsure de l'hiver. C'était un vêtement qu'avait porté sa belle-mère trois ans plus tôt, en été, lors d'un mariage auquel Sabina n'avait pas été invitée. Dans la précipitation, et par souci d'économie, sans aucun doute, on ne lui avait pas fourni d'étole. Seule une fine chemise en coton séparait sa peau du surcot. L'air glacial ne manquait pas de le lui rappeler.

Il la parcourut des yeux et fronça les sourcils, tandis qu'elle soutenait son regard dédaigneux avec un calme qu'elle était bien loin de ressentir.

Bien qu'éblouie par son regard perçant, elle ne détourna pas les yeux. Au bout d'un long, très long moment, il hocha légèrement la tête et recula.

Le baron s'approcha et glissa une main autour du bras de Sabina en un geste d'affection paternelle. Ses doigts ne restèrent qu'un instant, mais, sur ses ecchymoses, ils lui firent assez mal pour lui arracher une grimace.

— Sabina, dit-il, je suis certain que *Meister* Behaim ne tient pas à être importuné par tes petits problèmes domestiques.

Sagement, elle garda le silence.

Meister Behaim les observa tous deux sans rien ajouter.

Ce fut lui qui, cette fois, s'attarda tandis que von Ziegler ouvrait la porte de la chapelle et entraînait presque de force sa fille dans le froid hivernal.

Franz, le vieux serviteur de la famille de Wolf et l'un des rares qu'il pouvait se permettre de garder, vint se placer à ses côtés.

— *Meister* Behaim ?

Wolf se tourna vers lui.

— Au sujet de la jeune dame, dit-il, vous paraît-elle bien-portante ?

— Comment le saurais-je ? grogna Wolf. Je viens de la rencontrer.

Il regarda cependant par la porte ouverte le vent fouetter ses longs cheveux noirs. Ce fut seulement alors qu'il remarqua les cernes bistre sous ses grands yeux bleus, les pommettes trop saillantes sur son visage par ailleurs ordinaire...

À l'exception de sa bouche. Une mèche s'insinua au coin de ses lèvres roses pulpeuses et y resta, mais elle ne sembla pas le remarquer. Il devait admettre que les yeux et la bouche étaient intéressants, mais quant au reste… il poussa un soupir affligé.

— Elle est maigre, constata-t-il.

— Et étrangement pâle, ajouta Franz.

— Sans doute trop fière pour prendre l'air dans la campagne avec nous autres, masses crasseuses.

— Je vous demande pardon, *Meister* Wolfgang, mais en ce qui me concerne, je me suis baigné pas plus tard qu'hier soir, fit remarquer Franz avec un sourire en coin.

Elle était hélas d'une maigreur affligeante, en vérité, se dit Wolf. Lui qui aimait les femmes bien en chair ! Et blondes, aussi, non avec des cheveux noirs comme la nuit. Hélas, qu'importaient ses inclinations quand ce n'était pas lui qui l'avait choisie ?

Franz étouffa un bâillement.

— Dois-je partir devant, *Meister* Wolfgang ? Préparer la maison pour votre arrivée ?

— Dans un moment. J'ai besoin d'un témoin pour terminer ce… cette affaire, avant que nous ne rentrions.

Il n'avait pas encore signé le contrat de mariage. Il devait se voir donner une lettre de change d'une valeur de mille ducats, une fortune qu'il lui aurait fallu une vie entière pour gagner. Il la déposerait chez l'orfèvre dans la semaine, au bénéfice du père de la jeune femme.

De l'argent extorqué... Il sentit le goût amer de la bile dans sa gorge, et soudain l'ironie de la situation le fit sourire. Pour sa participation à cette mascarade, il recevrait de l'argent qu'il ne pouvait dépenser, et une femme qu'il ne pouvait toucher. Il lui jeta un nouveau coup d'œil. Après tout, ce n'était peut-être pas une grande perte. Tout de même, cependant, cette bouche...

Le baron l'attira dehors et lui murmura quelque chose à l'oreille qui la fit pâlir encore – si tant est que cela fût possible. Elle semblait avoir peur. Wolf résista à l'instinct de lui venir en aide. C'était certainement elle qui avait ourdi ce plan en constatant à son retour chez elle qu'elle ne parvenait pas à trouver de mari.

Il secoua la tête. Obligé d'épouser une noble. Et qui plus est, une religieuse ! Même si les réformateurs avaient pratiquement pris le contrôle de Wittemberg, il restait un catholique fidèle, malgré ses inquiétudes concernant la corruption qui gangrénait l'Église. Et ils attendaient qu'il souille une fiancée du Christ ?

Elle n'était pas innocente mais, vierge ou non, elle avait prononcé ses vœux et appartenait à Dieu. Les noces terminées, il la convaincrait de retourner au couvent, où était sa place. Il n'avait aucune envie de risquer l'excommunication alors que l'Église condamnait le mariage des prêtres. Pour l'instant, il était pris au piège.

Seigneur, comment en était-il arrivé là ?

Il savait pertinemment comment, et c'était sa faute. Cependant, sans l'imprudence de son père, et sa bêtise à lui...

Il serra les dents. Franz lui coula un regard et vit sans doute le jeu des émotions troubler le visage que Wolf aurait voulu impassible.

— Je ne voudrais pas me montrer indiscret, *Meister* Wolfgang, mais êtes-vous bien certain que cette union vous est favorable ?

— N'est-il pas un peu tard pour changer d'avis ? ironisa-t-il.

Franz hocha gravement la tête.

— Certes. Mais s'il a été exercé sur vous une forme de contrainte, il se peut que l'on puisse convaincre le concile de dissoudre l'union, dans la mesure où le mariage n'aura pas été… consommé, si vous m'autorisez l'expression. Un mariage forcé n'engage personne, ni au sein de l'Église, ni en dehors.

Wolf serra les poings et se tut, et Franz baissa la voix pour ajouter :

— Et la réputation de la dame, *Meister* Wolfgang ? Nous n'avons pas eu le temps de l'évoquer ce matin. Vous étiez à Nuremberg à l'époque des incidents. Peut-être ignorez-vous…

— Je n'ignore rien de sa réputation. Toute la ville de Wittemberg est au courant.

Il plissa les yeux.

— Désormais, je ne veux plus en entendre parler. Aucun commérage avec les autres. Compris ?

— Bien sûr, *Meister* Wolfgang. Comme il vous plaira, dit Franz en se retirant.

Oui, Wolf connaissait son passé. Neuf ans plus tôt, après avoir ouvert à Nuremberg sa première imprimerie, il était venu en visite, et les ragots allaient bon train dans les tavernes et les comités de bienfaisance.

À seize ans, forte tête et impétueuse, la jeune baronne avait bravé son père pour s'unir en secret à un jeune noble désargenté qui s'était révélé être un coureur de dot. À sa connaissance, il n'avait pas réussi à l'engrosser. Le baron von Ziegler refusant de lui verser une dot, le garçon avait promptement rejeté sa proie, arguant qu'il n'y avait jamais eu de contrat de mariage légal entre eux. Craignant le scandale, von Ziegler avait fini par changer d'avis, mais c'était elle qui n'avait plus souhaité, alors, entériner son union.

À la suite de cela, aucun autre prétendant ne s'était manifesté. Elle avait quitté la ville, déshonorée, et s'était retirée dans un couvent jusqu'à récemment.

Il était temps d'en finir. Wolf s'approcha du baron, qui écarta d'un geste brutal sa fille pour le prendre à part. À voix basse, il lui dit :

— Je sais que vous êtes un homme fort occupé, aussi allons-nous conclure notre transaction ici. Inutile de retourner dans mon château. Voici les documents promis.

Il tendit à Wolf plusieurs feuillets.

— Le contrat de mariage, notre accord sur la transaction financière et les biens.

Wolf les survola, et le baron toussota.

— Je ne suis pas déraisonnable, vous savez. Je patienterai jusqu'à la fin de la semaine pour le reçu. En attendant, votre secret sera bien gardé. Cependant, si je n'ai pas les fonds d'ici là, mes hommes se présenteront à votre porte le lendemain. Avec de quoi forcer la serrure et le magistrat. Et il y aura des rumeurs, ce qui serait préjudiciable à un homme de votre rang.

Wolf releva les yeux. Il eut la satisfaction de voir von Ziegler reculer d'un pas. L'homme croisa les mains dans son dos avec nervosité.

— Je signerai ces papiers, déclara Wolf d'un ton comminatoire. Vous aurez votre argent. Mais si vous faites allusion à ce que vous savez à quiconque, vous ne vivrez pas assez longtemps pour le regretter. M'avez-vous compris ?

— Prenez garde au ton sur lequel vous vous adressez à vos supérieurs, *Meister* Behaim, répliqua von Ziegler sans beaucoup d'assurance. Vous devriez considérer ceci comme un investissement. L'honneur d'un homme de bien est une denrée précieuse, qui vaut son pesant d'or, oserai-je dire. N'êtes-vous point d'accord ?

Sans répondre, Wolf fit un signe à Franz, qui s'empressa de le rejoindre.

— Regarde-moi, ordonna-t-il.

Franz n'était pas autorisé à lire le contrat, mais il se plia consciencieusement à son devoir de témoin pour la signature. Wolf trempa une plume dans l'encrier tendu par un subalterne apparu comme par magie, et signa les deux exemplaires.

Puis il tendit la plume à Franz, qui apposa à son tour son paraphe.

— Puis-je me retirer, à présent, *Meister* Wolfgang ?

Wolf acquiesça de la tête. L'homme du baron répandit du sable sur les signatures et tendit sa copie à chacun, et Franz prit congé. Il ne restait plus qu'à organiser le transfert de l'or.

Le baron leva une main pour montrer l'allée derrière l'église.

— Je vous cède en prime un cheval pour Sabina. Vous voyez que je peux me montrer généreux avec mes amis.

Là encore, Wolf garda le silence, et le baron reprit :

— N'oubliez pas de taire à ma fille notre transaction pour l'instant. Vous savez comme les jeunes mariées sont susceptibles...

Il agita dans les airs une main couverte de bijoux et afficha un sourire carnassier.

— Son cœur tendre risque de se déchirer si elle découvre qu'elle n'est qu'un instrument entre mes mains.

— Elle l'apprendra bien assez tôt, déclara Wolf. Du reste, ce n'est plus une enfant. Elle doit bien savoir qu'on s'intéresse davantage à sa fortune qu'à sa personne.

— Ce sera à vous d'en juger, le cas échéant. Mais croyez-en un homme qui a été marié quatre fois, une femme ignorante ne peut rien contre son mari.

Il eut la témérité de s'esclaffer. Son rire étrange fit frissonner Wolf comme le vent n'avait pas réussi à le faire. Ziegler ajusta son bonnet de velours rouge.

— Fille. Approche ! appela-t-il.

Sabina le rejoignit en traînant les pieds.

— Ma fille, j'ai agi au mieux pour toi. Tu as de la chance que je sois un père généreux et que je ne te renvoie pas là où est ta place. Je t'accorde ma bénédiction, ne serait-ce que par égard pour l'homme que tu épouses. Mais que jamais je ne te revoie devant ma porte. Les conséquences seraient redoutables.

Elle frémit sous la menace implicite. Cette fois, Wolf réagit. Il s'interposa et prit le bras de Sabina, qui tressaillit. Avait-elle peur de lui ?

Il se tourna vers von Ziegler.

— Cette femme est mon épouse. À ce titre, elle n'a plus rien à faire avec vous. Cessez de la menacer !

La jeune femme leva les yeux vers lui. Von Ziegler plissa le front un instant, puis il haussa les épaules. Avec une nonchalance affectée, il les congédia.

— Eh bien, partez ! Et passez une bonne nuit de noces. Dommage que ce ne soit pas la première, ni pour l'un ni pour l'autre…

Wolf se raidit sous l'insulte, et vit Sabina serrer les lèvres. Il ne pouvait pas laisser passer cela. De toute sa hauteur, il se pencha vers le baron, s'assurant de son attention.

— Ne croyez pas en avoir fini avec moi. Jamais. Un jour, quand tout cela sera terminé, nous nous reverrons. Et ce jour-là, nous réglerons *toutes* nos dettes.

Le baron pâlit. Abruptement, il se retourna et s'en alla d'un pas rapide, manquant presque renverser un domestique dans sa hâte de rejoindre son cheval. Ce dernier lui emboîta le pas précipitamment pour l'aider à monter en selle, et le baron s'éloigna sans un regard en arrière. Tous ses hommes s'empressèrent de le suivre et, bientôt, il ne resta plus dans l'église que les jeunes mariés.

— Eh bien, déclara Wolf en haussant un sourcil. Cela signifie, je suppose, qu'il n'y aura pas de banquet de mariage ?

Un léger soupir échappa à Sabina. Sa robe voletait dans le vent tel un drapeau conquis, et elle ferma les yeux.

2

Wolf sentit le poids de lady Sabina contre lui.
— Êtes-vous souffrante ? s'inquiéta-t-il en lui tendant une main.
Elle s'écarta, et Wolf n'aurait pas été autrement surpris d'entendre craquer sa colonne vertébrale lorsqu'elle se redressa.
— Je vais bien. La journée a été longue.
Il plissa les yeux.
— Le coq vient tout juste de chanter.
— Ma vie, alors, a été longue…
Il s'abstint de faire remarquer qu'il avait plusieurs années de plus qu'elle. Ses épaules figées par la lassitude donnaient raison à la jeune femme.
Il trouva le cheval laissé par son père, une haquenée squelettique au dos voûté. Malgré son âge avancé, elle tiendrait suffisamment pour les ramener chez lui.
À Sanctuaire…
Il se sentit un peu ragaillardi malgré son humeur sombre. Il alla chercher son propre

cheval et leur fit remonter l'allée en remarquant les nuages menaçants qui s'accumulaient. S'ils ne se dépêchaient pas, ils essuieraient un gros orage. Il s'approcha de sa femme et lui montra l'animal.

— En selle, dit-il.

Elle redressa les épaules et son regard bleu pénétra le sien sans ciller.

— Est-ce à moi que vous vous adressez ou au cheval ?

Il fronça un sourcil.

— À vous, bien entendu. Je vois mal comment le cheval monterait en selle.

Elle croisa devant elle ses mains tremblantes, mais ce fut d'une voix posée qu'elle reprit la parole.

— *Meister* Behaim, il est d'usage, pour entamer une conversation polie avec quelqu'un, d'employer une formule de politesse. Je me prénomme Sabina. Vous avez la permission de m'appeler ainsi. Ou si vous le préférez, « baronne », ou « madame ». À la rigueur, je suppose que *Frau* Behaim fera l'affaire. Aucune autre proposition ne saurait être acceptable, en particulier s'adressant à une personne de noble ascendance.

Il en resta bouche bée, et elle ajouta en le montrant du doigt :

— Attention, vous allez gober des mouches.

Il referma brutalement la mâchoire et la considéra avec intérêt. Une lueur nouvelle brillait dans ses yeux. Peu d'hommes avaient le courage de lui tenir la dragée haute, et encore moins de femmes. Il recula d'un pas et s'inclina profondément devant elle.

— Si Sa Majesté veut bien se donner la peine, son destrier l'attend, dit-il théâtralement.

— Cela serait tout aussi inapproprié, compte tenu de mon rang.

Il cessa d'être amusé.

— Grimpez donc sur ce destrier...

Sabina trembla sous son ton, mais n'obéit pas.

— ... *madame*, grinça-t-il enfin.

Elle inclina la tête.

— Avec plaisir.

Elle prit appui d'une main sur le pommeau de la selle mais, incapable de se hisser dessus, elle le regarda d'un air consterné.

— Puis-je ? dit-il d'une voix crispée, son désir de l'aider luttant avec son envie de la laisser se débrouiller.

Elle hocha la tête. Quand il la souleva pour la placer en amazone, ses petits seins frôlèrent sa poitrine, et une mèche de longs cheveux noirs effleura sa joue. Avec une indifférence résolue, il la posa sur la selle et entreprit de la mettre d'aplomb. Ses mains s'attardèrent un peu plus que nécessaire sur sa taille minuscule, et il songea que s'il les serrait davantage, ses doigts se toucheraient presque aux extrémités. Il sentit une vague de chaleur le parcourir et, surpris, il lâcha prise. Elle vacilla sur le cheval.

— Mais...

Il la rattrapa avant qu'elle ne tombe et, lorsqu'elle fut de nouveau debout, ses genoux se dérobèrent. Il la maintint entre lui et l'animal, qui tourna placidement la tête.

Il sentait le cœur de la jeune femme cogner contre le sien. Comme il baissait un moment les yeux vers elle, ce fut sa bouche qui, curieusement, retint de nouveau son attention.

Seigneur, c'était une bouche à donner des idées à un homme ! Le péché incarné.

Par tous les saints, que lui prenait-il ?

Il recula et la libéra.

— Ne savez-vous pas tenir sur le dos d'un cheval ? demanda-t-il d'un ton cassant, irrité de réagir aussi bêtement au piège typiquement féminin qu'elle venait de lui tendre en se laissant tomber dans ses bras.

— C'est-à-dire que… la selle a glissé, bredouilla-t-elle.

Les sourcils froncés, il s'agenouilla pour vérifier la bride de la haquenée. La jeune femme fit un bond de côté, plus capricieuse que l'animal. Elle avait dû retenir son souffle, car elle l'exhala soudain d'un coup.

La bride était usée et ne manquerait pas de craquer sous le poids de la cavalière… C'était à prévoir. En lui donnant ce vieux cheval et cette selle inutilisable, von Ziegler avait voulu ajouter l'insulte à l'infamie.

Il la regarda par-dessus son épaule.

— Je suppose que vous ne savez pas monter à cru, Votre Grâce ?

Sa bouche charnue se pinça.

— Non, en effet, je ne sais pas.

Il réfléchit un moment, mais il ne voyait qu'une solution.

— Vous devrez donc chevaucher avec moi, conclut-il en se redressant.

Elle agrandit les yeux, alarmée.

— Je... cela ne sera certainement pas nécessaire. Si ce n'est pas trop loin, je peux y aller à pied.

— Je m'imagine mal à cheval tandis que vous suivriez à pied, or je n'ai personnellement aucune intention de marcher.

Il réprima un sifflement agacé en la voyant se figer devant son ton dur.

— Pardonnez-moi. Sanctuaire se trouve à une demi-lieue d'ici. L'orage gronde. Vous allez attraper la mort. Soit nous utilisons tous les deux mon cheval, soit vous retournez chez votre père... si vous parvenez à le rattraper.

Manifestement, cette solution ne lui plaisait pas non plus. Elle regarda le cheval et pinça les lèvres.

— Comment s'appelle-t-il ? demanda-t-elle enfin.

— Soliman, il s'appelle Soliman, dit-il en essayant de desserrer les dents.

Elle cligna des yeux.

— Vous avez attribué à votre cheval le nom d'un infidèle en maraude ?

— Il m'a donné bien du fil à retordre au début. J'ai trouvé à l'époque que ce nom lui allait bien. À présent, bien sûr, il est doux comme un agneau, la rassura-t-il d'un ton mi-figue, mi-raisin cependant que Soliman piaffait et renâclait. Vous faut-il regarder ses dents et vérifier ses sabots, aussi ? Ou pouvons-nous nous mettre en route ?

Elle émit un petit rire charmant.

— *Meister* Behaim, je souhaite seulement connaître son nom afin que cette bête et moi ne soyons pas des inconnus l'un pour l'autre. Si quelqu'un avait l'intention de me monter dessus, je préférerais lui être d'abord présentée...

Un lent sourire éclaira malgré lui le visage de Wolf.

— Ma foi, c'est bon à savoir. Appelez-moi Wolf, je vous prie.

Elle baissa brusquement les yeux, et il ne fut pas surpris de voir le sang monter à ses joues. Ce qui l'étonnait davantage, c'était de l'avoir ainsi taquinée. Il y avait quelque chose de provocant dans ce petit bout de femme à la volonté de fer.

Elle s'éclaircit la gorge.

— Je me sens l'obligation de vous faire remarquer que ce n'est pas une présentation en règle de la part d'un gentilhomme, déclara-t-elle en saisissant les volants de ses jupes.

— M'avez-vous pris par erreur pour un gentilhomme ? demanda-t-il, amusé.

En guise de réponse, elle leva les yeux vers lui et un sourire fugace éclaira son visage.

— Non.

Ah, une pouliche fougueuse ! aurait dit son grand-père. Mais trêve de balivernes. Se lancer dans une joute verbale avec elle était un luxe qu'il ne pouvait s'offrir, si amusant que cela puisse être. Il pencha la tête en désignant Soliman.

— Si vous le voulez bien... madame ?

Elle hocha la tête et, avançant une main timide, elle s'approcha du cheval.

Elle possédait une grâce certaine, ancrée en elle depuis sa naissance. Bien qu'elle soit maigre et pâle, son élégant port de tête tandis qu'elle examinait le cheval, la délicatesse de son bras tendu, la droiture altière de son dos lui parurent former un tableau charmant. Comment une femme bien née, songea-t-il, incapable de rien hormis de s'occuper d'une domesticité qu'elle ne possédait pas, pouvait-elle ainsi fasciner un homme qui avait travaillé de ses mains pratiquement toute sa vie ?

— Je suis Sabina, et toi Soliman, déclara-t-elle à l'imposant animal. Quel beau cheval tu es…

Elle flatta le poitrail musclé de Soliman, qui frémit d'impatience. Wolf se surprit à penser que son étalon avait bien de la chance…

Elle posa un pied à l'étrier, et il la souleva pour la placer à califourchon. Elle oscilla et se retint au pommeau tandis que Soliman s'agitait, mais elle resta en selle.

Wolf attacha à sa selle les rênes de la haquenée et sauta derrière lady Sabina. En sentant ses frissons délicats à travers sa mince robe de mariée, il ôta sa cape et lui en drapa les épaules sans un mot. Il pressa les cuisses pour signifier au cheval de remuer, et sentit sa passagère tressaillir. Peut-être ce petit geste gentil l'avait-il déconcertée, ou le contact de ses cuisses, prise au dépourvu. Il n'aurait su le dire, mais quant à lui, la souplesse qu'il avait perçue, au lieu de plusieurs épaisseurs de jupons, le surprit incontestablement.

Comme une grosse goutte de pluie lui tombait dans l'œil, il cligna des paupières et leva les yeux vers les nuages noirs.

— Je refuse de considérer cela comme un présage, leur annonça-t-il avant de partir dans le vent.

Le baron Marcus von Ziegler mit pied à terre dans une envolée théâtrale et repoussa le valet venu l'aider. Ignorant le salut pitoyable de la jeune sentinelle de faction, il pénétra d'un pas vif dans le château délabré qui était sa maison. Il se dirigea aussitôt vers le tonnelet se trouvant dans le grand salon et entreprit de se saouler tranquillement.

C'était fait. Du moins, presque.

Il sourit à l'idée de cette orgueilleuse fille mariée à un roturier et devenant une vulgaire *Frau*. Des années plus tôt, la chose l'aurait offensé, mais à présent il voyait cela comme une juste rétribution de tous les ennuis qu'elle lui avait causés. Une imbécile, une bonne à rien. Comment avait-il pu laisser sa mère le convaincre de l'adopter ?

Il sentit le vin apaiser lentement sa tension.

Bon débarras ! Grâce à ce marché, sa réputation, et même sa vie seraient sauvées. Car ce qu'il avait fait, les crimes qu'il avait été forcé de commettre, n'auraient pu être absous sans elle.

Il leva brièvement la tête quand sa jeune épouse, la quatrième baronne du nom, entra dans le salon. Elle le regarda un instant de ses yeux beaucoup trop pénétrants, puis s'assit et prit son ouvrage. Ce n'était pas une jolie femme, mais elle possédait certains avantages.

Il baissa les yeux.

Plus que quelques jours, et nul ne serait au courant des centaines de ducats détournés du trésor municipal ces deux dernières années. Il pourrait tout restituer. Bientôt, son navire arriverait d'Orient, chargé de soies et d'épices, faisant de lui l'homme le plus riche du duché électoral – à l'exception, bien sûr, du prince-électeur lui-même – et lui rendant par là même le rang qui lui était dû.

Cette ridicule rumeur selon laquelle son navire avait fait naufrage n'était que mensonge. Du reste, deux années ne suffisaient pas pour décréter un navire perdu. C'était un voyage périlleux, certes, mais il avait payé grassement le meilleur capitaine du Saint Empire romain pour qu'il se tienne à sa barre. Il avait lui-même mendié, s'était débrouillé tant bien que mal pendant deux ans avec ce qu'il vendait ou volait, se persuadant que la fin justifiait les moyens. Si seulement ce satané conseil municipal n'avait pas décidé de vérifier les comptes du trésor lors de la prochaine réunion mensuelle !

Marcus resserra les doigts autour du pichet. D'un mouvement maladroit, il le remplit de nouveau de liquide pourpre. À ras bord. Le bateau allait rentrer au port, chargé de trésors dépassant ses rêves les plus fous. Et, de nouveau, sa table croulerait sous les victuailles – viandes de choix, vins fins, le meilleur de tout. Encore un peu de patience. Après tout, Dieu lui était venu en aide aux moments les plus critiques, n'est-ce pas ?

Il dévisagea sa femme, concentrée sur ses travaux d'aiguille, puis vida son verre et le jeta sur la table.

— Montez ! Je suis d'humeur festive, aujourd'hui.

Elle durcit un moment le regard, mais se leva docilement. Marcus la suivit avec un sourire satisfait.

3

Ils traversèrent la ville sous la menace de la pluie. Les jambes de Behaim encerclaient celles de Sabina. Elle sentait les muscles saillants de ses cuisses dures comme le bois, sa chaleur qui l'enveloppait, le parfum de son savon, agrumes et bois de santal. Elle frissonna et s'interdit de se frictionner pour se réchauffer.

Ses narines frémirent lorsqu'ils passèrent devant un étal de viande, et l'odeur du gingembre et des clous de girofle fit grogner son estomac. Quelques vendeurs sur la place du marché commençaient à fermer boutique. Il y aurait peu de chalands aujourd'hui, si la lourde humidité de l'air tenait ses promesses.

Elle observa les grandes mains de *Meister* Behaim qui tenaient les rênes. Elles étaient propres, hormis quelques taches d'encre autour de ses ongles courts. Il avait profession d'imprimeur, et faisait autorité dans sa corporation, avait daigné lui expliquer le baron.

Curieux métier pour un homme dégageant une virilité aussi brute ; et dont émanait une puissance palpable bien que contenue ! Elle l'imaginait exerçant une activité plus intrépide, plus aventureuse. Il exerçait un attrait mystérieux, à la manière d'une bête en laisse entre les mains d'un dresseur hésitant. Le bon sens voulait qu'on ne quitte pas des yeux pareil animal. Mais elle ne pouvait pas continuer à le dévisager comme s'il était une attraction de foire, tout de même, sous peine qu'il le remarque. Confuse, elle s'obligea à examiner les rues alentour.

— Votre père s'acquitte bien mal de ses devoirs de noble, déclara-t-il brusquement.

Tirée de ses rêveries, elle suivit son regard et vit le château du baron, au-delà de l'enceinte de la ville, sur une colline dominant Wittemberg. Même à cette distance, on voyait son aile nord, en ruine.

— Les nouvelles fortifications de Frédéric ont rendu les nôtres inutiles pour défendre Wittemberg.

— Il devrait néanmoins entretenir les remparts et le donjon. Ne serait-ce que pour les gens qui y vivent.

Il désigna le mur de la tour nord et ajouta :

— J'ai vu ce mur de près. S'ils étaient attaqués, n'importe qui pourrait pénétrer par là et les égorger tranquillement.

Elle frémit.

— Il ne dépensera strictement rien. Tant qu'il ne sera pas certain que les biens iront à son héritier.

— Que voulez-vous dire ? Tout vous reviendra.

Elle secoua la tête.

— Avez-vous des frères et sœurs ?

— Non, répondit-elle après une seconde d'hésitation.

Il fronça les sourcils.

— C'est donc vous qui hériterez.

Elle poussa un soupir et essaya de lui expliquer la situation.

— Le baron a épousé ma mère et m'a adoptée légalement quand j'avais deux ans. Le titre reviendra bien sûr à tout enfant, adopté ou naturel, qui lui survivra, moi incluse. Cependant, à l'époque où mon arrière-grand-père a reçu le château en tant que *Schenk*, il était écrit qu'il se transmettait en vertu d'un droit de primogéniture. Seul l'aîné des garçons hériterait. Il serait revenu à Carl, le fils naturel du baron, s'il n'était pas mort.

Elle cligna des yeux pour chasser les larmes que suscitait toujours l'évocation de Carl.

— Par conséquent, si le baron a un autre enfant mâle avec son épouse actuelle, c'est à lui que reviendront le titre de *Schenk* et les propriétés l'accompagnant. Cela constitue la plus grande partie de la fortune familiale. À défaut d'héritier, tout ira à mon dernier cousin, à Leipzig.

— Et vous aurez… ?

— Un dixième d'une part de tout actif subsistant.

— Ah…

Il hocha la tête.

— Voilà un homme pragmatique. À quoi bon dépenser de l'argent en fortifications si tout doit revenir à un parent éloigné ?

— Je vois que vous le comprenez bien, ironisa-t-elle.

— Je commence.

Le silence retomba, puis :

— Vous avez évoqué un nom, « Sanctuaire ». Est-ce votre maison ?

— Oui. C'était une ferme, qui a été transformée en un petit presbytère il y a de nombreuses années. Le prince-électeur l'a donnée à mon grand-père en remerciement de services rendus. En bien des occasions, elle m'a servi de sanctuaire.

Il la regarda, et ses yeux émeraude étincelèrent.

— Je protégerai ce lieu à tout prix.

Le message était clair.

Elle soupira, en proie à une lassitude infinie. Pour une fois, une seule, elle aurait aimé ne pas être en guerre contre le monde masculin. Elle aurait aimé détenir le pouvoir sur sa propre vie, que s'arrogeaient des hommes tels que Wolfgang Behaim et le baron. Au moment où elle recevrait son héritage, dans quelques semaines, elle aurait enfin les moyens d'être financièrement indépendante, ce à quoi elle aspirait de tout son cœur.

Avec cet argent, elle fonderait un refuge pour ses sœurs oubliées, d'anciennes religieuses comme elle qui n'avaient nulle part où aller après avoir quitté l'Église. Dans son asile, on serait libre de ses mouvements, et on aurait l'opportunité de gagner sa vie en contribuant au labeur quotidien. Elle sourit en imaginant la ferme de

Mühlhausen qu'elle avait visitée avant d'aller trouver le baron. Le fermier à qui appartenaient les terres était disposé à l'aider. Ce n'était plus qu'une question pécuniaire.

Peste soit du baron qui se dressait entre elle et son rêve ! Bien qu'il ne puisse dépenser son héritage, c'était encore lui qui l'empêchait de le toucher. Elle était décidément trop sotte de n'avoir pas prévu la violente réaction qu'il avait manifestée à son arrivée impromptue.

Saisie d'un vertige, elle s'adossa un instant contre la poitrine solide de *Meister* Behaim.

— Nous sommes arrivés, dit-il froidement.

Elle se redressa alors qu'ils s'engageaient dans un sentier sinueux et tordit le cou pour voir le presbytère. Émergeant de la brume telle une vision irréelle, la bâtisse aux murs couverts de lierre, plus grande que ne l'avait imaginé Sabina, possédait cinq pignons partant dans quatre directions différentes. L'ensemble ne faisait pas plus de trois étages. Les jardins étaient plantés d'une multitude de rosiers dont les branches bien taillées annonçaient un renouveau. Des filets de fumée s'échappaient des cheminées. Leur odeur épicée était chaude et accueillante. L'ensemble fit rêver Sabina d'une chose qu'elle n'avait jamais connue : un vrai sanctuaire.

En observant *Meister* Behaim à la dérobée, elle vit qu'il promenait son regard sur la scène comme pour vérifier que tout était bien tel qu'il l'avait laissé.

La large porte d'entrée principale s'ouvrit et deux hommes sortirent. Le premier ressemblait à *Meister* Behaim, bien que légèrement plus petit.

Il semblait plus proche de l'âge de Sabina que son mari. Comme lui, il avait un visage remarquable, bien qu'il lui manquât l'intensité brute de celui de *Meister* Behaim. L'autre était le vieux serviteur qu'elle avait vu durant la cérémonie.

Meister Behaim mit pied à terre et se tourna vers le jeune homme qui s'approchait.

— Eh bien, lui dit ce dernier, je croyais que Franz devenait un peu gâteux lorsqu'il m'a annoncé que tu revenais avec une épouse ce matin, mais je vois qu'il disait juste. Tu aurais pu nous prévenir tous, tu sais.

Il se tourna vers Sabina. Dans son état, elle méritait à peine l'attention d'un homme, pourtant il lui adressa un sourire charmeur.

— Je suis Peter, dit-il. Le jeune frère du gros balourd. Beaucoup plus jeune...

Sabina lui rendit son sourire. Son visage s'éclaira et il posa une main sur le cœur, comme frappé par une flèche.

— Dieu du ciel, quel sourire ! Où étiez-vous donc cachée pour que mon frère vous déniche le premier ?

Sabina se raidit.

— C'est une longue histoire.

— J'ai le temps, répliqua Peter avec un clin d'œil.

— Et l'impudence, semble-t-il, fit-elle en fronçant un sourcil, ce qui lui valut un sourire épanoui.

Wolf s'interposa.

— Fya n'apprécierait probablement pas une telle audace. Elle considère que vous avez une convention tous les deux.

Peter se frotta l'oreille et adressa à Wolf un regard un peu penaud.

— Fya n'entend rien à ce qui n'est pas mode, robes et bijoux. Cependant, comme elle a un visage angélique, je fais des concessions.

Le vieil homme avança.

— Bienvenue, *Frau* Behaim. Je suis Franz, dit-il simplement, sans autre explication.

Il se tourna vers son maître en désignant ostensiblement l'endroit où elle était assise.

Il n'était pas correct qu'elle reste ainsi à califourchon sur le cheval de *Meister* Behaim, mais que pouvait-elle faire d'autre ? D'autant plus que le sol lui semblait de plus en plus lointain.

Wolf se rembrunit en constatant que le regard du domestique trahissait une pointe de réprobation. Il se gratta la tête. Qu'avait-il encore fait ?

Quoi qu'il en soit, au moins, lady Sabina regardait ailleurs, maintenant. Depuis qu'ils chevauchaient, elle n'avait fait que se retourner pour le dévisager. C'était pour le moins déstabilisant. À croire qu'elle n'avait jamais vu d'homme auparavant.

Il faillit éclater de rire. Bien sûr, elle sortait de neuf ans dans un couvent, ce qui revenait pratiquement au même !

Franz s'éclaircit la gorge.

— *Meister* Wolfgang, j'ai envoyé la *Fräulein* prendre son déjeuner.

— La jeune *Fräulein* ? répéta Sabina.

Wolf leva les yeux vers elle.

— Ma fille.

— Oh. Je vois..., dit-elle alors qu'elle était visiblement désarçonnée.

Peter se tourna vers Wolf. Ses sourcils froncés posaient une question que Wolf fit mine de ne pas comprendre. Il n'avait pas prévenu sa nouvelle épouse qu'elle avait une belle-fille, soit, mais cela ne regardait que lui, n'est-ce pas ?

Lady Sabina frissonna et, alors seulement, Wolf remarqua ses mains aux articulations blanchies crispées sur le pommeau. Quelle négligence impardonnable, même pour lui ! Elle était livide. Mieux valait la faire entrer au plus vite.

— Permettez-moi de vous aider à descendre, dit-il en s'approchant.

À cet instant précis, les nuages crevèrent et, en quelques secondes, ils furent trempés. Lady Sabina leva vers lui un regard surpris, et ce mouvement sembla avoir raison d'elle.

— Pardon, murmura-t-elle en fermant les paupières.

Et, pour la deuxième fois de la journée, elle tomba de cheval, juste dans les bras tendus de Wolf. Il la rattrapa habilement et contempla sa silhouette inerte.

— Lady Sabina !

Elle ne répondit pas. La pluie battante aplatit ses cheveux et coula de son nez sur le visage de sa femme, qu'il s'efforçait d'abriter. Il examina les cils noirs courbés sur sa peau d'une pâleur mortelle.

— Qu'a-t-elle donc ? demanda Peter.

— Je n'en sais rien, mais cela ne s'arrangera pas en restant sous cette pluie glaciale. Franz, ouvrez la porte.

Il obéit d'un bond et Wolf franchit le seuil, la jeune femme dans ses bras.

— Eh bien, nous aurons au moins respecté une tradition, ironisa Peter en le suivant dans la maison.

Dans l'entrée, Wolf ôta des épaules de lady Sabina sa cape ruisselante, la laissa tomber à même le sol et porta la jeune femme dans le salon, où il la déposa devant la cheminée. Au moins, cette pièce gardait un peu du confort qu'avait connu la maison à son origine, avant que son père soit contraint de se défaire des meubles, les uns après les autres. Il écarta les cheveux de lady Sabina de son visage. Le feu qui crépitait dans l'âtre aiderait les mèches épaisses à sécher, espérait-il. Il entendit à peine Peter donner des ordres à la gouvernante.

La baronne était menue, bien qu'elle possédât quelques rondeurs bien placées. Son absence de vêtements de dessous était rendue flagrante par l'humidité. Il remarqua malgré lui les deux globes saillant sous la cotte. Hâtivement, il tira sur ses épaules une couverture en fourrure usée jusqu'à la trame, moins par pudeur qu'à cause de la curiosité soudaine et intense qu'il avait de connaître sa silhouette. Vaguement honteux d'être capable d'une telle réaction face à une femme inconsciente, il remonta la couverture sous son menton.

Peter, qui apprenait la médecine et la philosophie à l'université de Wittemberg avec le médecin particulier du prince-électeur en personne, entra dans la pièce, une assiette en étain poli à la main. Il s'agenouilla pour l'approcher du visage de la jeune femme, et de la buée apparut sur l'étain : elle respirait. Il palpa ses aisselles et son cou, puis souleva brièvement ses paupières. Enfin, il appuya une paume sur son front.

— A-t-elle de la fièvre ? interrogea Wolf.

— Non. Pas de sueur excessive non plus, apparemment. Pas de boutons. Aucun symptôme de peste, Dieu merci.

Wolf relâcha le souffle qu'il n'avait pas eu conscience de retenir. La peste n'était pas un souvenir si lointain, en ces contrées. Qu'aurait-il fait si le baron von Ziegler lui avait donné une épouse risquant d'infecter sa maison avec cette maladie mortelle ?

— Qu'a-t-elle, alors ?

Peter secoua la tête, perplexe.

— Peut-être est-ce le froid ?

Ses mains étaient glacées. Wolf essaya de les réchauffer en les frottant. La chaleur la gagna peu à peu et un semblant de couleur revint sur ses joues.

Il vit sa bonne Béa qui attendait, une pile de serviettes entre les mains.

— Votre frère dit que vous êtes trempé, *Meister* Wolf. Tenez, il y a de quoi tous vous sécher.

Elle lui tendit les serviettes en regardant la silhouette alitée.

— Pauvre petite…

Wolf retira son pourpoint et sa chemise et se frictionna vivement. Peter en fit autant. Puis il passa la main dans ses cheveux pour les peigner, sans cesser de regarder lady Sabina.

Il fallait qu'il la réchauffe. Avec sa masse de cheveux mouillés, c'était difficile. À l'aide d'un linge propre, il lui épongea la tête tant bien que mal. Au bout d'un moment, elle gémit, les yeux toujours clos. Il s'immobilisa brusquement, submergé par un sentiment soudain d'intimité.

— Tenez, Béa, peut-être vaut-il mieux que vous...

Il lui tendit le linge, impuissant.

— Bien sûr, *Meister* Wolf.

Elle prit la serviette et frictionna avec vigueur la tête de la jeune femme. Tout ce que faisait Béa, elle le faisait avec vigueur. C'était une femme solide, d'ascendance viking manifeste, aux joues roses et à la voix de stentor. Elle rappelait à Wolf les guerrières légendaires, les Valkyries.

Quand elle eut terminé, il demanda :

— Préparez du vin chaud et apportez-le-nous. Je crains qu'elle ne soit transie jusqu'à la moelle.

Béa obéit, et revint avec un gobelet plein d'un liquide fumant, dont l'odeur épicée de cannelle embaumait.

Il fit signe à son frère de l'aider et Peter lâcha sa serviette pour s'agenouiller à côté de Sabina. Il glissa un bras sous son corps et la hissa pendant que Wolf portait le vin à ses lèvres. Elle dodelina de la tête, puis elle fit l'effort de se redresser.

D'une voix douce, Wolf lui dit au creux de l'oreille :

— Madame, j'ai du vin pour vous. Pouvez-vous le boire ?

Ses paupières papillonnèrent et il fut frappé une fois de plus par le bleu intense et velouté de ses yeux. Après avoir entendu ce qu'il prit comme un murmure d'assentiment, il posa doucement le gobelet contre la courbe généreuse de ses lèvres. Elle avala une gorgée. Toutes les épices affluèrent sur sa langue, et elle ferma les yeux en soupirant, avant d'incliner le récipient et de boire de longues gorgées avides.

Peter haussa les sourcils avec un vif intérêt. Impressionné par la sensualité candide de la jeune femme, il décocha à Wolf – qui n'y semblait pas insensible, lui non plus – un regard appréciateur.

Elle but si vite qu'un filet de vin coula sur son menton jusqu'à sa gorge. Wolf eut soudain une envie folle de lécher les gouttes sur sa peau ivoire. Une jalousie irrationnelle le saisit soudain à la pensée de son frère encore torse nu tout près d'elle.

Effaré par sa réaction, il refréna ses pulsions. Cette femme était malade, nom d'un chien ! Il la connaissait à peine. Et elle était maigre comme un clou. Que lui arrivait-il donc ?

Elle toussa soudain, et s'étrangla. Peter lui donna des tapes dans le dos. S'il continuait ainsi, elle n'allait pas tarder à tout régurgiter...

— Avalez lentement, vous allez vous rendre malade, dit-il d'une voix douce.

Sa respiration ralentit. Elle sembla se ressaisir au prix d'un effort de volonté qui lui fit trembler les doigts mais, lentement, ses yeux se révulsèrent de nouveau. Inconsciente, elle desserra ses mains autour du gobelet.

Wolf le prit et le posa. Un soupçon lui traversa alors l'esprit, lui faisant envisager une intrigue à peine concevable. Avec détermination, il écarta la couverture et, dissimulant le corps de la jeune femme à la vue des domestiques, il essaya de remonter sa manche. Le tissu mouillé ne bougea pas.

Surpris, Peter le regarda.

— Euh... Wolf ?

Wolf dénoua les rubans qui attachaient la manche au pourpoint de la jeune femme. La manche glissa... révélant un cercle de marbrures violacées autour du poignet.

— Miséricorde..., murmura-t-il.

Peter prit une violente inspiration, et ils fixèrent tous deux la peau meurtrie. Wolf avait déjà vu ces traces sur des prisonniers que l'on faisait défiler dans les rues, mais jamais sur une dame de la noblesse. D'autres hématomes, plus haut sur son bras, trahissaient également des mauvais traitements.

Dieu tout-puissant, qu'avait-elle enduré ? Qui pouvait infliger cela à une dame ? Son instinct protecteur se réveilla ; le besoin de la défendre, de retrouver et d'étriper l'animal responsable d'un tel méfait, était irrésistible.

Elle gémit, distrayant son attention. Elle se réveillait. Rapidement, il refit le nœud de sa manche et la couvrit de nouveau. Le regard silencieux qu'il décocha à Peter coupa court à toute autre réflexion pendant qu'ils attendaient.

Wolf remarqua les gouttes de vin sur son menton et son cou. Il les tamponna avec un linge jusqu'à ce que ses doigts touchent accidentellement sa mâchoire. Sans réfléchir, il caressa lentement la tendre colonne de son cou. Il s'y attarda un instant fugitif jusqu'à ce qu'elle ouvre deux grands yeux alarmés. Bien réveillée, elle se redressa précipitamment.

Wolf ôta vivement sa main, qu'il contempla comme si elle appartenait à quelqu'un d'autre. Croisant son regard, Peter fit une moue amusée :

— Voulez-vous que je vous laisse en tête à tête ? chuchota-t-il.

— Tais-toi, Peter...

Sa peau le picotait toujours à l'endroit où elle avait touché celle de la jeune femme, comme s'il l'avait approchée trop près d'une flamme.

Il posa les yeux sur les mains de son frère, qui soutenait toujours les frêles épaules de Sabina, jusqu'à ce que Peter comprenne, réprime un sourire entendu et la laisse s'asseoir toute seule.

Wolf la regarda en essayant de se concentrer.

— Madame, à quand remonte votre dernier repas ?

Elle le fixa des yeux, qu'elle arrondit en voyant son torse nu. Puis elle se tourna vers Peter et, tout aussi vite, reporta son regard sur Wolf. Elle s'éclaircit la gorge et scruta un coin de la pièce.

— Un vrai repas ? articula-t-elle laborieusement. Je n'en sais trop rien. Un jour de sabbat, je crois.

Franz revint, ses vêtements changés, et se tint sans rien dire à la disposition de ses maîtres. Wolf donna le vin à Sabina, dont les doigts ne tremblaient que légèrement quand elle le porta à ses lèvres.

— Nous sommes mercredi, objecta-t-il. Êtes-vous en train de me dire que vous n'avez pas mangé depuis trois jours ? Quelle était la date de votre dernier repas ?

Elle essaya de réfléchir, tout en avalant une nouvelle gorgée.

— Le 3 de ce mois ? suggéra-t-elle.

Béa serra son tablier sur son ample giron.

— Le 3 ! Mais nous sommes le 16 !

Ils se mirent tous à parler en même temps, et Wolf siffla pour intimer le silence. Sabina promena son regard sur eux, surprise.

— Vous n'avez pas mangé depuis près de deux semaines ? Pourquoi donc ? Jeûniez-vous ?

Il avait besoin de savoir, besoin de confirmer ses pires craintes, bien que la réponse ne fît guère de doute.

— Non, dit-elle lentement, comme si elle se demandait quelle part de vérité lui révéler.

Elle baissa les yeux. Et, enfin, elle répondit :

— Le baron... refusait de me donner autre chose qu'un peu de gruau chaque jour, jusqu'à ce que j'accepte de...

Elle se tut et tira un fil de la couverture d'un ongle cassé.

— ... jusqu'à ce que vous acceptiez de vous marier ? devina-t-il.

— Oui.

Le silence emplit le salon. Elle avait l'air de compter les briques sur le mur opposé.

Et lui qui avait trouvé insupportable la pression exercée sur lui ! Les éléments commençaient à s'agencer dans son esprit...

Elle se mordit la lèvre et termina :

— Ce n'est pas si long. Notre Seigneur est resté sans manger pendant quarante jours dans le désert. Au moins, j'avais de l'avoine. Presque tous les jours.

Wolf jura dans sa barbe. Elle était soit idiote, soit courageuse, or elle ne semblait pas manquer d'esprit. La plupart des femmes nobles qu'il connaissait, et Dieu merci elles étaient peu nombreuses, auraient fondu en larmes en se voyant privées de dessert. Pourtant, si elle disait la vérité, celle-ci avait survécu longtemps avec si peu... Bien malgré lui, il sentit naître en lui un profond sentiment de respect pour cette femme forte et déterminée.

Peter retrouva enfin sa langue.

— Wolf, dit-il, quelle est donc cette histoire invraisemblable ? Tu aurais pu choisir n'importe quelle femme de la région. Pourquoi en prendre une que son père a dû battre pour l'obliger à t'épouser ?

Wolf jeta un œil vers les domestiques, puis sur Peter.

— Je t'expliquerai cela plus tard, murmura-t-il.
— Je l'espère, en effet.

Se tournant vers Béa, Wolf demanda :

— Apportez du pain. Et quelque chose de léger si possible. Franz... ?

Le vieil homme se redressa dès que Wolf se tourna vers lui.

— Préparez un bain chaud pour la baronne, je vous prie. Elle est toujours frigorifiée, cela l'aidera à se réchauffer.

Franz hocha la tête, mais il hésita lorsque la gouvernante apporta le pain.

Toujours agenouillé au chevet de Sabina, Wolf lui tendit la miche entière, qu'elle porta à sa bouche avec voracité. Elle s'interrompit, baissa la tête et fit le signe de croix sur le pain avant de commencer à le dévorer. Béa s'empressa d'aller réchauffer un peu de ragoût, sans cesser de marmonner.

Lady Sabina ferma les yeux, mastiqua et poussa un soupir de pur plaisir sensuel. Lorsqu'elle déchira une nouvelle bouchée avec ses dents, quelques miettes restèrent accrochées à sa lèvre inférieure. Machinalement, Wolf y passa le pouce pour les déloger. Elle cessa de mâcher. Leurs regards se croisèrent.

Une tension ardente pénétra l'instant, et s'étira langoureusement entre eux. Wolf sentit toutes ses sensations s'amplifier : il entendit son souffle court, vit les muscles de sa gorge remuer quand elle avala enfin, observa le mouvement de ses seins au rythme de sa respiration...

Comme si l'orage avait frappé la maison et chargé la pièce d'une soudaine électricité, tout, autour de lui, reflua. Les bruits se turent. Toute activité cessa. Il baissa les yeux. Il ignorait comment la main de la jeune femme s'était trouvée dans la sienne, mais il n'était pas plus capable de la lâcher que d'empêcher la pluie de tomber.

Il fronça les sourcils.

Que diable lui arrivait-il ? Il reporta les yeux sur elle et les étincelles brûlantes qui fusaient entre eux lui donnèrent l'impression d'être soudain mis à nu. Les paupières de Sabina s'abaissèrent tandis qu'elle contemplait sa bouche. Elle s'humecta la lèvre sans y penser, à l'endroit précis où l'avait touchée son pouce. Le cœur de Wolf cessa un instant de battre, avant de reprendre son rythme effréné. Avec une lucidité absolue, il comprit qu'elle se demandait ce que cela devait faire d'être embrassée par lui. Il s'apprêtait à le lui montrer lorsque, quelque part dans les confins de son esprit, il entendit un toussotement discret.

Il cligna des yeux. Les bruits se frayèrent à nouveau un chemin jusqu'à son cerveau, le crépitement de la pluie, son propre cœur, battant à tout rompre. Puis il comprit que Franz essayait d'attirer son attention depuis un moment. Wolf avait oublié toutes les autres personnes présentes. Lâchant la main de la jeune femme, il revint à la réalité, sans arrêter de batailler contre le farouche élan de désir qu'elle lui avait innocemment inspiré.

Il arracha son regard à celui de Sabina et vit Peter qui le considérait également avec curiosité. Wolf se leva.

— Qu'y a-t-il ? demanda-t-il à Franz en s'efforçant de maîtriser son impatience.

— *Meister* Wolfgang, où désirez-vous que j'installe le bain ? Les chambres sont presque prêtes, mais je ne savais pas quelles seraient… vos préférences ?

Franz, comprit-il, lui demandait avec délicatesse si sa nouvelle femme, qu'il connaissait à peine, dormirait dans son lit ce soir.

4

Wolf leva un doigt pour réclamer du temps. Il avait besoin de reprendre ses esprits.

— Un moment, dit-il à Franz avant de s'éloigner.

Il remarqua des chemises propres sur la pile de linge apportée par Béa, en enfila une et en lança une autre à Peter.

Il n'avait pas beaucoup réfléchi à ce qui se passerait après la cérémonie nuptiale. En vérité, il avait été convaincu qu'il renverrait lady Sabina à son cloître à la première occasion. S'il s'était agi d'un mariage ordinaire, elle aurait, bien entendu, partagé sa couche en cette nuit de noces. Il lui aurait même vraisemblablement offert un cadeau le lendemain, dans la mesure où elle l'aurait convenablement satisfait. Cependant, il ne s'agissait nullement d'un mariage ordinaire, et il n'avait pas l'intention de coucher avec elle.

Une période d'abstinence était de rigueur après un deuil. On ne manquerait pas de colporter des ragots sur la précipitation de son mariage si tôt après la mort de son père, mais personne ne croirait qu'il honorait sa femme alors qu'il le pleurait encore. Il avait pensé, par conséquent, qu'il serait naturel de la renvoyer dans son couvent et de l'inciter à prononcer à nouveau ses vœux, ce qui le libérerait des siens. Il comprenait à présent qu'il valait mieux ne pas la congédier tout de suite. Elle avait besoin de repos, de nourriture, de sécurité.

Il lui resterait à convaincre le concile qu'il n'avait pas consommé le mariage, sans s'étendre sur les circonstances, et à solliciter une annulation.

À condition qu'il ne cède pas à l'attirance qu'il éprouvait pour elle. Car un enfant risquerait d'être conçu et il serait contraint de la garder auprès de lui. Il n'avait pas imaginé que tout cela puisse poser un problème. Jusqu'à présent...

Ah, Beth, demanda-t-il silencieusement à l'esprit de sa bien-aimée qui l'habitait toujours, *que dois-je faire* ?

Il jeta un nouveau coup d'œil en direction de lady Sabina. Les mains serrées autour de la miche de pain, elle regardait dans le vague. Il aurait été incapable de dire pourquoi elle l'émouvait à ce point. Il aurait préféré ne pas en discuter devant Peter, qui attendait sa réponse avec une vive curiosité.

Wolf se tourna vers Franz.

— Installe mon épouse dans la chambre située face à la mienne, ordonna-t-il.

Ainsi, il pourrait garder un œil sur elle tout en échappant à la tentation.

— Et dis à Béa de lui monter un plateau.

— Oui, *Meister* Wolfgang. Il sera fait selon vos souhaits.

Le serviteur se retournait, lorsque Wolf se rappela soudain quelque chose.

— J'oubliais... Il y a eu un problème avec les malles de la baronne, et elle n'a aucun effet avec elle. Que Béa lui trouve des vêtements !

Sa robe était abîmée, elle n'allait tout de même pas se promener en tenue d'Ève...

Cette image fit aussitôt naître un flot d'images qu'il s'efforça de chasser de son esprit.

Franz s'inclina.

— Bien sûr, *Meister* Wolfgang. Je m'en occupe.

Il s'éloigna silencieusement.

Wolf remarqua que Sabina recommençait à manger.

Soudain, Peter l'attira dans un coin.

— Bien joué ! Tu t'es débarrassé des domestiques, qui auront probablement tout compris, mais peu importe. Quant à moi, je suis perdu... *Baronne* Sabina ? Dois-je en déduire qu'il s'agit de la fille prodige du baron von Ziegler ?

Wolf acquiesça de la tête, la mâchoire contractée.

Peter relâcha son souffle et repoussa des mèches de son front d'une main impatiente.

— Wolf, nom d'un chien, quelle idée ! Cette jeune femme est noble ! Et si mes informations sont bonnes, elle ne vaut pas mieux que...

Le regard glacial de Wolf ne parvint pas à l'interrompre.

— Je veux dire, sa réputation est entachée par le scandale. Et l'épouser à peine un mois après l'enterrement de notre père... quelle mouche t'a donc piqué ?

— Fais-moi confiance, dit doucement Wolf.

Peter lui jeta un regard peu amène.

— Tu es mon frère, dit-il enfin, et le chef de famille. Tu as le droit d'agir comme bon te semble. Mais si tu sèmes les ennuis sous ce toit, j'ai le droit de le savoir. Or mon instinct me dit que tel est le cas.

Wolf posa une main sur son épaule.

— Tu t'inquiètes, et je le comprends. N'aie crainte. Notre famille est sous ma responsabilité. J'ai toujours protégé ce qui m'a été confié, et je continuerai.

En une occasion, il avait été à deux doigts de ne pas le faire, et le silence qui se fit entre eux en dit long. Bien sûr, son frère était trop prudent pour soulever le sujet. Il n'avait jamais reproché à Wolf ce qui s'était passé longtemps auparavant, après la mort de Beth. Peter ignorait ce qui était arrivé à leur père...

Et il ne le saurait jamais, se promit Wolf. C'était à lui de porter le fardeau, et il le ferait. Aucun de ses frères et sœurs n'en saurait jamais rien. Rien ne l'empêcherait de s'amender pour n'avoir pas sauvé son père alors qu'il en avait eu l'occasion.

Wolf regarda Sabina, par-dessus l'épaule de Peter. Elle était encore pelotonnée devant le feu, sa miche de pain à la main.

— Et en l'épousant, tu comptes atteindre ce but ?

Wolf sursauta. Peter avait-il lu dans ses pensées ? Puis il comprit qu'il poursuivait simplement la conversation. Il hocha la tête, peu enclin à en discuter.

— Fort bien, déclara Peter. Je pense que tu fais ce qui est juste.

Il se gratta le menton.

— Mais je me demande ce que ma très conventionnelle Fya dira en découvrant que mon frère a épousé l'une des femmes les plus célèbres de Wittemberg.

Wolf grimaça.

— Oh, tes oreilles vont chauffer, pas de doute. Je te présente d'avance toutes mes excuses. Mais les autres solutions étaient bien pires, crois-moi.

Il tendit la main à son frère en gage de paix.

Peter la serra entre les siennes et ses yeux pétillèrent.

— Je te fais confiance, mais j'espère bien connaître le fin mot de l'histoire dès que possible. Si je dois souffrir de tes choix, que je sois au moins le premier à être mis au courant des détails choquants !

— Très bien, dit Peter. Et si tu le veux bien, je vais rester ici tant que l'orage ne se sera pas calmé. La dernière fois que j'étais à cheval sous un orage, j'ai failli être frappé par la foudre. Il paraît que c'est un incident de cet ordre qui a convaincu Martin Luther de devenir moine. En ce qui me concerne, je crains de faire un piètre religieux. L'abstinence n'est pas mon fort...

— En effet, dit Wolf avec un petit sourire. Reste. Cette maison est devenue davantage la tienne que la mienne, ces dernières années. Tu n'as jamais à me demander si tu y es le bienvenu.

— C'est que... je ne suis pas complètement obtus, répondit Peter avec un grand sourire. C'est tout de même le jour de ton mariage, ton épouse et toi avez sans doute envie d'un peu de tranquillité.

— Compte tenu de l'état de ma femme, je crois que ce ne sera pas utile.

Il jeta un coup d'œil vers Sabina, plus troublé qu'il ne voulait bien l'admettre.

— Du reste, je ne sais pas exactement ce que j'ai l'intention de faire d'elle, pour l'instant.

— Hmm, j'ai deux ou trois idées à te soumettre, si tu veux..., suggéra Peter en haussant les sourcils de façon comique.

— Tais-toi, Peter, soupira Wolf, avant d'aller rejoindre sa nouvelle épouse.

Pendant que les deux frères devisaient posément dans leur coin, Sabina perçut leur camaraderie. Bien qu'elle ne puisse entendre leur échange, elle sentait l'affection qui les liait. Elle pensa à Carl, mort depuis longtemps, et une boule se noua dans sa gorge. Elle posa le pain sur ses genoux et ravala des larmes silencieuses.

Peter se tourna vers elle, lui adressa un sourire encourageant, bien qu'hésitant, et quitta la pièce. *Meister* Behaim, Wolf, comme il s'était présenté, revint aussitôt vers elle.

— Ne craignez rien, lui dit-il doucement. Personne ne vous fera de mal tant que vous serez sous ma protection. Personne ne vous obligera à faire quoi que ce soit si vous n'en avez pas envie. Me comprenez-vous ?

Elle fit signe que oui.

— Merci, *Meister* Behaim. Je crois que je comprends.

Il avait peut-être mal interprété sa mélancolie, mais son message était clair : il ne la forcerait pas à partager le lit conjugal, du moins pas ce soir. C'était charitable de sa part, d'autant plus qu'il détenait à présent toute autorité sur elle. Comme elle se rappelait le regard brûlant qu'ils avaient échangé, elle rougit, et s'obligea à garder son sang-froid. Wolf n'était qu'un homme. Elle ne pouvait pas lui faire confiance.

Pourtant... il y avait en lui une bonté bourrue ; il semblait l'exprimer à son corps défendant, comme si cela provenait de quelque source profonde enfouie en lui, et où il ne puisait que très rarement.

Sans réfléchir, elle lança :

— Pourquoi m'avez-vous épousée ?

Devant son expression choquée, elle s'en voulut aussitôt.

Au bout d'un moment, il répondit avec circonspection :

— Pour les raisons habituelles, je présume.

Qu'est-ce que cela signifiait ?

Elle se rappela les allusions du baron, qui avait dû « persuader » cet homme de l'épouser. Or elle connaissait ses méthodes pour en avoir elle-même été victime.

— Quel moyen de pression exerce-t-il sur vous ? demanda-t-elle abruptement.

Il haussa un sourcil noir. Malgré sa rudesse, c'était un geste d'une gracieuse élégance.

— Qui donc ?

— Le baron. Qui d'autre ? Comment a-t-il pu vous faire commettre un acte qui vous est si manifestement odieux ?

Il croisa les bras.

— Je ne comprends pas.

— Vous ne vouliez pas vous marier.

— Ah non ?

— Cela crevait les yeux, voyons.

Il pencha la tête.

— Croyez-vous vraiment ?

— Allez-vous cesser de répondre à mes questions par d'autres questions ? se plaignit-elle.

— Est-ce donc ce que je fais ?

L'humour faisait briller sa prunelle, mais il détourna les yeux. Sans doute pour éviter le regard furibond qu'elle lui adressait à présent.

Il marcha de long en large tandis que, réduite à un silence frustré, elle le suivait des yeux malgré elle. Lorsqu'il se retourna subitement et lui lança un regard pénétrant, elle fut gênée d'être surprise à l'observer.

— Je vais vous poser la même question. Le baron vous a menacée, à l'église. Pourquoi ? Quel moyen de pression exerce-t-il sur *vous* ?

— Cela fait deux questions, dit-elle en essayant de trouver une réponse.

Il haussa de nouveau les sourcils, mais sans insistance.

Elle ne pouvait pas se confier à lui. Elle avait sa copie du contrat de mariage dans les replis de sa robe. Qu'avait pensé *Meister* Behaim de cet accord en en prenant connaissance ? Connaissait-il la valeur de son héritage ? Il ignorait certainement ce qu'elle comptait en faire. Mieux valait donc éviter le sujet.

Sabina se frotta les tempes.

— Pourrions-nous en discuter plus tard ? Je suis affreusement fatiguée.

Il hocha la tête, mais ses yeux signifiaient qu'il n'était pas dupe.

— Franz est en train de préparer votre chambre. Elle sera prête sous peu. Terminez votre pain.

Il recommença à arpenter la pièce.

— Vous étiez au couvent. Pourquoi être revenue chez vous ? demanda-t-il d'un ton vaguement accusateur.

Elle déglutit péniblement.

— J'avais mes raisons.

— Êtes-vous partie de votre plein gré ? insista-t-il.

Elle faillit laisser échapper un rire, mais se retint à temps.

— Assurément ! Je me suis enfuie comme si j'avais les hordes de l'enfer aux trousses.

Cette fois, il haussa les deux sourcils.

— Je vois...

Il continua à marcher.

— Votre vocation a-t-elle changé ?

— Non.

En vérité, cet homme-là aurait pu être avocat, tant il se montrait tenace.

— Et pourquoi avoir choisi un cloître, au départ ?

— Ce n'est pas moi qui l'ai décidé. Le baron me l'a imposé. Au bout d'un temps, j'y ai trouvé un certain réconfort, mais ces dernières années la situation a changé.

Il s'arrêta devant elle.

— Qu'est-ce qui a provoqué ce changement ?

— Des tas de raisons…

— Nommez-m'en une, je vous prie.

— Peut-être ai-je découvert que je n'avais pas reçu le don du célibat ? plaisanta-t-elle.

Elle faisait allusion, bien sûr, à l'apôtre saint Paul, qui pensait que ceux qui avaient la faculté de s'abstenir de se marier avaient reçu ce don de Dieu lui-même.

Elle crut l'entendre marmonner :

— Comme c'est curieux ! Je n'ai aucun mal à le croire.

Il se remit à faire les cent pas.

— Y a-t-il… une autre raison ? demanda-t-il par-dessus son épaule.

À l'évidence, elle ne parviendrait pas à éviter la confrontation.

— J'en suis venue à penser que l'Église était dans l'erreur sur nombre de sujets concernant le clergé.

Il s'immobilisa.

— Êtes-vous une adepte de la Nouvelle Foi ? demanda-t-il avec une apparente consternation.

C'est ainsi que les partisans de Martin Luther avaient baptisé leur vision réformée du christianisme. Lorsque le professeur Luther enseignait à l'université de Wittemberg, il avait placardé sur la porte de l'église ses « Quatre-vingt-quinze thèses » dénonçant la pratique des indulgences. Ces thèses furent par la suite reprises et imprimées en allemand afin que chacun puisse les lire et en débattre. Les idées de Luther s'étaient répandues à la vitesse de l'éclair jusqu'au sein des couvents et des cloîtres. Depuis, le prince-électeur de la région, Frédéric, s'opposait au pape au sujet de Luther, et parfois même à l'empereur lui-même.

Elle essaya de formuler une réponse pertinente, ne sachant trop dans quel camp se trouvaient les intérêts de cet homme devenu son mari.

Wolf poussa un soupir en entendant sa réponse. Il s'approcha du feu et saisit un tison pour remuer les bûches qui flambaient dans l'âtre. Les flammes se ravivèrent docilement, et il contempla la danse du feu, une main posée sur le manteau de la cheminée.

Non seulement c'était une aristocrate et une ancienne religieuse, mais il fallait en plus qu'elle soit une adepte de Martin Luther ? Les chances qu'il avait de la convaincre de prononcer de nouveau ses vœux s'amenuisaient.

Certaines familles ne s'embarrassaient pas de ce genre de scrupules, mais Wolf n'était homme à la confiner dans un couvent contre sa volonté, même s'il ne manquait pas d'établissements disposés à l'accueillir hors de la région du prince-électeur Frédéric. Décidément, songea-t-il, le destin s'acharnait contre lui ! Pourtant, il ne pouvait garder cette femme. Hormis le fait qu'il ne tenait pas à être marié à une noble, qu'arriverait-il au moment où elle découvrirait le marché qu'il avait conclu avec le baron ?

— Vous n'avez rien à craindre, dit-il enfin. Je vous ai promis qu'il ne vous arriverait pas de mal sous ce toit et je tiendrai parole. Et surtout, ajouta-t-il avec un coup d'œil en coin, depuis que le prince-électeur s'est rallié au professeur Luther, vous serez en sécurité tant que vous resterez en Saxe électorale. Et vous pourrez vous exprimer librement.

Comme Sabina se mordait la lèvre mais gardait le silence, il se tourna vers elle.

— Dites-moi, madame, pourquoi pensez-vous, à l'instar du professeur Luther, que vous savez mieux que le pape ce qui convient à un prêtre ?

Sa pique produisit l'effet escompté. Elle mordit à l'hameçon.

— Le sujet n'a rien de frivole, s'emporta-t-elle. L'Église impose au clergé un fardeau impossible, que le pape lui-même ne peut supporter. Cela engendre la corruption et la décadence !

Elle était vibrante d'indignation. Sa passion, à défaut de son discours, l'impressionna.

— Nous avons les mêmes faiblesses et les mêmes désirs que ceux que nous servons, continua-t-elle en agitant un morceau de pain dans les airs. Comment peut-on attendre d'un homme qu'il mène une vie parfaite sans épouse, ou d'une femme qu'elle reste sourde à l'appel de ses entrailles ? Bien rares sont ceux qui font vœu de célibat par pure idéologie. En ce point au moins, l'Église doit changer, sans quoi il ne restera plus personne pour célébrer l'office.

— Ne pensez-vous pas qu'un homme puisse simplement aspirer à servir Dieu ? l'interrompit-il.

Elle se tut, et sembla s'affaisser. Fixant les flammes, derrière lui, elle resserra la couverture autour de ses épaules.

— Cela dépend de l'homme, je suppose, répondit-elle d'un ton morne. Mais si un tel être existe, je ne l'ai pas encore rencontré.

Il contempla son profil délicat et triste.

— Vos entrailles réclament-elles de remplir leur office ? demanda-t-il doucement.

Sabina lui jeta un regard choqué.

Elle cessa de respirer quand le regard de *Meister* Wolf se posa sur elle, chaud et bienveillant. Puis elle comprit.

Un enfant... Il parlait d'un enfant ! Comment avait-elle pu s'avilir au point d'imaginer qu'il avait autre chose en tête ?

Elle relâcha prudemment son souffle.

— Vous me demandez si je désire devenir mère ?

Il hocha la tête.

— À tant d'égards, un enfant n'a que sa mère pour le protéger du monde, déclara-t-elle. Quelle femme ne rêverait de cela ? D'aimer totalement, de donner tout, de protéger de sa propre vie celle d'un...

— Protéger ? demanda-t-il, visiblement surpris.

Elle se hérissa.

— Oui. Une femme a autant besoin qu'un homme de protéger ceux qu'elle aime.

Il se redressa.

— C'est absurde. Le rôle d'une femme n'est pas de protéger, mais d'être protégée. C'est le devoir de l'homme que de veiller sur ceux dont il est responsable.

Elle leva le menton et le défia du regard.

— Un devoir que beaucoup choisissent d'oublier. Mon propre père adoptif en est un exemple criant.

— Cet homme est une aberration ! rétorqua-t-il.

— Je vous l'accorde. Mais les lois, les conventions, l'Église... Toutes refusent de reconnaître les aberrations, et les rues sont remplies d'enfants non désirés. Au moins, un garçon peut devenir quelqu'un, s'il est fort et audacieux, tandis que les seuls choix qui s'offrent aux filles sont les maisons de passe ou le couvent.

— Cela ne justifie pas...

Wolf se tut. Malgré lui, il sourit, et lui coula un regard narquois.

— Vous êtes là, trempée comme une soupe, et vous débattez avec moi des fléaux de notre société.

— C'est vous qui avez commencé.

Il éclata d'un rire tonitruant qui ébranla les murs. Un rire presque éraillé, comme s'il n'avait pas servi depuis longtemps. Elle se surprit à lui sourire en retour. Elle avait apprécié leur échange, et lui aussi, apparemment. Il secoua la tête et essaya, sans grand succès, estima-t-elle, d'effacer de son visage toute expression de satisfaction.

Il croisa les bras sur sa poitrine musclée, décemment couverte, à présent, d'une chemise, et considéra son épouse d'un œil neuf. Il se frotta la mâchoire, geste qui attira le regard de Sabina. Ses mains la fascinaient. Peut-être parce que, malgré leur taille, elles étaient douces, calmes et puissantes. Elle avait découvert cela lorsqu'il l'avait soulevée pour la hisser sur Soliman, puis quand elle avait pris le gobelet de vin d'entre ses mains.

— Êtes-vous donc une hérétique ? demanda-t-il.

Elle sursauta.

— Non, bien sûr que non. Je crois en notre Seigneur Jésus-Christ. Je crois qu'il a été crucifié pour nos péchés, et qu'il est ressuscité d'entre les morts trois jours plus tard pour s'asseoir à la droite de Dieu. Je crois qu'il est à la fois le fils de Dieu, et Dieu fait homme. Quant au reste, ma foi, je laisserai à plus érudit le soin d'y voir clair.

Elle tourna la tête pour éviter son regard perçant.

— On pourrait dire, je suppose, que je suis réaliste. Je vois ce qui est, non ce que les autres veulent que je voie.

Il s'approcha d'elle et, plaçant un doigt sous son menton, fit doucement pivoter sa tête vers lui. Elle leva les yeux, et le bleu marine plongea dans le vert émeraude.

— Dangereux passe-temps. En particulier pour une femme, murmura-t-il.

— La vérité ne me fait pas peur.

Il ôta son doigt.

— Ce qui est précisément la raison pour laquelle vous avez besoin de protection.

— Et vous donc, *Meister* Behaim ? s'insurgea-t-elle. Quelle est votre position sur ce sujet ?

Il pinça les lèvres et elle eut le sentiment qu'il réprimait encore un rire. Puis son expression redevint sérieuse.

— J'embrasse celle que mon prince me demande d'avoir.

— Ce n'est pas une réponse.

Il passa avec délicatesse la main dans la masse des cheveux de Sabina, qui, en séchant, formaient de jolies boucles lâches. Puis il se ressaisit et retira sa main. Il les joignit toutes les deux derrière son dos.

— Madame, soupira-t-il. Je ne suis qu'un homme du commun. Je ne puis me permettre d'avoir une opinion. Il y a quelques années, le prince-électeur était un fervent catholique, et nous sommes tous devenus de fervents catholiques. Aujourd'hui, il semble en faveur de la réforme, je présume que nous nous y rallierons. En attendant, je publierai mes livres, imprimerai mes pamphlets, et éviterai de me mêler de ce qui ne me regarde pas.

— Alors vous êtes cynique, l'accusa-t-elle.

Il pencha la tête et sourit.

— Non. Simplement réaliste, comme vous.

Seigneur, comme il était séduisant ! Elle rêvait de passer les doigts dans les mèches emmêlées qui lui tombaient sur les oreilles. Elle détourna les yeux et s'appliqua à étouffer ce désir en serrant les doigts sur sa couverture. Un frisson la parcourut, réaction au froid ou à cet homme, elle n'aurait su le dire...

— Je suis un imbécile, dit-il brusquement.

Elle reporta sur lui son regard surpris.

— Vous êtes affamée et épuisée. Il vous faut manger et vous reposer. Trêve de discussion. Venez !

Il lui proposa son bras, et elle découvrit avec étonnement qu'elle aurait aimé poursuivre cet échange avec lui.

— Je vous assure, je suis tout à fait capable...

Il secoua la tête.

— Dans ce cas, ayez au moins pitié de moi. Je suis debout depuis l'aube et j'ai encore du travail à accomplir. Certes, c'est le jour de mon mariage, mais les livres ne s'imprimeront pas pour autant sans moi.

La voyant encore hésiter, il ajouta :

— Venez, madame. La matinée a été longue, c'est le moins qu'on puisse dire, pour nous deux. Vous sentez-vous capable de marcher ?

— Bien sûr, assura-t-elle, refusant tout aveu de faiblesse.

Wolf admira une fois de plus sa volonté en la voyant raidir l'échine pour se lever. L'effort qu'elle déployait pour paraître vaillante était toutefois manifeste. Elle chancela sur ses jambes, et il lui prit le coude d'autorité pour la guider vers l'étroit escalier.

À l'étage, il la conduisit dans un couloir où deux lourdes portes se faisaient face. Il ouvrit celle de ce qui serait la chambre de Sabina tant qu'elle résiderait sous son toit. Une grande fenêtre donnant sur la rivière dominait la pièce spacieuse, par ailleurs fort sobre. Franz avait fermé les volets, contre lesquels la pluie tambourinait furieusement. Un lit simple, qu'un matelas de plumes posé sur la paillasse rendait plus confortable, se dressait dans un coin, drapé de couvertures. Le seul autre mobilier était un luxueux miroir vénitien. Wolf l'avait récemment racheté au marchand chez qui son père l'avait mis en gage, et il s'en réjouissait, à présent. Ses dorures rappelaient une époque plus fastueuse, et conféraient à ce lieu une certaine distinction.

Il fit entrer Sabina. Une flambée dans l'âtre rendait la pièce chaleureuse et accueillante, malgré son dépouillement. Et au beau milieu, une baignoire était remplie d'eau fumante et savonneuse.

— Je sais bien que la chambre est très dénudée, dit-il en manière d'excuse. Nous... nous sommes en train de refaire la décoration. J'espère que vous la trouverez malgré tout confortable. Vous avez été habituée à mieux.

Sa réaction fut inattendue. Elle battit des mains.

— Un cuvier ! Un cuvier réservé au bain...
Elle se tourna vers lui.

— Cela fait bien des années que je n'ai connu un tel luxe. Merci pour votre hospitalité. En tant qu'invitée indésirable, je n'attendais pas de vous de telles attentions, et je vous en suis reconnaissante.

Il fronça les sourcils.

— Vous n'êtes pas à proprement parler une invitée. Et aucunement indésirable.

Il hésita puis, sentant une rougeur envahir sa nuque, il s'éclaircit la gorge.

— J'espère que ce n'est pas mon attitude qui vous a donné cette impression. Vous savez, nous ne sommes que des pions sur un vaste échiquier, et...

Elle l'interrompit, levant vers lui un visage souriant.

— Eh bien, que Dieu vous bénisse, *Meister* Behaim.

Dieu tout-puissant, quel sourire... Il eut soudain l'impression qu'un rayon de soleil inondait la pièce. Il la contempla, attiré par ses lèvres délicates et charnues. Une bouche pareille pouvait tourner à l'obsession, pour un homme...

Soudain Sabina cligna des yeux, et son sourire mourut sur ses lèvres. Elle chercha quelque endroit où poser son regard, puis finit par fixer avec curiosité la porte située face à la chambre où ils se trouvaient.

— C'est ma chambre, expliqua Wolf. S'il vous faut quoi que ce soit pendant la nuit, vous n'aurez qu'à frapper. Je vous aiderai dans la mesure de mes compétences.

Il préférait ne pas penser à ce dont elle pourrait avoir besoin la nuit.

— J'ai peu de besoins, dit-elle rapidement en détournant les yeux.

— Ce qui doit rendre ceux que vous avez d'autant plus pressants ? murmura-t-il.

Sabina tourna la tête dans sa direction.

— Je... je ne voudrais pas vous déranger, bredouilla-t-elle. Je vous ai déjà bien assez perturbé.

— Plus que vous ne l'imaginez, avoua-t-il en retenant son souffle.

Comment diable avait-il pu la trouver quelconque ? Certes, elle n'était pas d'une beauté classique, mais elle avait un sourire radieux, des yeux reflétant une intelligence supérieure, des cheveux rappelant ceux de Vénus émergeant de la brume sur une fresque qu'il avait vue lors de ses voyages en Italie...

Son regard descendit sur sa gorge et il y remarqua les battements de son pouls. La chambre lui sembla soudain étouffante.

Il s'obligea à regarder ailleurs et à conserver une expression aussi indéchiffrable que possible.

— Il n'empêche, n'hésitez pas à faire appel à moi.

Il se détourna et promena son regard dans la pièce, comme s'il l'examinait pour la première fois, tout en retenant son souffle. Son cœur battait la chamade, et il avait l'impression qu'il venait de parcourir une lieue au pas de course.

Ressaisis-toi, nom d'un chien !

— Bien. Votre bain est prêt. Voici un bol de ragoût chaud...

Il souleva le linge recouvrant l'écuelle que Béa avait posé sur le lit et le huma avec satisfaction.

— Et quelques autres petites choses encore...

À l'évocation de la nourriture, Sabina s'approcha vivement de l'écuelle et saisit une poignée de marrons grillés. Elle les mangea rapidement et, à la dernière bouchée seulement, elle sembla se rappeler sa présence. Elle baissa la tête et se tourna vers la cuve située devant la cheminée : juste assez grande pour qu'on s'y assoie, mais suffisamment petite pour s'y sentir à l'aise... Elle lécha soigneusement ses doigts, puis trempa la main dans l'eau chaude et l'agita doucement en contemplant les volutes.

Wolf l'observait, enchanté et amusé de tous ces gestes sensuels qu'elle effectuait innocemment.

— Oh, comme tout cela est merveilleux ! dit-elle. Le pain était délicieux, mais je crois que je serais capable de dévorer un bœuf, aujourd'hui !

Elle détourna les yeux.

— Cependant, le bain me tente énormément. Le baron m'a autorisée à me laver avant le mariage. Il craignait, je pense, que je ne lui fasse trop honte. Mais ce n'était qu'une cuvette d'eau de la rivière, glacée…

Elle s'interrompit. Il comprit qu'elle venait d'en révéler davantage sur les traitements infligés par son beau-père qu'elle n'en avait eu l'intention.

— Ce que je voulais dire, c'est que sœur Katie, l'une des religieuses, au couvent, disait que l'on n'apprend à apprécier les grâces les plus infimes qu'après en avoir été privé.

Il éprouva une immense bouffée de compassion, impossible à dissimuler. Il vit que cela la troublait. Depuis quand n'avait-on pas manifesté de commisération pour cette jeune femme ?

— Sœur Katie me fait l'effet d'une femme avisée, se contenta-t-il de dire.

Sabina regarda la nourriture, puis le bain, et se tourna vers lui. De la voix qu'aurait employée une enfant espérant une faveur, elle demanda :

— Pourrais-je d'abord me baigner pendant que l'eau est chaude ?

— Voulez-vous de l'aide ?

Les mots lui avaient échappé.

— Non, merci !

Son visage rosit délicieusement.

— Je veux dire…

Wolf étendit une main pour la faire taire.

— Je vous proposais simplement de faire monter Béa. Nous n'avons pas de domestiques au service des dames, ici, mais je suis certain qu'elle vous aidera volontiers.

— Oh, non, ce n'est pas nécess…

— Je ne veux pas vous retrouver noyée tout à l'heure, insista-t-il.

— La cuve est trop petite pour cela, fit-elle remarquer.

— Il n'empêche...

Il parlait très sérieusement, mais la conclusion qu'elle avait tirée de sa proposition l'amusait.

Ce n'était peut-être pas si risible, au demeurant. Car il n'aurait pas détesté assister au bain. Il s'imaginait ôtant la robe humide de ses épaules, faisant couler l'eau chaude sur son corps menu, frottant ses seins avec le savon, laissant glisser ses doigts jusqu'à...

Il chassa bien vite cette image troublante de son esprit. Que lui prenait-il ?

Il avait toujours été un homme charnel, mais, depuis la mort de Beth, il consacrait toute son énergie à s'occuper de ses imprimeries et à élever sa fille. En vérité, les plaisirs charnels étaient devenus le cadet de ses soucis depuis qu'il avait perdu sa femme bien-aimée, trois ans plus tôt. Lorsque l'appel des sens se faisait trop pressant, il se rendait à Halle pour voir une veuve qui ne lui posait pas de questions et n'attendait aucun engagement de sa part. Ses visites étaient rares et brèves, et il éprouvait toujours le vague sentiment coupable de trahir Beth. Avec la mort de son père, il avait complètement oublié ces besoins pourtant essentiels. Depuis trop longtemps ?

Il perçut le regard calme de Sabina. Elle avait dû lui répondre quelque chose pendant qu'il réfléchissait, et attendait sa réaction.

— Euh, eh bien, soit ! hasarda-t-il. Si vous le souhaitez, je vais m'arranger pour... pour...

Elle se passa la langue sur les lèvres, et ce qu'il s'apprêtait à dire se volatilisa littéralement dans son esprit. Il laissa sa phrase en suspens et se rendit compte qu'il fixait des yeux sa bouche.

Malheur !

Machinalement, elle effleura sa gorge de sa main délicate, et il ne put s'empêcher de songer à la douceur de sa peau sous cette main. Elle fit tourner nerveusement autour d'un doigt une mèche brune, et il s'imagina faire de même. Le moindre de ses mouvements semblait réveiller en lui un désir endormi. Et il soupçonnait qu'elle n'en avait absolument pas conscience.

Pendant un instant, il entraperçut en elle la jeune fille de seize ans qu'elle avait dû être. Un beau fruit mûr et charnu, sûrement. Il songea au mufle qui l'avait cueilli, en avait exprimé tout le jus sucré, prenant sans vergogne ce qui aurait dû revenir à un mari aimant et attentionné. Une soudaine fureur à l'égard de l'inconnu qui avait gâché sa vie avec une telle désinvolture s'empara de lui. Et la pensée de trahir Beth fut éclipsée par la foule d'émotions confuses qu'il éprouvait pour cette femme presque inconnue.

Le besoin de la posséder d'une manière ou d'une autre, de toucher peut-être l'endroit où battait son pouls sous la peau à un rythme lancinant, devint irrésistible. Wolf fit un pas en avant et, d'un doigt infiniment léger, il suivit le chemin qu'avait pris la main de Sabina sur sa gorge.

Elle écarta les lèvres sur un soupir surpris.

Comme dans un rêve, il caressa le creux délicat à la base de son cou, où il s'attarda un instant.

Elle ferma les paupières.

Obéissant à cet égarement qui s'emparait de lui, il releva son pouce et lui caressa lentement la bouche. Quand elle soupira, il ne put résister à la tentation qu'aviva son souffle chaud et soyeux, et il glissa doucement le bout de son doigt dans l'arrondi formé par ses lèvres entrouvertes.

Il eut la stupeur de sentir sa langue goûter timidement son doigt. L'afflux de désir fut si intense que les genoux de Wolf manquèrent se dérober.

Miséricorde...

Sa langue toucha la partie calleuse de son pouce.

— Sabina..., gémit-il d'une voix enrouée par le désir.

Elle écarquilla les yeux, fascinée. Alors, il mit une main en coupe autour de sa joue, se pencha vers elle et...

Béa fit irruption dans la chambre, les bras chargés de linge et de vêtements. Wolf sursauta.

— Ah, vous êtes là, tous les deux ! lança la servante d'une voix tonitruante. Je m'excuse d'avoir mis si longtemps à trouver une robe qui convienne ! J'ai dû fouiller un peu, car voilà bien longtemps qu'on n'a pas vu ici quelqu'un de votre taille, madame. Si menue... Mais ne vous tracassez pas, au bout de quelque temps ici, vous serez grasse comme moi. Enfin, nous allons essayer de vous remplumer un peu.

Toute à son affaire, Béa ne sembla pas remarquer la tension dans la pièce. À moins qu'elle n'ait eu la sagesse de les en distraire...

Wolf contempla le plafond, les doigts crispés. Il grommela dans sa barbe un vieux juron saxon, tandis que Sabina se couvrait la bouche de la main, s'évertuant à ne pas croiser son regard. Au même moment, il remarqua que Béa s'était retournée et les contemplait.

Il s'éclaircit la gorge.

— Merci, madame. J'ai à faire, alors je vais vous laisser à votre bain...

Béa secoua les épaules d'un air incrédule, tandis que Wolf tournait les talons et quittait la pièce d'une démarche raide, ne se rappelant les bonnes manières que le temps de se retourner pour saluer Sabina d'une légère inclinaison.

— À plus tard..., dit-il en se rendant compte que ses paroles révélaient malgré lui ses véritables intentions.

Une fois dans le couloir, Wolf tendit les mains devant lui. Elles tremblaient. Il avait trop chaud et son cœur battait trop vite. Il lui avait fallu déployer un immense effort de volonté pour ne pas ordonner à Béa de quitter la chambre. En eût-il eu l'opportunité, il soupçonnait qu'il aurait été capable de prendre Sabina là, sans préambule...

Il appuya les doigts contre son front. Était-il devenu fou ? Il se sentait soudain... osait-il le formuler ? Vivant. Merveilleusement vivant. Après des semaines d'un deuil abrutissant, la métamorphose était impressionnante.

Il s'aperçut qu'il se trouvait toujours au même endroit et s'éloigna vivement avant qu'on ne le surprenne là à rôder devant la porte de Sabina. Il avait des choses à faire. Il allait se rendre utile. Et pour commencer, il s'occuperait du baron. Un homme tel que lui avait quelque chose à cacher, sûrement, un secret qu'il serait prêt à payer chèrement.

Il remarqua Franz au bout du couloir et lui fit signe.

— Oui, *Meister* Wolfgang ?

— Tu as beaucoup d'amis à Wittemberg ?

Franz inclina humblement la tête.

— Je me plais à le croire, en effet.

— Eh bien, peut-être vont-ils nous être utiles...

Franz émit un son de gorge.

— Avoir des relations vaut son pesant d'or, *Meister* Wolfgang.

— Sans conteste. J'ai besoin de certains renseignements qui ne seront pas faciles à obtenir. Il faudra agir, rapidement et discrètement. Je m'en occuperai en partie, mais pour le reste, puis-je compter sur toi ?

— Je suis toujours heureux de vous servir en quoi que ce soit, *Meister* Wolfgang.

Wolf lui donna une tape amicale dans le dos.

— Comme tu l'as toujours été. Et si nous élaborions une stratégie devant une bouteille d'eau-de-vie ?

Les yeux du vieux serviteur s'éclairèrent.

5

Choquée par sa propre attitude, Sabina contemplait la porte par laquelle Wolf venait de sortir. Elle connaissait à peine cet homme, et n'avait aucune intention de rester sous son toit. Avait-elle donc perdu tout sens commun ?

Que serait-il arrivé si Béa n'avait pas surgi à ce moment-là ? Elle regarda la femme qui posait une chemise de nuit sur le lit. Elle et son nouveau mari seraient-ils en train de partager ce lit ?

Son époux était un homme sensuel, elle le voyait à la façon dont il lui parlait, à l'intensité de son regard. Un homme probablement habitué, aussi, à obtenir ce qu'il désirait. Il ne l'avait pas choisie, certes, mais cela ne signifiait pas pour autant qu'il se refuserait ce qu'il était en droit de prendre. Même s'il lui faisait l'effet d'un être sensible, l'expérience lui avait appris que les hommes savaient se montrer aimables... jusqu'à ce qu'ils n'en aient plus envie.

Ses mains douces et ses yeux verts la détournaient de son objectif, et des dizaines de femmes pourraient pâtir de sa propre faiblesse. Elle ne devait jamais plus se laisser aller à ce genre de comportement avec lui !

Elle ne se faisait pas d'illusions. Elle n'avait rien d'exceptionnel. Bien que mariée à lui, elle ne serait qu'un instrument pour assouvir sa luxure, et lorsqu'il serait lassé d'elle il passerait à une autre. Pourtant, lorsqu'il l'avait touchée, tout à l'heure, elle avait laissé son cœur oublier qu'il avait jadis été brutalement trahi, tant elle aspirait à en recevoir davantage...

Cet homme risquait de se montrer dangereux pour elle, à bien des égards, si elle n'y prenait garde. Pas question de tomber sous son charme énigmatique, et de commettre avec lui l'irréparable...

— Madame, dit Béa, nous devons vous ôter ces vêtements mouillés. Venez...

Quand Béa s'approcha pour dénouer les lacets, Sabina serra les doigts autour du pourpoint que l'humidité plaquait contre son corps.

— Merci, mais je peux me débrouiller seule, vous savez...

Béa planta les mains sur ses larges hanches et la contempla comme si elle avait perdu la tête.

— Et comment comptez-vous défaire ces nœuds ? Vous allez vous casser un bras ! Laissez-moi faire mon devoir, et dans quelques minutes, vous serez dans un bon bain bien chaud.

Sabina tourna le dos lentement et s'abandonna aux mains expertes de Béa. Elle sortirait subrepticement le document et le dissimulerait sous les draps pendant que la domestique ne regardait pas. C'était idiot d'être aussi cachottière, car elle avait parfaitement le droit d'être en possession du contrat de mariage. Mais elle rechignait à le confier à quiconque.

— Ne vous tracassez pas, madame. Le corps d'une femme n'a pas de secrets pour moi. Et puis, ajouta-t-elle en dénouant les lacets, cela ne fait pas si longtemps que la mère de *Meister* Behaim – paix à son âme – occupait cette chambre.

Elle se tut lorsque la robe tomba et que la chemise de Sabina glissa de ses épaules.

— Seigneur…, chuchota Béa en écarquillant les yeux.

Sabina avait oublié. Les contusions devaient être violacées, à présent.

— Ce n'est pas si terrible, dit-elle vivement. Je crois que je suis pratiquement guérie.

Puis elle regarda par-dessus son épaule et demanda d'une voix blanche :

— C'est donc si laid ?

Après une hésitation, Béa répondit :

— Ma foi, j'ai un onguent qui fait des miracles sur les bleus et les bosses. Finissons de vous déshabiller et réchauffez-vous dans le bain, nous allons nous occuper de cela, voulez-vous ? Vous serez remise en un rien de temps, croyez-moi, ajouta-t-elle en lui retirant délicatement le reste de la robe.

Sabina cligna des yeux pour retenir ses larmes. La bonté la désarmait plus que tout.

— Merci, murmura-t-elle.

Pendant que Béa s'activait autour d'elle comme une poule autour de son poussin, Sabina s'autorisa à imaginer, un bref instant, que Sanctuaire était réellement sa maison, et ceci sa chambre. Elle se laissa donc laver les cheveux, savonner…

Après cela, tandis que Béa passait le baume apaisant sur son dos, l'asseyait devant la cheminée pour lui sécher les cheveux et lui passait la brosse en fredonnant un petit air simple, Sabina prétendit, juste un moment, que Béa était sa mère, et qu'elle était redevenue une toute jeune fille.

C'était un joli rêve.

— Mon Dieu ! dit soudain la domestique, j'avais oublié que vous mourez de faim. Je vais vous apporter l'écuelle, vous pourrez manger pendant que je vous coiffe.

— Oh, non, je peux attendre...

— Reposez-vous et reprenez des forces. Le maître est impatient de... enfin, il semblerait que ce soit rare, vous savez, mais...

La peau claire de Béa devint soudain rouge pivoine.

— On dirait qu'il vous a regardée comme il n'a pas regardé une autre femme depuis bien longtemps, termina-t-elle d'un air entendu.

Sabina essaya de cacher sa stupéfaction tandis que Béa plaçait l'écuelle sur ses genoux et lui tendait du pain d'épice avec un clin d'œil.

— Je crois que vous devriez manger autant que vous le pouvez, si vous voyez ce que je veux dire...

Elle se remit à la coiffer.

— Vous vous trompez, à n'en pas douter, murmura Sabina en jouant avec le bord de l'écuelle. Au sujet de l'intérêt que me porte *Meister* Behaim, j'entends.

Béa sourit.

— Oh, que non ! Je ne suis pas encore sénile et je sais reconnaître un homme qui a un faible pour une ravissante jeune femme.

Ce fut au tour de Sabina de rougir.

— Mais... *Meister* Behaim et moi ne sommes pas... Enfin, ce soir ce ne sera pas...

Elle se tut, incapable de trouver les mots pour expliquer la situation.

Béa tourna la tête vers elle et agita la brosse sous son nez, une main sur la hanche.

— Attention, madame, n'allez pas croire que le maître est un de ces gaillards qui se servent selon leur bon vouloir. Il possède une patience à toute épreuve, alors ne soyez pas inquiète. C'est un homme, un vrai, comme le dirait ma mère.

Elle eut un sourire rêveur.

— Moi-même, si j'avais vingt ans de moins et que je ne le connaissais pas depuis qu'il est né... Mais vous n'avez pas à vous tracasser, vous aurez tout le temps de recouvrer vos forces...

Elle reprit ses soins, prenant manifestement le silence stupéfait de Sabina pour de la gratitude.

— Et puis, le maître voudrait que vous vous reposiez d'abord. C'est un homme bon et gentil, même si vous ne le lui ferez jamais admettre. Il va nous prier de déployer tous les efforts possibles pour vous remettre sur pied. Après quelques jours de convalescence, conclut-elle en examinant brièvement sa maigre silhouette, vous serez rougissante et souriante comme la jeune mariée que vous êtes.

Sabina décida de changer de sujet de conversation aussi vite que possible. Elle mordit dans le pain d'épice, qui était excellent, ce qu'elle dit.

— Merci, madame. C'est une recette de mon invention.

Sabina passa un doigt sur le gâteau et décida d'en apprendre davantage sur son nouveau mari avant de le revoir. L'ignorance n'était jamais une bonne alliée pour les femmes.

— Béa, pouvez-vous vous asseoir un moment pour bavarder avec moi ?

— M'asseoir ? s'exclama Béa comme si l'idée de se reposer au beau milieu d'une journée de travail ne lui avait jamais traversé l'esprit.

Sabina tapota le lit à côté d'elle.

— Oui, j'aimerais vous poser quelques questions. Malheureusement, *Meister* Behaim et moi n'avons pas eu beaucoup de temps pour faire connaissance.

Elle haussa une épaule impuissante.

— Vous savez comment sont les hommes ! Si je veux devenir une bonne épouse pour lui, il y a certaines choses que je dois savoir, ne trouvez-vous pas ?

Elle croisa les doigts dans son dos et espéra que Dieu lui pardonnerait ce mensonge, et elle adressa à Béa un sourire suppliant.

Cette dernière lui coula un regard hésitant.

— Eh bien, en vérité, dit-elle enfin, ça ne me fera pas de mal de me détendre cinq minutes. Quand la journée commence à quatre heures du matin, on n'a guère le temps de se poser.

Elle vint s'asseoir en poussant un soupir.

— Dites-moi, que vouliez-vous savoir, au juste ?

Soudain Sabina ne sut par où commencer. Elle mordit dans un morceau de fromage et formula sa question.

— Depuis combien de temps *Meister* Behaim vit-il à Wittemberg ?

— Depuis qu'il est petit garçon. Mais il passe la plupart de son temps à Nuremberg, là où se trouvent ses ateliers. Il va reprendre l'imprimerie d'ici aussi, maintenant que son père est décédé – paix à son âme fatiguée.

— Son père est mort récemment ?

Voilà qui expliquerait ses vêtements sombres…

— Oui, soupira Béa. Une terrible tragédie, en vérité. Il y a près de quatre semaines, on l'a retrouvé sous une pluie battante, au pied des Falaises Blanches. Il a dû déraper et dévaler la pente.

— C'est terrible, en effet. Il y a seulement un mois de cela ? Et pourtant, *Meister* Behaim a cherché à se marier si vite, murmura-t-elle, presque pour elle-même.

— Oui, en vérité c'est un miracle.

Béa la considéra d'un œil scrutateur.

— Avec toute cette pagaille dans les ateliers, et le maître déterminé à récupérer tout ce que son père avait dû céder aux créanciers ces derniers temps, c'est un miracle qu'il ait décidé de se marier. Il a dû tomber éperdument amoureux de vous, je vous le garantis, décréta Béa. C'est pourquoi nous devons vous remettre sur pied dès que possible.

— Comment *Meister* Behaim a-t-il annoncé à ses proches que nous devions nous marier ?

demanda Sabina en feignant de ne pas remarquer le regard perçant de Béa.

Cette dernière se gratta le menton.

— Eh bien, de la plus étrange manière. Tout le monde disait qu'il ne se remarierait pas, et voilà qu'il nous apprend qu'il va prendre femme ! Il ne l'a dit qu'à Franz et à moi-même avant de partir vous chercher, il n'a averti aucun membre de sa famille. Je suppose que votre père et lui étaient convenus d'un arrangement au préalable ?

— Vous disiez que son père avait des dettes ? demanda Sabina, éludant le sujet sensible.

Béa semblait ignorer qu'ils ne s'étaient jamais vus auparavant. Elle fronça les sourcils.

— Oui. L'imprimerie ne marche pas aussi bien ici qu'à Nuremberg, ces derniers temps. Avec Hans Lufft qui imprime la plupart des pamphlets du professeur Luther, il ne restait plus beaucoup de travail pour mon pauvre maître. Et cet accident... Mais j'ai entendu *Meister* Wolf dire qu'il allait solliciter une commission spéciale auprès du Pr Melanchton, de l'Université. Je suis sûre qu'il l'obtiendra. Quand il a quelque chose en tête, il n'a de cesse de réussir. Quant à ses ateliers de Nuremberg, naturellement ils sont prospères. Ils lui appartiennent, vous savez, ajouta-t-elle fièrement. Il possède quatre presses, et une douzaine d'artisans expérimentés travaillent pour lui dans deux ateliers différents.

Sabina supposait que ce devait être un exploit, d'après l'attitude de Béa, et elle s'efforça de paraître dûment impressionnée.

— Eh bien ! Avec tout cela, son père n'aurait-il pas pu s'adresser à Wolf pour qu'il l'aide, s'il avait des ennuis financiers ?

— Vous savez, ce n'est pas si simple. Un homme a sa fierté. Mais je sais que *Meister* Wolf aurait donné à son père tout ce qu'il voulait. C'est un homme généreux, toujours prêt à rendre service aux autres. Peut-être que son père ne le lui a pas demandé, allez savoir pourquoi...

Béa fronça les sourcils.

— Mais je ne devrais pas raconter ces choses-là sans permission. Cela ne me regarde pas.

Elle fit mine de se lever.

— Je suis désolée, dit vivement Sabina. Bien sûr, vous avez raison. S'il vous plaît, parlez-moi encore de la famille...

Béa se mordit la lèvre, mais resta assise.

— *Meister* Behaim a-t-il d'autre famille que son frère Peter ?

Béa sourit, manifestement soulagée de revenir sur un terrain moins dangereux.

— Leur mère est morte voilà, oh, cinq ans. Et bien sûr, il y a sa fille.

Elle croisa les bras sur sa plantureuse poitrine pour mieux poursuivre son récit.

— *Meister* Wolf est le fils aîné, puis vient Günter, le beau garçon. C'est un soldat, mais je lui répète qu'il ferait mieux d'être troubadour, avec la voix qu'il a, soupira-t-elle. Greta, la troisième, est la seule fille, elle est mariée et a trois enfants. Peter est le benjamin. Ce sera un grand médecin, un jour, grâce à Dieu.

Surprise, Sabina demanda :

— Ils sont donc quatre ?

Béa acquiesça de la tête.

— *Meister* Behaim a commencé son apprentissage à Nuremberg alors qu'il n'avait que dix ans. Il a fini par posséder son propre atelier, et il est maintenant maître de guilde. Mais depuis la mort de Guillaume le Jeune, le père de Wolfgang, il est resté à la maison pour s'occuper des affaires ici.

Sabina, songeuse, prit une autre bouchée de fromage.

— J'aurais pensé que la famille se réunirait pour régler l'héritage.

— Eh bien, Greta est restée aussi longtemps qu'elle l'a pu, mais elle a dû retourner chez elle pour s'occuper des enfants. *Meister* Wolf a envoyé une lettre à Günter, mais personne n'a eu de ses nouvelles depuis. Il est actuellement engagé dans les troupes impériales, aussi est-il toujours sur un front ou un autre. Il est difficile de savoir comment le joindre.

Sabina perçut l'inquiétude dans sa voix.

— Les autres ont reconnu que les imprimeries devaient revenir à *Meister* Wolf, et chacun d'eux recevra une part des bénéfices, s'il y en a. Les presses doivent continuer à tourner.

Béa regarda autour d'elle et baissa le ton.

— Mais on raconte que les créanciers de son père ont essayé d'obliger notre maître à vendre tous ses biens. *Meister* Wolf ne vendra jamais Sanctuaire, j'en suis certaine ! C'est un endroit qui leur est trop cher à tous. Quant à nous, nous gardons nos postes. Il l'a juré. Et quand il fait une promesse, on peut être sûr qu'il la tiendra.

La farouche loyauté de la vieille dame envers Wolf ne faisait aucun doute. C'était d'ailleurs rassurant. Pour inspirer une telle dévotion à une domestique, il fallait que le caractère et les actes de l'homme soient exceptionnels. Néanmoins, si l'affaire familiale traversait une telle crise financière, malgré la réussite apparente de Wolf à Nuremberg, elle commençait à mieux comprendre la raison de ce mariage précipité.

Cette nouvelle l'alarma. Après tout, elle était une héritière, en dépit de son histoire scandaleuse. Ce ne serait pas la première fois qu'un homme se mariait par intérêt financier. Il ne semblait pas être le genre de personne à y avoir recours, mais la plupart des unions, même entre gens du peuple, sont des mariages d'argent, et non d'amour. Il avait peut-être espéré que le baron se montrerait généreux avec eux. Quelle erreur !

Elle allait devoir trouver un moyen de retourner en ville sous peu, pour rencontrer le concile matrimonial de Wittemberg et le convaincre que son père avait agi sous la contrainte, afin d'être immédiatement libérée de ses vœux. Ses chances d'être écoutée alors qu'elle n'avait pas de chaperon étaient maigres, mais elle devait essayer.

— Je sais qu'il a déjà été marié, dit Sabina. Quand sa femme est-elle morte ?

Béa lui jeta un regard étrange et pinça les lèvres.

— Il y a trois ans, en donnant naissance à Gisel. Vous rencontrerez bientôt la petite, je pense.

— Étaient-ils mariés depuis longtemps ?

— Non.

Béa soupira en secouant la tête.

— C'est là tout le drame de leur histoire... Ils s'aimaient depuis des années mais, en raison du règlement de la guilde, ils ne pouvaient pas se marier tant que *Meister* Wolf n'avait pas terminé sa formation d'artisan. Ils étaient si heureux, lorsqu'il a réussi ! Les noces ont été célébrées le jour même où il a été nommé compagnon. Mais deux ans plus tard, elle trépassait...

Béa baissa les yeux, retenant un sanglot.

Il y avait tant de tristesse dans la vie de cet homme ! songea Sabina, émue.

— Comment était-elle ?

Elle eut l'impression de marcher sur une tombe en posant cette question, et réprima un petit frisson. L'appétit soudain coupé, elle commença à jouer avec sa nourriture.

— *Frau* Élisabeth ? demanda Béa.

Elle se mordit la lèvre et se leva.

— Oh, sans vouloir vous offenser, je ne pense pas que ce soit une bonne idée de parler de l'épouse morte, surtout avec la nouvelle épouse. Ça porte malheur, ajouta-t-elle en se signant.

— S'il vous plaît...

Sabina lui serra la main pour l'encourager à poursuivre.

Béa réfléchit un instant, puis elle se rassit et tritura nerveusement son tablier.

— C'était une ravissante enfant, dit-elle enfin. Et fort gentille, paix à son âme. Blonde comme une princesse de conte de fées, un rire cristallin... Mais d'une fragilité... on aurait dit un ange descendu sur Terre.

Son expression se fit lointaine.

— On pouvait deviner avec certitude que Dieu la rappellerait à Lui prématurément, et on chérissait chaque jour qu'elle passait auprès de nous.

Béa garda le silence un long moment en fixant un point dans le vide. Puis elle secoua la tête et revint au présent.

— Elle ne manquait pas non plus de personnalité, reprit-elle. Elle savait très bien obtenir ce qu'elle voulait. Elle était fragile à l'extérieur, mais pas du tout à l'intérieur, si vous voyez ce que je veux dire. Gisel lui ressemble énormément. C'est un petit amour, mais je reconnais en elle la nature entêtée de sa mère, parfois. Tandis que vous, madame...

Béa pointa un doigt vers elle, et Sabina sursauta.

— Dieu vous a faite forte, pour survivre. Vous avez été « purifiée par le feu ». J'ai un jour entendu le prêtre dire cela de Jeanne d'Arc, que ces salauds d'Anglais ont tuée, pardonnez mon langage.

Elle tapa la poitrine de Sabina.

— Vous avez de la patience, pas vrai ? Le cœur vaillant ? Tous les attributs dont un homme tel que mon maître a besoin. Tous les attributs nécessaires pour survivre. Oui, c'est bien possible que vous fassiez l'affaire, finalement, dit-elle comme pour elle-même. Bien possible...

— L'affaire... pour quoi ? demanda Sabina avec un malaise croissant.

Elle n'était pas sûre d'apprécier l'expression de Béa, et elle ne comprenait rien à son monologue décousu. Elle commençait à regretter d'avoir interrogé la domestique.

Béa se leva et joignit brusquement les mains.

— Allons, il est temps de vous mettre au lit.

— Au lit ? s'écria Sabina en regardant par la fenêtre. Mais c'est encore le matin !

— Oui, et vous avez les paupières qui se ferment toutes seules. Vous m'avez laissé parler à tort et à travers, alors que vous n'avez pas passé une bonne nuit depuis Dieu sait combien de temps.

— Oh, non, je ne pourrais jamais dormir, il est beaucoup trop tôt. Je passerais la nuit suivante debout, sinon.

— Eh bien, j'ai une potion qui va vous aider. Ma mère était sage-femme, et connaissait mieux les remèdes que n'importe quel apothicaire. Elle m'a enseigné tout son savoir. Faites-moi confiance, je vais vous préparer une potion, pas trop forte, mais qui vous permettra de dormir comme un bébé ce soir aussi, je vous le garantis.

Sabina lui jeta un regard sceptique.

— Madame, dit Béa avec un doux sourire, c'est une longue vie qui vous attend. Mieux vaut l'aborder la tête claire et avec une bonne journée de sommeil derrière vous.

Malgré cette formulation plutôt étrange, Sabina était d'accord avec elle, et elle hocha la tête.

Wolf se réveilla en sursaut. Il cligna des yeux, encore endormi, et essaya de calculer combien de temps il avait dormi. Sans doute pas longtemps, car depuis quelques années il dormait rarement plus de quelques heures. Il regarda dehors. L'orage était passé, et quelques étoiles cloutaient la couverture sombre du ciel. Il pencha la tête et perçut de nouveau le bruit qui l'avait réveillé.

— Non ! Assez !

C'était la voix assourdie de Sabina.

Il jaillit hors du lit, nu comme un ver, et chercha aussitôt son poignard dans l'obscurité. Il n'avait pas le temps de s'habiller. Il ouvrit grand la porte et scruta le couloir au cas où un agresseur l'y attendrait, mais il ne vit personne.

Sabina poussa un nouveau cri angoissé ; il traversa vivement le couloir et fit irruption dans la chambre de la jeune femme.

Mais elle était seule dans son lit, au milieu des couvertures entortillées autour de ses jambes agitées. Elle se tournait et se retournait violemment, en proie à un cauchemar. Ses cheveux ressemblaient à une rivière de soie noire coulant sur l'oreiller...

Wolf abaissa la lame et calma le martèlement de son cœur. Il s'approcha du lit, étonné de la voir aussi nerveuse malgré la potion administrée par Béa, qui aurait dû la tranquilliser pendant des heures.

Elle poussa un nouveau cri, otage de son rêve. Wolf laissa tomber le poignard et la prit dans ses bras, sans réfléchir à la décence.

— Sabina ! appela-t-il.

— Carl, c'est toi ?

Elle avait la voix d'un enfant endormi. Pourquoi appelait-elle son frère mort ?

— Carl, par pitié ! gémit-elle en s'agrippant à lui.

— Je suis là... c'est moi, chuchota-t-il sans savoir du tout pourquoi il disait cela.

— Je te croyais mort... Père disait...

Elle marmonna quelque chose d'incohérent.

— Tout va bien se passer. Je suis là, maintenant. Rendormez-vous.

Sa voix sembla l'apaiser, et elle se tut. Il la berça doucement en caressant ses cheveux jusqu'à ce que sa respiration ralentisse. Il essaya de la lâcher, mais elle s'accrocha à lui dans son sommeil. Des larmes sillonnaient ses joues, coulant de ses paupières fermées.

Wolf se sentait incapable de partir. Il était peut-être dur, parfois, mais il ne pouvait pas la laisser ainsi. Aussi la garda-t-il dans ses bras, un pied par terre, un genou sur le lit, pendant qu'elle dormait d'un sommeil agité. Au bout d'un moment, les muscles endoloris par la position, il s'allongea à côté d'elle en essayant de ne pas la réveiller. Elle se blottit contre lui et sembla trouver du réconfort dans sa présence.

Il ressentit une fois de plus une bouffée de compassion pour elle. Il avait beau s'en défendre, cette jeune femme le touchait. Pour une raison étrange, il avait envie de s'occuper d'elle, de la protéger du monde et de tous ceux qui l'avaient fait souffrir.

Mais il devait aussi s'avouer, ainsi étendu contre elle, que ce n'était pas sa seule fragilité qui l'attirait. Et la force qui la poussait vers Sabina n'avait rien de platonique. En vérité, elle était belle, et douce, et féminine... Et il n'avait pas ressenti un tel désir depuis longtemps. Il se rendit compte soudain du danger, et comprit qu'il devait s'en aller aussitôt.

À cet instant, elle roula au-dessus de lui et l'enveloppa de ses bras comme pour mêler son corps au sien. Avec un profond soupir, elle se lova étroitement contre lui.

Wolf ne bougea pas. Ses seins étaient plaqués contre lui, ses jambes l'emprisonnaient. Il écarta la tête et la regarda. Elle dormait toujours ; la potion de Béa semblait suffisante pour l'empêcher de se réveiller, mais pas de remuer.

Sa virilité ainsi sollicitée se rappela violemment à son souvenir. Wolf serra les dents pour lutter contre le brutal flot de désir qui le balayait. Indépendamment de sa volonté, lui sembla-t-il, il s'approcha jusqu'à ce que son membre de plus en plus dur soit plaqué entre les cuisses que seule une chemise de nuit recouvrait.

Il enfouit son visage dans la masse soyeuse de cheveux noirs qui lui chatouillait le visage, torturé par un désir confus et coupable. Il devait absolument mettre un terme à ce délicieux moment, sous peine de perdre le contrôle de lui-même.

— Wolf[1]..., murmura-t-elle.

Prononçait-elle vraiment son nom ?

Elle remua au-dessus de lui, et il souleva lentement les hanches pour mieux absorber sa chaleur, puis, au prix d'un effort surhumain, parvint à s'en empêcher. Elle gémit et fit glisser ses jambes de part et d'autre de son corps. Elle était à califourchon sur lui, à présent, et chacun de ses mouvements le rendait fou de désir. La chaleur parfumée de sa peau le submergeait, et il sentit la sueur perler sur son corps.

---

1. En allemand, *Wolf* signifie « loup ».

Jamais il ne s'était senti ainsi exalté. C'était insupportable, et si érotique que cela le stupéfiait. Il s'agrippa désespérément aux draps pour s'interdire de la toucher, avec le sentiment de passer sans cesse du paradis à l'enfer.

Elle passa les doigts dans ses cheveux mais, quand elle se tourna et posa les lèvres au creux de son cou, il se rendit compte qu'il était incapable d'en supporter davantage. Rassemblant toute sa volonté, il écarta de lui le corps de la jeune femme et s'obligea à quitter le lit avant de les déshonorer tous les deux.

Wolf battit en retraite et ferma derrière lui la porte de la chambre. Puis il s'adossa au bois froid, le cœur battant sous l'effort qu'il avait dû fournir sur lui-même.

À cet instant, il crut qu'elle l'appelait, et il se figea.

Il était dans un état d'excitation insupportable. Si elle l'appelait de nouveau, il le savait, il irait vers elle tel Ulysse obéissant au chant des sirènes, incapable d'empêcher sa propre perte. Mais comme elle ne disait plus rien, il songea qu'elle avait dû se rendormir et relâcha son souffle.

Comment avait-il pu laisser se produire une chose pareille ? À quoi pensait-il donc ?

À rien, et c'était bien là le problème. S'il la prenait maintenant, l'honneur exigerait qu'il la garde comme épouse. Et étant donné l'effet qu'elle produisait sur lui, un enfant ne tarderait pas à naître. Non, annuler le mariage était la seule solution... N'est-ce pas ?

La question flotta un instant dans son esprit. Bien sûr, cela valait mieux. Si Sabina apprenait la vérité, si elle découvrait ce qu'il avait fait, elle le mépriserait presque autant qu'il se méprisait lui-même.

Non, mieux valait se tenir à l'écart. La convaincre que le mariage était voué à l'échec... car si elle s'approchait de lui, il risquait d'être tenté de se noyer dans ses yeux bleu marine et de lui confesser ses péchés. Pour laver l'encre noire qui maculait son âme et pour laquelle il ne pouvait même pas implorer le pardon de Dieu.

Il s'apprêtait à retourner dans sa chambre quand il se rendit compte soudain qu'il avait oublié son poignard. Quel imbécile ! Il aurait pu le laisser, mais si elle le découvrait au pied de son lit au matin, il risquait d'avoir à fournir une explication gênante. Prenant une profonde inspiration, il retourna dans la chambre de Sabina et ramassa le poignard sans pouvoir s'empêcher de la contempler une dernière fois.

Elle avait l'air si vulnérable... Non, pas question qu'elle ait vent de ses projets. Il lui fallait trouver un moyen de les lui dissimuler.

En attendant, il ne voyait aucune raison pour qu'ils ne soient pas amis. Oui, voilà, ils se sépareraient bons amis... à condition qu'il parvienne à ne pas poser les mains sur elle d'ici là.

6

Quand l'aube pointa à la fenêtre, le lendemain matin, Sabina poussa un profond soupir.

Elle était encore en retard pour les matines...

Cette pensée occupa son esprit jusqu'à ce qu'elle se rappelle qu'elle n'était pas au couvent de Nimbschen, mais dans un lit fort confortable, dans la maison de son mari, à Wittemberg. Toutefois, consciente de n'avoir rien fait encore depuis son arrivée, elle décida qu'il était temps de se lever et de se ressaisir.

Elle se sentait déjà beaucoup plus forte. Bien que n'ayant pas à se rendre à l'office, elle continuait à observer son rituel matinal. Les événements des dernières semaines l'avaient empêchée de poursuivre un rythme de prières régulier.

Pourtant, au lieu de quitter son lit, elle se mit à observer les grains de poussière qui dansaient dans la lumière du matin.

Wolf était-il déjà debout, à travailler dur dans l'imprimerie de son père ? Penser à lui évoqua en elle un vague souvenir, dont elle s'empara. Elle le vit à côté d'elle dans son lit, la nuit précédente, en train de caresser de sa grande main ses cheveux tandis qu'il lui murmurait des paroles apaisantes.

Elle se redressa brusquement. C'était impossible !

Pourtant… elle se rappelait sa chaleur, la force de ses bras autour de son dos.

Elle devait se tromper.

Elle se rallongea, se retourna et donna un coup de poing dans l'oreiller.

Elle avait fait un rêve des plus troublants. Oui, ce devait être un rêve, dont elle se rappelait les moindres détails. Il y avait un loup noir. Elle ferma les yeux pour en rattraper des fragments et reconstituer l'histoire…

Elle marchait sans but dans une forêt sombre et inconnue, comme une petite fille de conte de fées perdue dans les bois, glacée et terrifiée. Soudain, son frère apparut, bien vivant. Puis il disparut et le loup vint vers elle…

Curieusement, elle n'avait pas peur de lui. Il était grand, mais elle l'attira à elle, cherchant sa chaleur. Elle grimpa sur son dos et enroula les jambes autour de lui, sachant qu'il l'emporterait là où elle le désirerait. Il se frotta contre elle, et son pelage était soyeux et chaud. Alors, elle sentit une grande joie l'inonder, un plaisir inouï s'emparer de tout son corps. Elle était en proie à des sensations étranges et merveilleuses en même temps, comme si elle détenait la clef d'un royaume secret, plein de trésors insoupçonnés.

Sabina remua, agitée par le souvenir, et ressentit une chaleur insolite entre ses cuisses – la même qu'elle avait éprouvée dans son rêve. Elle se surprit à être impatiente d'atteindre le territoire caché que semblait lui promettre le loup. Mais au dernier moment, alors qu'elle s'en approchait, l'animal lui avait échappé et s'était enfui silencieusement.

Elle se souvenait de s'être réveillée en sursaut, et de l'avoir appelé. En vain, car il n'y avait pas de loup, bien sûr. Ensuite, elle avait dû se rendormir, car elle ne se rappelait rien d'autre.

Elle s'émerveilla de constater à quel point la réalité pouvait se mêler au rêve. Elle avait rencontré un homme appelé Wolf, et rêvé d'un animal sauvage du même nom. Wolf avait dû occuper son esprit pendant la nuit, et son nom était devenu symbole de... de liberté ? De désir ?

Elle préféra écarter cette pensée. Néanmoins, elle ne pouvait nier l'effet que cet homme exerçait sur elle. Encore maintenant, elle rêvait de sentir le doux pelage du loup sous ses paumes, sa force solide contre son corps. Allongée au milieu des oreillers, elle inspira profondément... et reconnut soudain l'odeur vaguement familière d'agrumes et de bois de santal.

Elle cessa de respirer. Se pouvait-il que... ?

Sabina secoua la tête. Non, voyons, c'était absurde. Bien sûr que non !

Elle demeura immobile un instant encore avant de se lever enfin et de procéder à ses ablutions à l'aide de la cuvette que Béa lui avait apportée la veille. Elle enfila une robe de laine, un surcot gris uni et un gilet cintré lacé devant. Un ancien uniforme de domestique. Elle serra les liens, heureuse d'avoir une robe à porter, même aussi modeste. Sur ses cheveux, elle mit un béguin comme il convenait à son statut de jeune mariée. Puis elle se signa et commença à réciter ses prières.

Béa la trouva ainsi en entrant dans la chambre, une heure plus tard, baignée du soleil matinal qui pénétrait par la fenêtre.

— Oh ! s'exclama-t-elle en reculant aussitôt.

Sabina l'arrêta d'un sourire amical.

— Non, tout va bien. J'ai terminé...

Elle fit un signe de croix et se releva lentement. La prière la réconfortait toujours. C'était le seul moment de la journée où elle se sentait en paix. Ses genoux souffraient de la position, bien qu'elle s'y fût accoutumée des années auparavant. Les postulantes n'avaient pas droit à un coussin à la messe comme certaines des laïques fortunées. La mère abbesse avait un dicton : « À coussin mou, âmes molles. » Pour elle, la voie de la perdition était pavée de duvet d'oie.

Malgré son inconfort, Sabina accueillit Béa avec chaleur.

— Bonjour à vous, Béa.

La domestique fit une révérence, un plateau en équilibre entre les mains.

— Et à vous aussi, *Frau* Behaim. Je vous apportais votre déjeuner, mais je vois que vous êtes déjà debout.

— Miséricorde, Béa, vous allez me gâter avec tant d'attentions. Je peux très bien déjeuner avec le reste de la maisonnée, si cela est autorisé.

— Naturellement, madame.

Elle posa le plateau sur le lit.

— Mais ce n'est pas vous dorloter outre mesure que vous permettre de recouvrer vos forces après l'épreuve que vous avez endurée, sans offense.

Son regard rempli de compassion reflétait encore le choc de ce qu'elle avait découvert la veille. Elle eut la grâce, cette fois, de ne pas s'attarder sur le sujet, et Sabina lui en fut silencieusement reconnaissante.

Soudain, la jeune femme se rendit compte qu'elles n'étaient plus seules. Wolf venait d'entrer dans la chambre. Elle sentit son ventre frémir, mais elle s'obligea à garder son calme.

— Bonjour, lança-t-il derrière Béa, qui sursauta en poussant un cri.

Elle porta une main à son ample poitrine et se tourna face à lui.

— Wolfgang Philip Matthew Behaim, comment osez-vous fureter devant la chambre des dames comme un petit garçon ?

Elle se retourna vers Sabina et poussa un soupir nerveux.

— Il passait son temps à me faire peur, jadis. Il avait le don de surgir sans bruit au détour des couloirs et sur le pas des portes pour effrayer les servantes. Mais je lui ai donné une bonne fessée à l'époque, et il n'est pas trop vieux pour que je recommence, tout maître de la maison qu'il soit ! ajouta-t-elle avec un clin d'œil.

Wolf fronça les sourcils à la révélation de ses facéties d'enfant, et Sabina ne put s'empêcher de sourire en imaginant ce grand homme allongé sur les genoux de Béa pour recevoir une correction.

— Bien, déclara Béa, je vous pardonne pour cette fois, mais je vous conseille d'inviter votre femme à déjeuner avec vous, *Meister* Wolf. Elle est déterminée à se lever, et ma foi, autant en profiter pour faire connaissance.

Elle reprit le plateau avec un sourire en coin.

— Et puisque vous traînez là depuis une heure au lieu de sortir comme vous le faites d'habitude, je pense que nous sommes du même avis.

Béa adressa un nouveau clin d'œil à Sabina et quitta la chambre d'un pas nonchalant en faisant onduler ses larges hanches.

Wolf la fixait.

— Il va falloir que je la renvoie, un jour...

Sabina eut un moment d'appréhension avant de comprendre que Wolf n'en avait aucune intention. Malgré sa mine renfrognée, sa grande affection pour la plantureuse domestique ne faisait aucun doute.

Elle esquissa un sourire nerveux. Il lui paraissait un peu ténébreux, ce matin. Une ombre obscurcissait sa mâchoire, comme s'il avait oublié de se raser. Ses épais cheveux étaient ébouriffés et elle se rappela l'avoir vu se passer la main dedans plusieurs fois la veille. C'était une habitude, et elle regretta de n'avoir point de peigne, car cela lui donnait une allure beaucoup trop séduisante.

Il l'examina d'un œil critique.

— Vous vous sentez bien, j'espère ?

— Beaucoup mieux, *Meister* Behaim.

— Je vous en prie, appelez-moi Wolf.

Au son de son nom, les images de son rêve la submergèrent soudain. Elle aurait du mal à l'appeler ainsi sans rougir, désormais.

— Oui. Eh bien... je voulais vous remercier encore pour tout ce que vous avez fait pour moi depuis mon arrivée. Je... je ne trouve pas de mots pour vous exprimer ma gratitude. Si je peux vous dédommager d'une manière ou d'une autre...

Les yeux de Wolf se posèrent brièvement sur le lit, puis revinrent sur elle. Elle se rappela comment ces yeux, la veille, l'avaient sondée. Elle se souvenait très bien aussi de son torse après la pluie : mince, musclé, durci par le froid...

Mortifiée, elle se ressaisit. La chambre lui parut soudain trop petite.

— Ce n'est rien, dit-il abruptement.

Il recula devant elle, puis fit un pas dans le couloir et désigna l'escalier.

— Vous sentez-vous la force de faire une promenade au grand air avant de manger ? Le vent est frais aujourd'hui, mais je le trouve revigorant. Le soleil a même fait une belle apparition et séché la pluie. Nous pourrons marcher et deviser en même temps. Nous avons à discuter de beaucoup de choses, n'est-ce pas ?

Seigneur, il meublait le silence ! Il semblait aussi nerveux qu'elle lorsqu'ils étaient ensemble. Hormis la veille, elle n'était pas sortie depuis des jours et elle rêvait de soleil.

— C'est une bonne idée, approuva-t-elle.

Wolf s'apprêta à repartir, mais il s'arrêta et lui tendit le bras. Elle avait déjà caché ses mains dans les manches de sa robe, comme elle en avait pris l'habitude au couvent pour marcher durant ses méditations.

Au lieu de renoncer, il garda le bras tendu vers elle, une expression amusée se dessinant une fois de plus sur son visage. Sabina hésita un instant, puis elle s'approcha de lui et posa la main droite au creux de son coude gauche, où elle se nicha confortablement.

Avec un infime sourire, Wolf leva la tête vers le plafond. Elle l'imita, et ne put s'empêcher de demander :

— Qu'y a-t-il ?

— J'attends le coup de foudre, répondit-il, impassible.

Il la taquinait ! Elle sourit timidement et descendit l'escalier à son bras. Ils s'arrêtèrent en bas le temps qu'il prenne deux capes épaisses et en drape une sur ses épaules, puis ils sortirent.

Sabina comprit la sagesse de cette précaution dès qu'ils furent dehors. Un vent cinglant balayait l'Elbe qui coulait derrière la propriété et se parait de petites crêtes d'écume blanche. Ils franchirent le mur d'enceinte de la ville par une grille étroite. Wolf adressa un signe à l'une des sentinelles, puis la fit arrêter et lui montra le mur, derrière eux.

— Veillez à ne pas vous aventurer par ici seule, lui dit-il. Thomas Müntzer se trouve en ce moment à Mühlhausen, où il excite à nouveau les paysans. Nous nous attendons à des soulèvements.

Il la regarda dans les yeux.

— Ne sortez de la ville qu'avec moi ou un de mes hommes.

Elle essaya de ne pas s'offusquer de son ton autoritaire.

— Comme il vous plaira.

Il fronça les sourcils.

— Cela vous dérange ?

Elle plissa les yeux, éblouie par le soleil brillant, derrière Wolf.

— C'est juste...

Elle soupira, et il comprit :

— Vous soutenez leur cause.

C'était une affirmation, non une question.

— Oui, répondit-elle au bout d'un moment. Il me semble que les paysans sont chaque année un peu plus démunis. Pas vous ? Ne les plaignez-vous pas, vous qui…

— … êtes issu d'une famille de fermiers ? termina-t-il à sa place, mais sans paraître en prendre ombrage.

Elle acquiesça de la tête.

Au lieu de répondre tout de suite, il tendit une main pour attacher sa cape, qui pendait de travers. Elle oublia de respirer quand ses doigts effleurèrent par mégarde l'arrondi de son sein.

— Les temps sont durs, reprit-il avec un haussement d'épaules. L'empereur prélève plus de taxes sur les nobles, qui reportent ces augmentations sur les métayers et les serfs. La situation est un peu moins pénible en Saxe électorale, sans le servage, mais les conflits se répandent dans la région.

— J'ai entendu parler des ligues du *Bundschuh*, dit-elle tandis qu'ils reprenaient leur marche.

Il se tourna et, la prenant par la taille, il la souleva légèrement par-dessus une flaque de boue qui barrait son chemin. Ce geste la troubla, mais il ne semblait même pas s'être rendu compte de ce qu'il avait fait. Il la lâcha aussitôt et ils poursuivirent.

— Oui, les ligues secrètes de paysans, dit-il en reprenant le fil de leur conversation. Ils prétendent organiser leur propre défense, mais certains d'entre eux sont en train de devenir violents. Ils visent assez souvent les terres de l'Église.

Elle plaça une main sur sa tête alors que le vent menaçait de faire s'envoler sa coiffe.

— Je comprends que nombre d'entre eux aient le sentiment que les évêques et les abbés sont les pires des oppresseurs.

Wolf s'arrêta, réfléchit, puis se remit en route.

— Peut-être ont-ils raison.

Il l'avait surprise. Elle savait qu'il n'était pas réformateur, pourtant il semblait critiquer l'Église.

Elle se tourna vers lui.

— Vous soutenez donc le mouvement des paysans ?

Il ralentit et sembla réellement méditer sa question.

— Je reconnais aux paysans le droit d'avoir un niveau de vie correct. Je reconnais qu'ils devraient avoir accès aux forêts et aux cours d'eau communaux pour pourvoir à leurs besoins, malgré les tentatives des nobles de les réquisitionner. Je reconnais que les seigneurs ne devraient pas ôter le pain de la bouche des familles affamées qui travaillent la terre pour les entretenir. Cependant, je n'approuve pas la volonté des ligues d'utiliser le nom du Christ, la violence ou les menaces pour parvenir à leurs fins.

Elle le considéra, songeuse.

— Vous parlez comme Martin Luther.

Il la foudroya du regard et accéléra le pas.

— Je ne pense pas que nous ayons grand-chose en commun, pourtant.

— Ah non ? demanda-t-elle en allongeant sa foulée. Les paysans pensaient que le professeur Luther s'unirait à eux pour combattre les seigneurs. Ils ne comptaient pas sur le fait qu'il ne veut pas entendre parler d'une révolution violente fondée sur des principes chrétiens. Il considère qu'ils n'ont rien à gagner à exiger des concessions économiques de la part des nobles au nom de la Nouvelle Foi.

Elle leva les yeux vers le ciel en essayant de se remémorer les paroles de Luther, souleva ses jupes et sautilla à côté de lui.

— « Le paysan peut protester pacifiquement contre sa condition et demander réparation à ses dirigeants légitimes, mais il ne doit pas prendre les armes au nom du Christ et se montrer exigeant », récita-t-elle, presque hors d'haleine.

Il lui coula un regard en biais, remarqua qu'elle peinait à le suivre et ralentit.

— Vous semblez fort au fait des écrits de Luther, pour une religieuse.

— Une ancienne religieuse, corrigea-t-elle fermement. Et pour vous répondre, oui, j'en ai lu quelques-uns.

— Vous savez, c'est le type de raisonnement qui rend des hommes comme Müntzer populaires auprès des paysans. Qu'en dit votre professeur Luther ?

Elle détourna les yeux, troublée. Thomas Müntzer était un ancien prêtre qui prônait le renversement violent de la classe dirigeante et l'avènement d'une nouvelle société égalitaire. Il œuvrait depuis quelque temps à partir de la ville voisine de Mühlhausen. Elle avait entendu parler de lui lors de sa récente visite là-bas.

— On peut dire sans craindre de se tromper que Müntzer déteste profondément le professeur Luther, et que ce sentiment est réciproque.

Elle se tut soudain et tendit un bras pour le faire s'arrêter.

— Oh, mais ne parlons pas de sujets si difficiles aujourd'hui.

Elle leva les bras au ciel, merveilleusement fortifiée par les éléments.

— Il fait beau, l'air est vif, c'est une journée faite pour rendre gloire à la création de Dieu, et non aux folies des hommes.

Il réprima un petit sourire, et elle agita dans sa direction un index réprobateur.

— Pourquoi faites-vous cela ?

— Quoi donc ?

— Vous vous interdisez de sourire alors que vous en avez envie. Pourquoi ?

— Je ne m'en rendais pas compte, répondit-il lentement. Sans doute ai-je eu trop peu d'occasions de sourire, ces dernières années.

Elle regarda autour d'elle avec une expression faussement incrédule.

— Vous vous moquez de moi. Il y a toujours des raisons de sourire, il suffit d'ouvrir les yeux. Regardez, par exemple...

Elle remarqua une tache jaune nichée au pied d'un bouleau, et s'en approcha aussitôt.

— Voyez ? Une giroflée d'hiver.

Sabina se pencha pour en caresser les pétales.

— Ma mère disait : « C'est une fleur rare mais heureuse qui pousse là où le vent l'emmène ». En vérité, voilà une raison de sourire.

En relevant les yeux vers lui, elle remarqua que le coin de ses lèvres était retroussé. Cependant, ce n'était pas la fleur qu'il regardait, mais elle. Elle le nargua en lui souriant à son tour.

— Oui, voilà, vous pouvez y arriver !

Elle éclata de rire lorsqu'il s'avoua vaincu et sourit d'une oreille à l'autre.

Son sourire l'éblouit avec l'intensité d'une lumière aveuglante, la stupéfiant par sa beauté virile. Elle commença à regretter de l'y avoir encouragé. Elle resta agenouillée quelques instants devant la fleur, à le regarder bêtement jusqu'à ce qu'enfin, craignant réellement la cécité, elle détournât les yeux.

— La voulez-vous ? demanda-t-il en se penchant pour cueillir la fleur.

Elle l'interrompit en posant une main sur la sienne.

— Non, laissez-la. Son destin est déjà bien assez dur. Qu'elle fleurisse tant qu'elle le peut.

Elle baissa les yeux et regarda leurs deux mains. Le contraste était frappant. La sienne, pâle et mince, et celle de Wolf, plus sombre, plus solide.

Il l'aida à se relever, mais, au lieu de la lâcher, il lui écarta les doigts et, l'air distrait, commença à caresser sa paume de son pouce. Sabina sentit ses genoux faiblir. Elle aurait voulu qu'il cesse, tout en priant silencieusement pour qu'il continue.

— Pourquoi les femmes aiment-elles tant les fleurs ? demanda-t-il comme s'il se parlait à lui-même. Elles ne servent à rien. Elles poussent, elles fanent, elles meurent.

La même expression assombrit de nouveau son visage. Elle eut envie de le serrer dans ses bras, de le regarder sourire encore. Mais elle préféra les mots :

— Ainsi va la vie, dit-elle en haussant une épaule. Tout ce qui vit meurt trop vite. Mais apporter de la joie aux autres tant qu'on est vivant, laisser le souvenir de sa beauté et le parfum de sa vie derrière soi...

Il la regardait, captivé.

Elle lui sourit.

— Pourquoi ne pas aimer une fleur ? Si elle doit avoir une raison d'exister, eh bien que ce soit celle-là.

— Être aimée ?

Elle hocha la tête.

— Ne serait-ce pas, au bout du compte, le seul objectif qui importe ?

Il la dévisagea et resserra les mains autour des siennes. Le vent ébouriffait ses cheveux.

— Vous parlez comme quelqu'un qui a connu un tel amour, dit-il enfin.

Elle soupira.

— Ou plutôt comme quelqu'un qui ne l'a pas connu !

Elle s'efforça de rester insensible au désir qui l'élançait à son contact, et dégagea précautionneusement sa main.

— Mais nous parlons de fleurs, alors qu'il existe tant d'autres sujets de conversation.

— Vraiment ? murmura-t-il en la suivant des yeux tandis qu'elle s'éloignait. Je n'en suis plus si sûr.

Leurs regards se croisèrent, et la chaleur qu'elle avait ressentie la veille revint soudain. Elle eut l'impression que son corps devenait lourd tandis que son cœur flottait dans sa poitrine. Il lui reprit la main, entrelaça leurs doigts et la conduisit sous un pin, à l'abri du soleil. Là, il la lâcha.

— Racontez-moi pourquoi vous vous êtes enfuie du couvent, demanda-t-il, rompant le charme.

Elle fut à la fois reconnaissante et déçue qu'il lui ait posé cette question. Mais, après tout, il n'y avait sans doute aucun mal à lui dire la vérité.

— C'est le professeur Luther qui m'a sauvée.

— Luther ? Celui-là même dont nous parlions à l'instant ?

— Lui-même.

Devant son expression perplexe, elle ajouta :

— Peut-être devrais-je commencer par le commencement...

— Peut-être, en effet.

7

Une bourrasque souffla et une mèche de cheveux s'échappa de la tresse que Sabina avait enroulée sous sa coiffe. Elle l'écarta d'un geste impatient.

Les feuilles mortes décrivaient un cercle paresseux autour de leurs pieds.

— Même au couvent, commença-t-elle, nous avons entendu parler, clandestinement, des quatre-vingt-quinze thèses du professeur Luther. Des exemplaires circulaient sous le manteau. Les sœurs – nous n'étions d'abord que quelques-unes – se réunissaient en secret et les lisaient à voix haute pour celles qui ne savaient pas lire, puis nous échangions nos points de vue. L'idée du professeur Luther, selon laquelle seule la foi, et non nos bonnes actions, peut nous sauver et nous apporter la grâce, était révolutionnaire.

Elle sourit avec émerveillement à cette évocation.

— Ce fut pour moi une révélation pareille à celle qu'a connue l'apôtre Paul qui, aveugle, a soudain recouvré la vue.

Wolf lui toucha la tempe et elle sursauta. Elle se rendit compte qu'il avait simplement voulu écarter les cheveux qui refusaient de rester emprisonnés sous son châle. Avec un sourire, elle rajusta la mèche rebelle sous sa coiffe.

— Continuez, l'encouragea-t-il doucement. Ce que vous avez appris des écrits de Luther vous a-t-il rendu votre confinement d'autant plus détestable ?

— En quelque sorte. Mais entendez-moi bien : je ne déteste pas les gens d'Église. Beaucoup sont de belles âmes qui la servent honnêtement. Mais bon nombre aussi, en revanche, se moquent du péché et profitent éhontément des plus pauvres d'entre les pauvres. Les moines qui vendent des indulgences à des mères démunies ayant à peine de quoi nourrir leurs enfants, les évêques qui fréquentent des maîtresses toute la semaine sans impunité, puis prêchent les péchés de la chair le jour du Seigneur…

Elle secoua la tête.

— C'est devenu grandement décourageant.

Il s'appuya contre l'arbre, trop proche, et si troublant qu'elle dut résister à l'envie de s'écarter.

— Ce genre d'attitude est inévitable, dit-il. Dès lors que des gens influents contrôlent les masses sans éducation et non informées, on assiste toujours à des abus de pouvoir. Ce n'est pas nouveau.

— Peut-être pas pour vous, mais cela l'a été pour moi. Je n'ai jamais aimé le cynisme. Je suis incapable de fermer tout simplement les yeux.

— En effet, dit-il avec un petit sourire. Je l'imagine.

Elle s'autorisa à le regarder un moment avant de détourner le regard, à contrecœur.

— Quoi qu'il en soit, une copie du traité du professeur Luther sur les vœux monastiques est tombée entre nos mains, et cela a été l'élément qui a tout déclenché.

— Je connais cette œuvre. Un imprimeur clandestin l'a imprimée à Nuremberg. J'ignorais complètement qu'elle était parvenue si loin dans le nord.

— Sœur Katie et moi avons écrit au professeur Luther il y a deux ans pour l'interroger sur certaines des idées qu'il exprimait. Entre autres, nous lui avons demandé si un moine ou une religieuse retenus dans un cloître contre leur gré avaient le droit de le quitter et de trouver un autre moyen de servir Dieu ?

Elle serra les bras autour d'elle pour se protéger du froid.

— Il a fini par nous répondre, en incitant à partir celles qui avaient le sentiment de ne plus servir le couvent. Il a même accepté de nous y aider si nous en trouvions le moyen. C'est ce qui s'est produit. En passant par un intermédiaire, nous nous sommes arrangées pour qu'un marchand voisin nous fasse sortir, une nuit...

Il vint se placer devant elle pour l'abriter du vent.

— C'était dangereux. Et guère sage. Pourquoi n'avez-vous pas demandé au baron de vous faire sortir ?

Elle le considéra avec une expression signifiant clairement qu'elle prenait cela pour une plaisanterie.

Il lui fit un signe de tête.

— Je comprends... Mais alors pourquoi ne pas vous être adressée à des amis ?

— Je n'en ai pas, répondit-elle simplement.

C'était la vérité.

Il resta muet devant cette révélation. Puis, enfin :

— Et comment vous y êtes-vous donc prises ?

— Vous ne le devinerez jamais, répondit-elle avec un grand sourire. Le marchand vendait des caques de harengs. Un jour, il s'est présenté avec douze caques remplies de harengs fumés, et le lendemain, il ressortait avec douze caques pleines de nonnes !

Wolf jeta la tête en arrière et éclata de rire pour la première fois.

— Vous aviez raison : je ne l'aurais jamais deviné.

Elle aimait bien son rire. Il était franc et fort, comme une bière un jour d'hiver. Elle regarda par terre et remua les pieds sur la terre durcie par le froid, en essayant de se rappeler où elle en était de son récit.

— C'était très dangereux pour nous toutes, aussi avons-nous dû rester dans les caques jusqu'à ce que nous atteignions Wittemberg, reprit-elle. Katie a failli suffoquer. Mais le plus gros du voyage se déroulait en Saxe ducale, et le duc George venait de faire exécuter un homme qui avait essayé de faire sortir une religieuse d'un couvent dans sa région.

— Vous êtes restées enfermées pendant tout ce temps ? s'écria-t-il avec un sifflement. Le trajet de Nimbschen à Wittemberg a dû prendre un temps fou.

— Vouloir, c'est pouvoir, déclara-t-elle avec ferveur. Pour la première fois depuis des années, j'ai eu la force de prendre mon courage à deux mains pour échapper au destin que m'assignait un autre. Je me suis fait le serment de ne jamais plus me retrouver dans cette situation.

Elle serra la mâchoire en songeant à la promptitude avec laquelle son vœu s'était trouvé rompu.

Il s'approcha, et elle sentit sa main rugueuse sur sa joue. Elle leva les yeux vers lui.

— J'ignorais complètement la façon dont vous avait traitée le baron avant notre rencontre, dit-il avec calme. J'espère que vous me croyez.

Elle le considéra un instant et hocha la tête. Oui, elle le croyait. La tentation de lui faire confiance était forte. Elle s'en défendait, cependant. L'expérience enseignait de meilleures leçons que la tentation. Cependant, ainsi proche de lui, elle inspira de nouveau le mélange caractéristique d'agrumes, de bois de santal et de virilité qu'il dégageait. Le soleil formait un halo derrière sa tête, donnant à ses cheveux des reflets cuivrés.

— J'ai rêvé de vous, la nuit dernière.

Il rougit et laissa retomber sa main.

Dieu tout-puissant, comment une telle phrase avait-elle pu sortir de sa bouche ? songea Sabina.

— Pardonnez-moi, je ne voulais pas vous mettre mal à l'aise.

Il fallait qu'elle apprenne à se taire.

— Je ne suis pas... mal à l'aise.

Après un bref silence, il demanda :

— Était-ce un beau rêve ?

Ce fut à elle de rougir. Elle s'éclaircit la gorge.

— Je ne m'en rappelle pas les détails.

Son regard pénétrant la transperça.

— Non ?

— Non.

Elle soutint son regard, refusant de baisser les yeux de crainte qu'il ne devine son mensonge. Elle se confesserait ce soir, pendant la prière.

Un éclat fit briller le regard émeraude de Wolf.

— Et quelle impression vous a-t-il laissée ? Ou est-ce encore une chose qu'un gentilhomme ne doit pas demander ?

Cette fois, ce fut elle qui réprima un sourire.

— Cela fait partie des sujets à éviter, en effet.

Le regard qu'il lui adressa signifiait sans ambiguïté qu'il la trouvait lâche.

— Mais, ajouta-t-elle pour l'embêter, je dirais qu'il était... agréable.

— Agréable, répéta-t-il d'une voix neutre.

— Oui, agréable.

— Bien...

Il plissa les yeux.

— Je devrais me contenter de me réjouir que ce n'ait pas été un cauchemar.

Puis il vint se placer derrière elle, se pencha et lui murmura à l'oreille :

— Il faudra que j'essaie de faire davantage impression, la prochaine fois.

Son souffle était léger et chaud contre sa peau. Elle le ressentit jusque dans ses orteils qui, à sa grande consternation, se recroquevillèrent. Elle décida qu'elle serait mal avisée de répondre.

— Et quels étaient donc vos projets avant que le baron n'intervienne ?

Il changea de sujet en reprenant sa place devant elle.

Elle n'était pas prête à révéler ses projets. D'un autre côté, si elle préparait le terrain dès à présent, il se montrerait peut-être plus malléable lorsqu'elle évoquerait la question d'une annulation de leur mariage. Sa cause devant le concile serait beaucoup plus solide s'il témoignait qu'elle l'avait épousé sous la contrainte. Ce qui lui faciliterait les choses pour fonder son refuge.

— Oh, je n'en sais rien vraiment… Toutefois, je réfléchissais…

Elle lui coula un regard sous ses cils.

— Vous souvenez-vous de notre discussion d'hier ? Sur les anciennes religieuses qui n'ont nulle part où aller ?

— Je ne suis pas si sénile et faible d'esprit au point d'oublier si vite une chose pareille, railla-t-il gentiment. Eh bien ?

— Eh bien… on pourrait envisager de leur construire un endroit. Un lieu sûr où elles pourraient se réfugier.

Il haussa un sourcil noir.

— Pourquoi me regardez-vous ainsi ? Sanctuaire n'est pas si grand.

— Non, non, ce n'est pas ce que je…

Mais elle se tut. Comment lui expliquer son projet sans se trahir ?

— Je vous écoute…
— Eh bien, s'il existait un lieu, un refuge, si vous préférez, où pourraient venir habiter les femmes et les jeunes filles opposées au principe d'être enfermées au service de l'Église… Un lieu où elles pourraient travailler, se suffire à elles-mêmes, sans être obligées de constituer un fardeau pour la communauté en mendiant ou en vendant leur corps ?

Il croisa les bras.

— Ces femmes feraient mieux de trouver des maris. Ou de rentrer chez elles, dans leur famille. Toute autre suggestion me semble contre nature.

— C'est votre réaction instinctive, mais imaginez qu'elles soient dans mon cas. Qu'elles n'aient personne vers qui se tourner, aucune autre solution ? Les livreriez-vous simplement à leur destin ?

— On a toujours le choix. Elles pourraient décider de rester au couvent.

— Vous ne savez pas ce que cela signifie, pour ces femmes. Vous n'en avez aucune idée.

Elle se dirigea vers lui et lui prit le bras, dans sa hâte à se faire comprendre. Sa coiffe pencha un peu lorsqu'elle tourna le visage pour le regarder. Il semblait surpris, et une étincelle brûlante brilla dans son regard. L'instant d'après, il était redevenu impassible.

Elle poursuivit comme si elle n'avait rien remarqué :

— Les femmes qui ne parviennent pas à soumettre leur conscience y sont battues, affamées, isolées. Et parfois, chuchota-t-elle, elles deviennent la cible des prêtres censés venir les guider.

Nous avons trouvé des nouveau-nés abandonnés dans les ordures ou enterrés vivants derrière les cloîtres. Rejetés par des religieuses qui ont été violées ou ont succombé à la tentation.

Il la regardait avec intensité, une veine battant sur la tempe.

— Cela vous est-il arrivé ? Quelqu'un vous a-t-il infligé cela ?

L'expression meurtrière dans son regard promettait des représailles à quiconque s'y serait aventuré.

— Non. Parce que j'ai appris à dormir avec un poignard à mon côté. Et je l'emportais au confessionnal. Toujours.

— Seigneur, murmura-t-il. Si j'avais pu me douter...

— Personne ne s'en doute. La plupart des hommes n'ont aucune idée de ce que c'est qu'être à la merci d'un autre et totalement vulnérable, de devoir faire confiance à autrui pour vous protéger. Et dans le cas contraire...

Elle le relâcha et laissa tomber la main contre son flanc.

— C'est... horrible.

Elle se détourna et regarda enfin l'Elbe, dont les eaux bleu-vert ondoyaient. Elle vit, derrière, les collines arrondies encore brunes après la morsure de l'hiver. Perdue dans ses souvenirs, elle sursauta lorsque Wolf lui toucha l'épaule.

— Comment changeriez-vous cela ? demanda-t-il doucement. Que feriez-vous ?

Elle se tourna vers lui et prit une grande inspiration.

— J'achèterais un grand terrain. Des terres agricoles. Avec du bétail, des moutons. Un endroit où planter un verger, où faire pousser des légumes, fermenter du houblon. J'embaucherais quelqu'un qui enseignerait aux femmes tout ce qu'elles doivent savoir pour obtenir une petite récolte à vendre sur les marchés. Nous...

Elle s'interrompit et s'éclaircit la gorge.

— Elles fileraient la laine, fabriqueraient leurs propres vêtements, en confectionneraient pour les pauvres. Soigneraient les malades de la communauté, parleraient de Dieu aux orphelins, adoreraient le Seigneur à leur façon. Sans constituer une charge pour les autres. Si elles trouvaient un mari, ou un poste en dehors du refuge, ou encore si un autre destin les appelait, elles seraient libres de partir. Libres de *choisir*.

Wolf garda le silence pendant un long moment.

— Vous semblez avoir mûrement réfléchi au problème, fit-il remarquer.

Elle détourna les yeux.

— J'en ai eu tout loisir, ces neuf dernières années.

Wolf se tapota la mâchoire, songeur.

— C'est une proposition radicale, et dont la mise en œuvre n'est pas sans poser quelques problèmes. À commencer par celui-ci : comment feriez-vous pour acquérir un tel domaine ? Sans parler du bétail et du matériel, des bâtiments à construire et des moyens d'entretenir un endroit pareil ?

L'heure était venue : pouvait-elle, ou non, lui faire confiance ?

— Je... Il existe une solution, dit-elle lentement, la gorge serrée. Je dispose d'un héritage qui me vient de ma mère. Le baron a dû en parler, durant vos négociations du contrat de mariage. Quand il me reviendra, d'ici à quelques semaines, je pourrai...

Elle ne s'était pas attendue au juron qu'il poussa soudain.

8

Le juron avait jailli tout seul. Wolf avait senti venir l'inévitable, et pourtant, il s'était laissé surprendre. Il savait aussi que dès qu'elle ferait allusion à son héritage, leurs chemins se sépareraient irrévocablement. Ce que, venait-il enfin d'admettre, il ne souhaitait pas.

Elle écarquilla les yeux, convaincue qu'il avait perdu la tête.

— Qu'y a-t-il ? s'étonna-t-elle.

Il devait réfléchir rapidement. L'empêcher de parler du legs de sa mère, ne pas révéler le pacte du diable qu'il avait conclu avec le baron. Baissant les yeux, il vit que ses pieds étaient enfoncés dans une profonde flaque de boue. La gadoue recouvrait ses chaussures et son haut-de-chausses, et des éclaboussures remontaient jusqu'à sa jambe. Il feignit d'en être irrité.

— Malédiction ! Regardez cela. Nous allons devoir rentrer à la maison pour que je me change.

Elle le considéra, visiblement déçue.

— Mais, je m'apprêtais à vous parler d'un sujet de la plus haute import...

— Eh bien, cela pourra certainement attendre que je sois au sec ? coupa-t-il en faisant mine de revenir sur ses pas. Venez, de toute façon le déjeuner sera certainement prêt. Vous devez mourir de faim. Il est temps de vous sustenter.

Il pressa l'allure, l'entraînant avec lui.

Elle regarda par-dessus son épaule, puis reporta son attention sur lui, alarmée.

— Attendez !

— Non, j'insiste. Nous aurons tout le temps de parler plus tard.

Il trouverait bien un moyen de repousser encore ce moment.

— Mais vous allez...

— Pas de mais. Venez !

— *Meister* Behaim ! s'écria-t-elle juste avant que, dans sa hâte, il ne bascule de l'autre côté de la berge.

Incapable de maîtriser sa chute, Wolf s'agrippa aux manches de Sabina sans réfléchir et l'entraîna avec lui. Elle poussa un cri et ils tombèrent et roulèrent sur plusieurs mètres dans un enchevêtrement de capes et de jupes, de bras et de jambes. Au bout de ce qui sembla être une éternité, leur chute s'arrêta au bord du fleuve. Sabina était allongée au-dessus de lui.

Ils se dévisagèrent un instant, sous le choc. Puis, comme si ce genre de choses lui arrivait tous les jours, il haussa un sourcil et lui dit :

— Je trouve vraiment que vous devriez m'appeler Wolf.

Sabina pouffa, et Wolf, saisissant l'absurdité de la situation, s'esclaffa avec elle. Leur hilarité devint croissante et, au bout d'un moment, il riait si fort que des larmes coulaient sur ses joues.

Ils reprirent peu à peu leur calme, et Wolf s'essuya les yeux du revers des doigts, la tête reposant par terre. Encore allongée en travers de son corps, Sabina le contemplait d'un air ravi. Ils avaient réussi à éviter le pire durant leur dégringolade, mais ils étaient couverts de brindilles et de feuilles mortes.

— Femme, vous avez le rire le plus impossible qui soit.

Il plissa les yeux.

— Je croyais que les dames n'étaient pas censées rire ainsi.

— Cessez donc, dit-elle en lui donnant une tape, ou vous allez me faire rire encore. Nous serons toujours là ce soir, à ce rythme, et les domestiques devront organiser une battue. Que diront vos voisins ? Ce n'est pas convenable ! ajouta-t-elle d'un ton faussement outré.

Soudain, il prit conscience du tableau qu'ils formaient. Fidèle image de la nuit précédente, elle était étendue au-dessus de lui ; il lui tenait la taille d'une main et avait une jambe relevée entre les siennes.

Sa coiffe avait disparu et ses cheveux, qui s'étaient dénoués pendant la culbute, s'étalaient maintenant dans son cou en une cascade brillante. D'une main, il les écarta en laissant glisser les mèches soyeuses entre ses doigts.

— Ils diront que *Meister* Behaim et sa jeune épouse font connaissance, répondit-il.

Et, comme si c'était la chose la plus naturelle du monde, il posa sa bouche contre la sienne.

Sabina se raidit. Pendant un instant, elle ne réagit pas, puis elle le repoussa.

— Non, non, siffla-t-elle, et il perçut la peur dans sa voix.

— Chut, dit-il en caressant sa joue veloutée. Je ne vous ferai pas de mal, ce n'est qu'un baiser...

Il murmurait dans son oreille, craignant de l'effrayer mais déterminé à goûter sa bouche.

— Un petit baiser. Nous sommes au vu et au su de tous, que risque-t-il de vous arriver ? Un simple baiser...

La voyant hésiter, il l'embrassa de nouveau.

Elle ne recula pas, mais ne se montra guère enthousiaste. Elle resta de marbre tandis qu'il passait sa langue avec dextérité sur le rose arrondi de ses lèvres. Il sentait ses membres trembler. Il accentua la pression délicate, glissa ses doigts dans sa chevelure et plaqua la bouche sur la sienne.

Enfin, elle ferma les yeux et, avec un petit soupir, elle s'ouvrit à lui. Il n'en fallut pas davantage. Un murmure satisfait échappa à Wolf, et il glissa la langue dans sa bouche.

Toute pensée consciente lui échappa devant sa réaction. Elle emmêla sa langue à la sienne, et il eut l'impression qu'un incendie se déclarait soudain à l'intérieur de son corps. Il se sentit soudain vivant, ô combien...

Il roula sur la terre avec elle. Le besoin de la couvrir de son corps était presque douloureux. Elle gémit, et ses mains s'égarèrent sur les épaules de Wolf, sur son visage. Il tourna la tête et mordilla l'un de ses doigts, le corps en feu, avant de laisser glisser ses lèvres le long de sa gorge, et sa langue dans la douce vallée de son décolleté. Il releva la tête et sa bouche reprit possession de la sienne, avide de la goûter. Elle frémissait des pieds à la tête. Toute l'attention de Wolf était centrée sur elle. Il ne sentait ni l'humidité, ni le froid, pas plus qu'il ne songeait à l'impudeur de cette exhibition.

Sabina embrassa maladroitement le visage de Wolf. Leurs lèvres se touchèrent à maintes reprises, et elle éprouva une joie secrète devant sa réaction. Elle n'aurait jamais pensé qu'un simple baiser pouvait exercer un tel effet sur un homme. Peut-être parce que aucun homme ne l'avait jamais embrassée ainsi, comme si rien d'autre ne comptait, comme si le temps s'était arrêté, et que le monde se réduisait à elle – à *eux*.

Elle entendait les feuilles mortes craquer sous leur poids. Elle sentait l'humidité du sol autour d'eux. Il s'appuyait contre elle avec force, tout en muscles, en puissance. Pourtant, il lui suffisait de le toucher avec sa langue pour qu'il s'abandonne...

Cette pensée l'enivra. Jusqu'à ce qu'elle sente l'air froid sur sa peau et se rende compte que son corsage était aux trois quarts défait. Elle savait ce qui allait se passer ensuite. Elle essaya de se redresser, mais de tout son poids il la maintenait au sol. Soudain affolée, elle le repoussa durement.

— Wolf... Attendez, dit-elle dans un halètement.

Il la maintint contre la terre humide, l'embrassant avec une ardeur d'affamé, roulant au-dessus d'elle tandis qu'elle gémissait dans sa bouche. Le cœur de Wolf tambourinait contre sa poitrine, son corps ondulait sous le rythme passionné du désir.

Brièvement, il cessa de l'embrasser pour chuchoter d'une voix fervente et rauque :

— Je meurs d'envie de vous. Dieu tout-puissant, je vais exploser si je ne peux pas vous posséder...

Il souleva l'ourlet de sa robe, manquant déchirer le tissu dans sa précipitation fébrile de la trousser. Il passa les doigts sur ses bas, tira sur le nœud de sa jarretière, glissa les mains sur sa chair brûlante...

Le plaisir désespéré de ses doigts sur sa peau, l'envoûtement du désir, le besoin urgent qu'elle avait de lui, la terrifièrent davantage que ne l'aurait fait l'usage de la force. Elle le martela des poings.

— Wolf, non !

Il se figea.

— Sainte mère miséricordieuse...

Il s'écarta alors, se leva en titubant, le désir enflammant toujours son regard fiévreux.

Elle s'éloigna de lui comme s'il l'avait brûlée, en tendant une main devant elle pour le tenir à distance.

— N'avancez pas..., bredouilla-t-elle.

— Non.

Le vent autour d'eux sifflait à travers les arbres. Hébété, il réalisa soudain où ils se trouvaient.

— On va nous...

— Je ne vous toucherai plus. N'ayez crainte.

Il montra son corsage béant d'une main tremblante.

— Couvrez-vous.

C'était à la fois un avertissement et une supplique.

Elle rajusta ses vêtements en jetant des regards inquiets autour d'elle.

— Doux Jésus, chuchota-t-il en se frottant le visage de ses doigts tremblants. Qu'est-ce qui m'a pris ?

Wolf était incapable de s'expliquer sa conduite. Il avait perdu toute maîtrise de lui-même. Il ne valait pas mieux qu'un bœuf en rut. Quelques secondes de plus et il se serait accouplé avec elle là, à même la terre, sous les yeux du premier passant venu.

Sabina le regardait avec une grande méfiance, apparemment prête à se sauver s'il succombait à un nouvel accès de folie.

Que lui dire ?

— Sabina, je... je vous demande pardon. Ce n'était pas du tout mon intention en vous amenant ici, je vous le jure.

Elle le dévisageait sans ciller.

— Cela ne se reproduira plus, promit-il fermement.

Elle continua à le fixer des yeux.

— Ne me regardez pas de cette façon. Je ne vais pas vous sauter dessus, pour l'amour du ciel !

En entendant son ton, elle raidit le dos et son visage se tendit. Crier n'aboutirait probablement pas au résultat escompté. Il se tourna face au fleuve. Si elle avait vu l'effet qu'elle produisait encore sur son anatomie, elle aurait pris ses jambes à son cou.

Il n'y avait plus qu'une seule solution.

Il parcourut la distance qui le séparait de l'eau et s'arrêta. Il l'entendit pousser un petit cri quand l'eau glacée lui couvrit les pieds, les chevilles, les cuisses.

— Non ! cria-t-elle.

Et en une fraction de seconde, elle fut à côté de lui. Elle tira sur sa cape de toutes ses forces, puis se jeta dans l'eau devant lui pour le repousser vers la berge.

— Mais... ? s'exclama-t-il, choqué, lorsqu'elle le fit remonter.

— Non ! Ne faites pas cela. Pas à cause de moi, je ne le permettrai pas !

Elle le poussa encore une fois avec force et, soudain, il se retrouva assis dans la boue, au bord de l'eau.

Pour une femme, elle était diablement forte !

Il fronça les sourcils. C'était elle qui avait perdu la tête, cette fois.

Elle se dressa devant lui, l'air furibond, les poings sur les hanches.

— Êtes-vous devenu fou ? Je n'ai nul besoin d'un tel sacrifice, merci beaucoup. Ce n'était qu'un baiser, comme vous l'avez dit. Rien de plus.

C'est alors qu'il comprit.

— Vous pensiez que j'allais... me jeter à l'eau pour me noyer ?

L'idée était absurde. Il fut saisi d'un accès d'hilarité.

— Oui, c'est cela ! rugit-il en se laissant tomber sur le dos.

Stupéfaite, Sabina demanda :
— N'était-ce pas le cas ?
— Non !

Il se tenait les côtes, incapable de s'arrêter de rire.

Elle devint écarlate.

— Alors que faisiez-vous, pour l'amour du ciel ? Et arrêtez cela immédiatement, ajouta-t-elle en agitant un doigt dans sa direction.

— J'essayais d'éteindre les flammes.

— Les flammes ? répéta-t-elle sans comprendre.

— Oui, dit-il doucement. Vous m'avez, euh... transmis certaine chaleur que seul un plongeon dans l'eau glacée peut soigner.

— Oh !

Elle venait de comprendre. Elle porta les mains à ses joues dans un geste si charmant, si merveilleusement féminin, qu'il eut envie de la prendre dans ses bras, de l'emporter dans la maison et de l'embrasser jusqu'à en perdre la tête dans l'intimité de sa chambre.

Elle leva son pied délicat et lui donna un coup dans le tibia, éliminant brusquement toute pensée érotique.

— Ouille ! Qu'ai-je fait pour mériter cela ?

Elle tapa du pied.

— Vous m'avez fait peur, vous m'avez fait croire que... Vous...

Les mots lui manquaient, pour la première fois depuis qu'il la connaissait, et ce fut plus fort que lui : malgré tous ses efforts, il se remit à rire.

— Et comment pouvais-je le savoir ? s'écria-t-elle en passant devant lui à grands pas avec autant de hauteur que le lui permettait le sol boueux. Vous vous êtes dirigé vers le fleuve sans dire un mot, lança-t-elle par-dessus son épaule.

— Pardonnez-moi...

Il se releva et la suivit. Seigneur, il n'avait pas ri ainsi depuis des siècles.

Elle lui coula un regard suspicieux, les bras croisés dans une posture indignée.

— Je suis sincère. Veuillez me pardonner pour tout ce qui vient de se passer. Je n'ai aucune excuse. Je me suis égaré un moment, mais cela ne se reproduira plus.

— Égaré ? répéta-t-elle avec mépris. Comment peut-on s'égarer de la sorte ?

— Pour la première fois depuis des années, je me suis amusé. J'ai négligé d'envisager les conséquences.

Un regard curieux remplaça son expression méfiante.

— Pourquoi donc ?

— Que voulez-vous savoir ?

— Vous dites que vous ne vous êtes pas amusé depuis des années. Pourquoi donc ?

— Eh bien, c'est une longue histoire...

— Il se trouve que je ne suis pas pressée.

Elle étendit les bras pour montrer ses jupes mouillées.

— Cela va mettre un certain temps à sécher, or je n'ai pas l'intention de retourner mouillée dans la maison. Par ailleurs, il paraît que je suis une oreille bienveillante.

Il promena son regard autour de lui.

— Mais... le lieu ne se prête guère aux confidences, ni le moment..., bafouilla-t-il, troublé par son revirement.

Elle haussa un sourcil.

— J'ignorais que vous étiez sourcilleux quant à ce qui se fait ou non.

C'était une petite pique, pas trop méchante, compte tenu de son attitude scandaleuse. Il secoua la tête avec contrition.

— On dirait que non, en effet.

— Et puis, cela nous aidera à… faire connaissance, comme vous l'avez dit.

— Je préfère ma méthode. Eh bien soit, soupira-t-il d'assez mauvaise grâce.

Il se retourna et remonta la pente en supposant qu'elle le suivrait. Il l'entendit souffler dans son dos, s'arrêta, roula les yeux et repartit la chercher. Il la prit par le bras tandis qu'elle bataillait pour soulever ses jupes alourdies au-dessus du sol. Elle lui lança un regard circonspect, mais le laissa faire. Ils remontèrent le talus, puis il l'entraîna vers la souche où ils s'étaient arrêtés auparavant et la fit asseoir à côté de lui.

Il ne savait pas trop par où commencer. Enfin, il ramassa une pomme de pin dont il détacha les écailles méthodiquement, en la faisant rouler entre ses paumes tandis que Sabina étalait ses jupes autour d'elle.

Comment lui expliquer, et par où commencer ?

— Je n'ai pas encore fait le deuil de Beth, ma f… ma première femme. Elle me manque encore, à bien des égards. On a du mal à se réjouir de la vie quand la personne que l'on chérit le plus au monde est ensevelie dans le sol. Le fait que nous ayons vécu si peu de temps ensemble en tant que mari et femme rend tout cela encore plus difficile à admettre.

Il lui coula un regard. Il venait de l'embrasser éperdument, et voilà qu'il se lamentait sur la perte de sa femme ! Qu'en pensait-elle ? Il fut surpris de lire un intérêt sincère dans son expression.

Décidément, cette femme était unique en son genre.

— Après la mort de Beth, je... j'ai vécu un long passage à vide.

Son esprit revint soudain à ces temps troublés.

Il se rappelait la nuit où Beth avait accouché, prématurément. Ils étaient revenus le jour même de Nuremberg, afin que le bébé naisse à Wittemberg, à Sanctuaire. Le voyage l'avait épuisée et les contractions avaient commencé dans la soirée. Le destin s'était ligué contre eux, semblait-il : Peter n'était pas là cette nuit-là. Même Béa, qui aurait peut-être su la sauver, était allée rendre une de ses rares visites à sa famille. Désespéré, Franz était parti chercher la sage-femme, mais lorsqu'il était revenu avec elle, il était trop tard...

Wolf avait supplié Dieu d'épargner sa femme, tout en mettant lui-même leur bébé au monde.

— Quelque chose s'est mal passé. Je n'ai rien pu faire. Tout ce sang, toute cette douleur...

Il avait regardé, impuissant, Beth se vider de son sang, alors qu'elle tenait faiblement le bébé vagissant dans ses bras. Même en se sachant mourante, elle ne le regrettait pas.

« Aime-la. Aime-la assez pour nous deux. »

Elle lui avait arraché la promesse quelques instants avant de mourir. Il ne l'avait pas tenue, au début. Cela avait été tout simplement au-dessus de ses forces. Dans son tourment, il s'était accusé de sa mort, puis en avait accusé Gisel. On leur avait parlé des risques de l'enfantement, mais Beth avait toujours eu le plus fervent désir d'un bébé. Pour une fois, il n'aurait pas dû céder, mais il était incapable de lui refuser quoi que ce soit. Au fond de son cœur, il se sentirait toujours responsable de sa mort.

— Au début, je ne voulais pas entendre parler de l'enfant. Je ne lui avais même pas donné de nom, je ne l'ai pas tenue dans mes bras avant des semaines. Je me vautrais dans mon malheur. Je noyais mes journées dans le vin et mes nuits dans les larmes. J'étais tantôt incapable de me lever, tantôt incapable de dormir. Je voyais le fantôme de Beth qui me regardait, m'accusait d'abandonner notre enfant, mais je ne pouvais rien y faire. J'ai commencé à attendre les visites du spectre avec impatience, je la suppliais même de m'emmener dès qu'elle s'enfuyait...

Sabina bougea à côté de lui.

— Heureusement qu'elle ne vous a pas obéi. Qui sait, cela aurait pu être un démon venu de l'enfer pour vous inciter à sombrer dans le désespoir.

Son accablement avait alarmé sa famille tout entière. Peter avait essayé de lui parler, en vain. Son père était plein d'une compassion impuissante. Même Günter, connu pour sa discrétion absolue, était rentré pour lui tenir tête. C'est sa sœur, Greta, qui l'avait forcé à regarder la réalité en face : il déshonorait sa femme en négligeant son enfant, l'enfant pour lequel Beth avait donné sa vie.

Elle l'avait giflé. Durement.

« Est-ce cela qu'elle aurait attendu de toi ? Est-ce ce qu'elle aurait voulu ? » avait crié Greta. Greta, sa douce sœur, qui n'élevait jamais la voix ni la main devant quiconque. Cela l'avait fait réagir.

Il se demandait encore quel sombre chemin il aurait pu continuer à emprunter sans l'intervention de Greta.

Cette nuit-là, en contemplant le petit être potelé qui s'époumonait, il l'avait prénommée Gisel, ce qui signifiait « promesse », en l'honneur de celle faite à Beth et qu'il avait bien failli oublier.

— J'ai prié pour que ma faiblesse me soit pardonnée. J'ai fait du mieux que j'ai pu, Dieu me vienne en aide, mais je ne sais pas si cela suffira à compenser les premières semaines d'existence de Gisel.

— Bien sûr que oui...

Sabina lui prit les mains et le bleu de ses yeux pénétra son âme.

— L'amour suffit toujours.

Il eut envie de l'embrasser, alors. Il en eut envie avec une ardeur pleine de tendresse comme il n'en avait pas éprouvé depuis si longtemps, avec une pureté à laquelle il avait renoncé des années auparavant. Pour cette raison précise, il ne le fit pas. Il lui toucha doucement les mains et, lentement, il en porta une à ses lèvres. Il ne put résister au plaisir de déposer un chaste baiser dans sa paume, et il sentit sa main tressaillir.

— C'est difficile d'élever Gisel sans sa mère, poursuivit-il en frottant son pouce sur la peau fraîche à l'endroit où il l'avait embrassée. Je me fais du souci à son sujet. Est-ce que j'agis comme il le faut, suis-je un bon père ?

Il fut surpris de s'entendre admettre une chose pareille, alors qu'il ne se l'était pas vraiment avouée jusqu'à présent. Maintenant qu'il avait commencé à se livrer, il désirait continuer.

— Je m'inquiétais de la priver d'une chose trop importante en ne me remariant pas tout de suite et ne lui donnant pas une mère capable de l'aimer. Puis je m'inquiétais en me demandant si une femme saurait jamais l'aimer comme l'aurait aimée sa propre mère. La nourrice est merveilleuse avec elle, de même que ma famille, mais ce n'est pas la même chose.

— Non, rien ne peut égaler l'amour inconditionnel d'une mère, dit Sabina avec une émotion qui faillit briser le cœur de Wolf.

Il se la représenta une fois de plus telle qu'elle devait être jeune fille.

— Oui. Vous êtes bien placée pour le comprendre. En résumé, avec tout cela, je n'en ai eu aucune occasion. De m'amuser, je veux dire...

Il allégea délibérément le ton. Il étoufferait sous les souvenirs s'ils ne parlaient pas d'autre chose.

— Du moins, avec des adultes. Gisel, vous savez, organise des petits goûters de temps en temps. Et surtout, elle possède un hurlement qui vous glace les sangs plus sûrement que n'importe quel pillard turc. Elle adore le faire endurer à Peter quand ils jouent à « L'attaque du village ». Vous voilà prévenue !

Son badinage égaya l'atmosphère, comme il l'avait espéré, et il la vit sourire.

— Je m'en méfierai, le rassura-t-elle.

Il l'examina des pieds à la tête. Elle semblait relativement sèche, désormais. Il se leva.

— Venez, madame. Pourvoyons à vos besoins.

Elle agrandit les yeux en resserrant sa cape sur sa poitrine, et il la gratifia d'un grand sourire.

— Mon Dieu, que de pensées impures ! On ne devinerait jamais que vous avez été religieuse.

Elle fronça les sourcils, confuse.

— Vous n'avez encore rien mangé ce matin, lui rappela-t-il. Je vous suggère que nous rentrions déjeuner.

— Oh...

Elle comprit soudain, rosit et se leva.

Il regarda sa cape et eut une grimace de dépit. Il n'était probablement pas plus présentable qu'elle.

— Et nous allons tâcher de concocter une explication plausible pour notre... mise.

Elle examina leurs vêtements avec désarroi.

— Oui.

Il esquissa un sourire et ils regagnèrent ensemble la maison.

9

À la vue de Sabina et Wolf qui rentraient tout crottés de leur promenade, les sourcils de Franz remontèrent presque jusqu'à sa couronne de cheveux gris. Néanmoins, de par sa condition de noble, Sabina avait appris des années plus tôt à ne jamais se justifier auprès d'un serviteur. Wolf sembla adopter la même attitude, car il lui tendit les capes sans un mot. Franz les prit en silence et entreprit de frotter délicatement les saletés à l'aide d'une brosse dure.

— *Fräulein* Schumacher est dans la salle à manger avec votre frère, *Meister* Wolfgang, annonça-t-il. Sa mère et elle désirent se joindre à vous pour le repas du matin.

— Oh, je ne suis pas en état..., commença Sabina, mais une voix familière l'interrompit.

— Bonjour, vous deux ! J'espère que vous avez bien dormi, lança Peter en arrivant, suivi de deux femmes. Venez donc voir qui vient nous rendre visite pour rencontrer ta femme, Wolf...

Peter se tourna vers les visiteuses.

— Fya, et *Frau* Schumacher, je vous présente ma nouvelle belle-sœur, la baronne Sabina, déclama-t-il avec emphase, malgré son habit couvert de boue.

Les femmes observèrent Sabina avec un détachement curieux. La plus jeune, une ravissante jeune fille dotée d'une masse de boucles blondes enveloppées dans un ruban de soie, portait un élégant surcot vert sur une cotte damassée gansée de jaune pâle. Ses manches bouffantes ornées de crevés et sa chemise en mousseline étaient probablement de la dernière mode, bien que Sabina ne fût pas au fait de la chose, et ses beaux yeux marron ne révélaient qu'une absence d'intérêt affectée pour tout autre que Peter. C'était, sans aucun doute, Fya, avec laquelle il avait une « convention ». L'autre lui ressemblait énormément, à deux exceptions près : ses cheveux étaient devenus gris depuis longtemps, et soigneusement rentrés dans un gracieux bonnet, et elle aimait le bleu ciel, pour l'assortir à ses yeux. Des yeux qui scrutaient les vêtements sales et froissés de Sabina avec un air entendu et aussitôt condescendant.

Sabina les détesta immédiatement toutes les deux. Il ne faisait aucun doute que le sentiment était réciproque.

— Venez vous joindre à nous, proposa Peter. Béa a prévu large, comme d'habitude. Il y a de quoi nourrir un régiment...

— Veuillez m'excuser, dit Sabina. Je ne suis pas prête pour une si élégante compagnie. Vous devrez déjeuner sans moi, je le crains.

— En effet, approuva *Frau* Schumacher avec un sourire suffisant. Je comprends que la baronne ne se sente pas à l'aise... dans un tel état.

Wolf plissa les yeux. Puis il pencha la tête de côté comme s'il ne comprenait pas.

— Et dans quel genre d'état pourrait donc se trouver ma femme, qui l'empêcherait de se restaurer sous son propre toit ? demanda-t-il poliment.

Seule la pointe de froideur que recélait son ton trahissait son agacement.

Sabina rougit de le voir voler à son secours. Cela sous-entendait dans leur relation des choses qui n'existaient pas, et lui donnait l'impression d'être incapable de se défendre.

Frau Schumacher sembla se rendre compte qu'elle avait commis une erreur tactique.

— Je voulais seulement dire que la baronne préférera peut-être se changer et mettre quelque chose de plus... enfin de moins...

Sa phrase resta en suspens.

Wolf prit la main de Sabina et la replia sur son bras.

— Je trouve qu'elle est parfaite ainsi. Ne la trouves-tu pas parfaite, Peter ?

— Merveilleuse, répondit son frère sans hésitation.

Il grimaça sous le coup de coude que son amie lui décocha dans les côtes et ajouta avec une gracieuse révérence :

— Mais naturellement, je n'ai d'yeux que pour vous, ma chère Fya.

Cette dernière battit de ses longs cils et émit un petit rire, qui eut raison des nerfs déjà fragilisés de Sabina.

Fya se retourna avec une grâce consommée et sa traîne suivit le mouvement de son corps. Elle glissa un bras autour de la taille de Sabina pour l'éloigner du groupe, un geste qui semblait impliquer qu'elle prenait la jeune femme en confidence, mais qui eut également pour effet de la soustraire au front protecteur des hommes.

Elle se pencha vers elle et chuchota :

— Peter est véritablement adorable. Toujours le compliment aux lèvres. On ne s'en lasse pas, ne trouvez-vous point ?

Puis elle s'écarta et plaça une main délicate sur sa bouche comme si elle venait de commettre quelque indiscrétion impardonnable.

— Oh, mais bien sûr, vous ne savez pas ces choses-là, n'est-ce pas, baronne ? Vous êtes restée, comment dire, à l'écart des compliments pendant *si longtemps*...

Sabina n'aurait su dire pourquoi elle faisait soudain l'objet d'une attaque directe, mais elle n'avait aucune intention de prendre un repas en compagnie de ces femmes et de subir leurs commentaires désobligeants.

— Comme vous dites, murmura-t-elle avant de se tourner vers Wolf pour ajouter : J'ai mal à la tête. Je crois que je préférerais manger dans ma chambre. Cela ne vous ennuie pas ?

— Si, cela m'ennuie.

Mais il la regarda un instant et décida manifestement de ne pas insister :

— Cependant, j'aimerais que vous vous reposiez. Je vais demander à Béa de vous monter quelque chose.

Un sourire lui retroussa les lèvres.

— La matinée a été bien assez aventureuse comme cela, je crois.

— De l'aventure ? À une heure si matinale ? Voilà qui est...

Fya sembla chercher le mot parfait, un doigt posé sur sa joue délicate.

— ... scandaleux. J'adore les scandales. Il faut que vous nous racontiez tout cela...

Elle pouffa de nouveau, comme pour faire oublier la malveillance dont elle faisait preuve à l'égard de Sabina.

Cette dernière s'était attendue à être intimidée par la haute société de Wittemberg. Elle n'avait pas prévu, en revanche, cette guerre ouverte, déclarée à la première occasion par la classe des marchands. Elle vit une veine tressauter sur la mâchoire de Wolf. Peter regarda Fya en fronçant les sourcils tandis que sa mère battait furieusement des cils pour lui transmettre un message. Puis il dit :

— Fya, ce n'est vraiment pas...

Mais Sabina l'interrompit en posant doucement la main sur son bras.

— Oui, parfois, on regrette de ne pas mener la vie simple des classes populaires ! fit-elle avec un soupir théâtral. Il ne semble jamais rien vous arriver d'intéressant, n'est-ce pas ?

Elle agita une main comme si elle peignait un tableau.

— Vaquer à ses affaires, passer des heures au marché... battre son linge au lavoir... Comme ce doit être... reposant. Paisible. Ennuyeux, même.

Elle afficha un sourire béat et papillonna des cils à l'intention des femmes qui la dévisageaient, bouche bée.

— J'imagine qu'on doit parfois rêver d'aventure, quand on mène une vie aussi terne, vous ne croyez pas, ma chère ?

Wolf courba la tête pour examiner la boucle de son pourpoint comme si elle contenait le secret de la pierre philosophale. Peter se mordit la lèvre inférieure, réprima un sourire et contempla le plafond.

Avec un sourire minaudier, Sabina se tourna vers Wolf et demanda :

— Voulez-vous bien m'excuser ? Je ne voudrais pas laisser penser à vos invitées que nous sommes impolis de leur faire attendre le repas qu'elles se sont donné tant de mal, et à une heure si *matinale*, pour venir prendre.

Les lèvres de Wolf frémissaient, mais ce fut avec un grand sérieux qu'il lui répondit :

— En effet, se montrer impoli à une heure si *matinale* donne des aigreurs d'estomac. Je vous laisse donc volontiers prendre congé. Je constate que j'ai perdu l'appétit, moi aussi. Je mangerai plus tard.

Il se tourna vers le trio pendant que Sabina se dirigeait vers l'escalier.

— Si vous voulez bien m'excuser..., dit-il avant de lui emboîter le pas.

— Ça alors ! s'exclama *Frau* Schumacher pendant que Fya émettait des sons de protestation dans leur dos.

Stupéfait, Peter fit rapidement entrer les deux femmes dans la salle à manger.

— Sabina…, appela Wolf.

Elle hésita, puis se tourna vers lui. Il se tenait en bas des marches et la regardait avec un désir si flagrant qu'elle sentit aussitôt son cœur battre plus vite.

— Voulez-vous bien me rejoindre un peu plus tard ? Nous pourrons faire le tour de la propriété, je vous montrerai la maison. Cela me… ferait plaisir.

Son expression sembla momentanément incertaine, comme s'il était surpris d'avoir dit cela.

Elle devrait refuser. Plus elle passait de temps en sa compagnie, plus elle aspirait à en passer davantage. Elle avait failli tout lui dire, ce matin, alors qu'elle le connaissait depuis une journée à peine. En vérité, elle ne savait rien de lui, hormis le fait qu'il était beau, qu'il avait connu le désespoir et l'amour, qu'il aimait rire mais riait rarement, et qu'il la désirait.

— Oui. Je serai… heureuse de vous accompagner, s'entendit-elle répondre tout en se morigénant intérieurement.

Wolf se détendit, et elle ne regretta plus, soudain, d'avoir accepté.

— À tout à l'heure, donc, dit-il avec un grand sourire.

Elle le regarda s'éloigner et se demanda comment s'extirper de cette situation impossible s'il continuait à lui sourire de cette façon.

Sabina examina avec attention son reflet dans le miroir. Cela faisait trois jours qu'elle était à Sanctuaire, où elle avait consacré le plus clair de son temps à dormir et se reposer dans sa chambre. Elle s'apprêtait à se rendre à son premier souper à la table familiale. Gisel aurait le droit de les y rejoindre quelques minutes avant d'aller se coucher.

Vêtue de la seule robe qu'elle possédait, la robe de servante grise, Sabina espéra que la fillette ne la prendrait pas pour la nouvelle domestique. Elle soupira. Elle n'aurait jamais pensé se montrer si frivole. Mais elle tenait à faire une bonne première impression, aussi prit-elle un soin particulier à sa mise.

La couturière lui avait rendu visite cet après-midi-là, et bientôt elle aurait de nouveaux vêtements. Mais elle était vaguement mal à l'aise à l'idée de dépenser l'argent de Wolf pour quelque chose d'aussi futile que de nouveaux habits. Elle lui était toutefois reconnaissante des égards qu'il manifestait.

Elle détacha ses cheveux et les brossa vigoureusement. Sachant qu'ils constituaient l'un de ses meilleurs atouts, elle décida de les laisser dénoués, contrairement à la tradition, tout en se demandant qui elle essayait d'impressionner, de la fille ou du père.

Personne ne venant la chercher à l'heure dite, elle descendit seule à la salle à manger. Elle entendit en s'approchant le murmure de voix masculines. Elle savait que les Schumacher n'étaient pas là ce soir, et en était soulagée. En écoutant la voix grave de Wolf, elle fut soudain prise d'un accès de nervosité et s'immobilisa devant le seuil. Elle appuya une main sur son ventre et inspira profondément pour s'armer de courage.

En entrant, elle remarqua la haute silhouette de Wolf qui allait et venait devant la cheminée. Elle vit aussi Peter, assis sur un banc près de la fenêtre, qui buvait sa bière à petites gorgées. Mais elle ne vit pas d'enfant...

En l'apercevant sur le seuil, Wolf songea qu'elle était chaque jour plus charmante. Comment avait-il pu un jour préférer les blondes bien en chair ? Quelle femme pouvait éclipser la beauté simple et éclatante de Sabina ?

Il se rembrunit. S'il persévérait ainsi, il allait lui réciter des vers...

En découvrant son expression indécise, il comprit qu'elle avait dû croire son froncement de sourcils dirigé contre elle. Il ouvrit la bouche pour l'accueillir, mais Peter le devança.

— Baronne, vous êtes très en beauté, ce soir...

Il se leva en adressant à Wolf un regard réprobateur, et s'inclina devant elle.

— Vos cheveux sont magnifiques, et mettent divinement en valeur votre teint. Cela produit le même effet que lorsqu'on utilise un cadre tout simple pour un ravissant tableau : il rehausse encore la beauté de la toile.

Avec ces quelques mots, Peter la mit à l'aise, ce qui semblait au-dessus des forces de Wolf.

Sabina lui sourit avec une reconnaissance manifeste et murmura un « merci » pendant que Wolf jetait à son frère un regard sombre. Soudain, il prit conscience qu'il ne l'avait toujours pas saluée, et il ouvrit à nouveau la bouche pour parler. À cet instant, un petit ange blond fit irruption dans la pièce.

— Papa ! cria sa petite fille en se jetant sur lui. Papa !

Wolf la rattrapa de justesse. Il lui fit décrire un ample arc de cercle pendant qu'elle hurlait de rire, puis ralentit et la déposa à terre avec une pirouette.

— Nounou Baba dit que je m'assois avec les grandes personnes aujourd'hui ! babilla Gisel.

La nourrice en question, une jeune fille rousse appelée Barbara, arriva à son tour. Son visage exprima le plus grand soulagement quand elle vit l'enfant dans les bras de son père.

— Pardonnez-moi, *Meister* Behaim, elle m'a échappé. Elle était terriblement impatiente de vous rejoindre. J'ai essayé de la raisonner, mais...

Elle haussa ses larges épaules dodues, impuissante.

— Ce n'est pas grave, Barbara. Revenez la chercher tout à l'heure, voulez-vous ?

La femme acquiesça de la tête et se retira, non sans avoir jeté un regard curieux à Sabina. Wolf reporta son attention sur sa fille.

— Alors, petite coquine, tu mènes la vie dure à ta nourrice ?

Il lui couvrit le visage de baisers en la hissant au-dessus de sa tête. La fillette gloussa et se tortilla, en lui frottant la joue de sa petite main.

— Papa pique aujourd'hui, dit-elle avec le plus grand sérieux.

Wolf l'installa confortablement dans ses bras et essaya de prendre un air désolé.

— Oui, mon petit chou, j'ai oublié de me raser ce matin. Si tu veux m'embrasser, tu vas devoir le supporter.

— Non. Si papa veut m'embrasser, papa se rase ! décréta l'enfant.

Peter réprima un éclat de rire et murmura à la cantonade :

— Mon Dieu, elles commencent bien jeunes !

— Tu as parfaitement raison, déclara Wolf à sa fille.

Il sourit à Sabina et dit dans un clin d'œil.

— Je vais devoir m'en souvenir la prochaine fois que je tenterai d'embrasser une jolie fille.

Il essaya de ne pas éclater de rire devant les yeux écarquillés de Sabina, que Gisel contemplait à présent avec une curiosité non dissimulée.

— Mon cœur, aujourd'hui, c'est un jour spécial, annonça-t-il. C'est pour cela que j'ai demandé à Barbara de te laisser venir avec nous un moment. Je voudrais te présenter la baronne Sabina. Tu peux l'appeler « Madame ». Sauras-tu l'accueillir gentiment ?

— Bonjour, dame.

La fillette enfonça un doigt dans sa bouche.

— Je t'ai vue. Dans le grand lit. Barbara a dit que tu étais trop fatiguée pour jouer.

— Oh, oui, répondit Sabina. J'en suis désolée. Mais je suis heureuse de te rencontrer enfin. J'attendais ce moment avec impatience.

Gisel ressortit son doigt de sa bouche.

— C'est vrai ?

— Bien sûr. Ton papa m'a tellement parlé de toi ! As-tu réellement mangé un scarabée dans le jardin, la semaine dernière ?

Du coin de l'œil, Wolf vit Peter faire une grimace de dégoût. Gisel hocha la tête énergiquement.

— Et comment était-ce ? Je n'ai jamais mangé de scarabée, ajouta Sabina avec sérieux.

Gisel réfléchit en tordant son petit visage.

— Croustillant.

— Ah, je vois... Eh bien, je crois que je n'aime pas beaucoup ce qui croustille, aussi je ne suis pas certaine de vouloir goûter un scarabée. Qu'en penses-tu ?

Gisel approuva d'un signe de tête.

— Moi, c'est pareil.

Elles se sourirent, aussitôt complices.

Wolf reposa sa fille en essayant de cacher le plaisir que lui avait procuré cet échange.

— Maintenant que vous avez fait connaissance, tu vas vite aller te coucher.

— Non ! Je reste avec la dame ! décréta Gisel d'un ton catégorique.

— Tu pourras la revoir demain. Tu devrais déjà être au lit, dit-il fermement.

— Peut-être, après le petit déjeuner demain, Gisel pourra-t-elle me montrer les endroits où elle aime jouer ? J'ai peur de me perdre, par ici, sans guide. Serait-ce permis ? demanda-t-elle à Wolf.

— Ma foi, je suppose que si vous en avez réellement envie...

— Guide ? répéta Gisel.

Sabina s'agenouilla à sa hauteur.

— Oui, cela veut dire une personne qui aide les autres à trouver leur chemin. Crois-tu que tu pourras faire cela pour moi ?

Gisel hocha la tête, visiblement ravie qu'on sollicite son aide.

— Mais alors, il faut que tu sois bien reposée, reprit Sabina. Les guides doivent rester en bonne santé pour montrer le chemin aux gens. Cela fait partie de leurs devoirs. C'est entendu ?

Gisel sembla réfléchir.

— Oui, dame.

Elle courut à la porte, où la nourrice l'attendait pour l'emmener. Puis elle revint en trottinant et embrassa Sabina sur le nez.

— Au revoir, dame ! cria-t-elle.

Et elle disparut.

Peter était éberlué, et Wolf se tourna vers Sabina, médusé.

— Comment diantre avez-vous accompli cet exploit ?

Elle haussa les épaules.

— C'est une adorable petite fille.

Wolf haussa un sourcil.

— Elle est têtue comme une mule. Du moins, d'ordinaire.

— Eh bien, même une mule veut bien avancer quand on lui met une carotte sous le nez, dit-elle doucement.

— C'est juste. Je tâcherai de ne pas l'oublier.

Il était amusé. Puis sa bonne humeur fit place à un autre sentiment, plus troublant. Il soutint son regard pendant un long, très long moment. Sabina vit confusément, de loin, son frère qui essayait poliment de faire comme s'il ne remarquait pas la tension qui crépitait entre eux.

— Bien, déclara Wolf en détachant à grand-peine ses yeux du visage de Sabina. Nous devrions peut-être nous asseoir, le repas va être servi. Voulez-vous du vin ou de la bière ?

Wolf prit Peter de vitesse et tira un tabouret pour installer Sabina à côté de lui. Elle ne semblait pas remarquer que les deux hommes se disputaient l'honneur de s'occuper d'elle. Vaincu, Peter grommela quelque chose et alla s'asseoir en face d'elle.

— Du vin, s'il vous plaît, avec plaisir.

Elle prit place avec grâce, les mains croisées sur ses genoux, aristocratique jusqu'au bout des ongles, sans pourtant paraître en avoir conscience.

Wolf s'assit, et vit Peter attraper le pichet en étain posé sur la table et verser du vin dans le verre de Sabina.

— Avec mes compliments, baronne, dit-il en le lui tendant, ignorant le regard furieux de Wolf.

Sabina prit le verre et dit avec un sourire :

— Je vous en prie, appelez-moi Sabina.

— Dans ce cas, appelez-moi Peter. Tous mes amis m'appellent ainsi.

Il lui adressa un sourire charmeur, comme pour provoquer davantage encore Wolf.

— Ma foi, je suis heureuse de figurer parmi eux... Peter.

— À propos de tes amis, interrompit Wolf, que sont devenues Fya et sa mère ?

Peter regarda sa chope tandis qu'une ombre passait sur son séduisant visage.

— Je crois qu'elles n'ont pas très bien digéré le dernier repas qu'elles ont pris ici. Du moins, si j'en crois leur expression aigrie lorsqu'elles ont pris congé.

Le visage de Sabina exprima un soupçon de regret.

— Je ne me suis pas montrée très courtoise lors de notre rencontre et je vous prie de m'en excuser. J'étais assez mal en point.

Peter releva vivement la tête.

— Vous aviez toute légitimité de l'être, étant donné... les circonstances. Au demeurant, vous vous êtes remarquablement bien comportée, devant un tel manque de respect.

Il but une gorgée de bière.

— Je n'aurais jamais imaginé qu'elles puissent faire preuve d'une telle grossièreté.

Sabina joua avec son gobelet.

— Il n'empêche, je ne tiens pas à semer la dissension entre vous si vous avez l'intention de... de demander cette jeune demoiselle en mariage.

— Je ne suis pas certain de mes intentions, soupira Peter. Fya est une jolie fille, certes, et plaisante à sa façon, lorsqu'elle le veut bien. De plus, sa famille aurait fourni une jolie petite dot. Cependant, *Frau* Schumacher s'est toujours montrée ambiguë vis-à-vis de moi. Elle apprécie l'idée que sa fille épouse un médecin, mais elle m'a toujours regardé de haut en raison de mes origines. Elle n'aimait pas notre père, non plus, et pourtant elle a facilité le travail de Wolf à Nuremberg.

Sabina fronça les sourcils sans comprendre.

— Mais vous êtes issus de la même classe sociale, alors pourquoi vous prend-elle de haut ?

Peter jeta un coup d'œil à Wolf. Comment expliquait-on cela à une patricienne ? Pour les nobles, il y avait la noblesse, et le reste du monde qui, lui, était divisé, et au sein duquel les rapports étaient complexes.

— Nous sommes petits-fils de mineurs, répondit Wolf à sa place. Fya est la petite-fille d'un bottier. Certes, nous venons du même milieu. Mais *Frau* Schumacher considère, je crois, que nous sommes plus privilégiés qu'elle, et en conçoit quelque dépit.

Sabina examina sans ciller les deux frères.

— Eh bien, ces gens sont des imbéciles, et vous vous portez bien mieux sans eux !

Elle but une gorgée de vin, comme pour clore ce sujet.

Wolf échangea un regard surpris avec son frère, et Peter leva son gobelet.

— Santé ! dit-il en le faisant tinter contre celui de la jeune femme.

À cet instant, Franz arriva avec le premier plat, une soupe de pois cassés parsemée de bacon et accompagnée de petits pains généreusement beurrés. Elle se frotta les mains, prit son bol fumant et le porta délicatement à ses lèvres. Les yeux fermés, elle le huma avec délices… et l'engloutit avec l'appétit d'un marin en permission.

Wolf se mit à rire, mais quand elle souleva un sourcil interrogateur par-dessus le bord de l'écuelle, il se contenta de pousser le pain dans sa direction. Elle sourit, en prit un gros morceau et continua de manger.

À l'autre bout de Wittemberg, hors de l'enceinte de la ville, une silhouette ténébreuse regardait le baron Marcus von Ziegler quitter subrepticement la cour intérieure du château où une petite assemblée de nobles festoyait dans la débauche et l'ivresse. Les cris des quelques servantes, certaines consentantes, d'autres non, se mêlaient aux grognements rauques de ces hommes incapables d'attendre de trouver un coin tranquille pour conclure les festivités de la nuit.

La plupart des servantes seraient bien récompensées pour leur docilité. C'était la seule raison qui les empêchait de fuir le château von Ziegler pour trouver un emploi moins pénible. Cela, et le fait que le baron menaçait de les laisser partir sans références. Or, sans lettre de recommandation, la plupart des femmes finiraient dans une maison close, malmenées jour et nuit, et au lieu de garder précieusement pour elles leur argent durement gagné afin de préparer leur fuite, elles devraient le céder à un protecteur. De deux maux, celui-ci était le moindre, aussi restaient-elles dans ce lieu de débauche.

Ce n'était pas ce spectacle désolant qui intéressait le témoin solitaire, mais les agissements du baron. Durant ces bacchanales, lorsque les hommes étaient trop saouls pour remarquer la disparition d'une babiole, ou l'allégement de leur bourse, le baron s'éclipsait quelques instants dans la tour, puis réapparaissait…

L'homme avait prévu l'échappée de cette nuit, et patiemment attendu que l'heure vienne... Il resta en retrait dans l'ombre tandis que le baron se dirigeait vers la tour nord et refermait furtivement l'antique porte derrière lui. De loin, on voyait la torche du baron éclairer par intermittence les fentes étroites de l'épaisse muraille tandis qu'il grimpait tout en haut.

Au bout d'un quart d'heure, la torche suivit le chemin inverse, comme d'habitude, et le baron reparut. Il ferma la porte derrière lui et rangea la lourde clef dans sa poche, avec les autres, plus petites, qu'avait déjà remarquées l'observateur. Sa forme et son emplacement dans l'anneau métallique furent rapidement mémorisés avant que celui-ci ne disparaisse ; ainsi, il serait plus facile, le moment venu, d'agir rapidement. Quelques pierres descellées offraient certes un accès de l'autre côté du mur, mais il était plus délicat de les replacer sans se faire remarquer.

Au moment où le baron retournait discrètement dans la cour, la baronne émergea dans la lumière.

10

Durant les quelques heures qui suivirent, Wolf se trouva engagé dans une conversation animée. Peter et lui, au fait de bien des sujets intéressants, encouragèrent Sabina à participer. Élevé par une mère au caractère bien trempé, Wolf, contrairement à beaucoup d'hommes, n'avait jamais considéré l'opinion des femmes comme négligeable. Sabina avait manqué énormément de choses durant ses années au cloître. Curieuse de tout, elle posait une foule de questions.

Les sujets allèrent de la description flamboyante que fit Peter d'une troupe de théâtre en visite à Wittemberg jusqu'aux découvertes les plus récentes du Nouveau Monde. Il lui apprit aussi que Wolf venait de terminer un trimestre en tant que *Bourgmestre* de Nuremberg, le plus jeune échevin de tous les temps.

— Le conseil municipal lui a même demandé de rester un trimestre supplémentaire, ajouta Peter, manifestement fier de son frère malgré leur rivalité.

— Le ferez-vous ? demanda-t-elle.

Wolf secoua la tête.

— Je n'en ai pas le temps. L'imprimerie Behaim est en plein essor, expliqua-t-il. Sans parler de l'atelier de mon père, *Silver Press*. J'ai besoin d'y consacrer du temps. J'y réfléchirai de nouveau quand le poste redeviendra vacant, en été.

— Vous avez parlé de problèmes avec la ligue des paysans de Mühlhausen. Pouvez-vous m'en dire un peu plus ?

Sabina avait l'air particulièrement intéressée par Mühlhausen, et Wolf se demandait pourquoi. Il finit une bouchée de crêpe aux champignons frits avant de répondre :

— Müntzer est retourné à visage découvert à Mühlhausen, et œuvre là-bas contre le gouvernement. Il a de nombreux soutiens en ville. C'est de mauvais augure.

Il se rembrunit.

— Il se prend pour un nouveau prophète, comme Daniel, et il enrage de ne pas exercer sur les princes la même influence que sur les paysans. S'ils ne souscrivent pas à son idée d'amener sur terre le royaume de Dieu en faisant régner la classe paysanne, ils seront massacrés sans discrimination, d'après lui.

Peter jeta un coup d'œil à Sabina.

— Les princes, bien sûr, ont quelque difficulté à apprécier le point de vue de Müntzer.

Elle secoua la tête.

— C'est incroyable de voir à quel point un homme peut se bercer d'illusions, mais pis encore de constater qu'il peut en leurrer tant d'autres.

Avec son couteau, Peter découpa dans le plat un morceau de jambon roulé dans du bacon et entouré de choucroute, et le fit glisser sur son écuelle. Il l'entama avec appétit.

— Le prince-électeur a demandé à tous les citoyens mâles de Saxe électorale de se préparer à faire leur devoir, précisa-t-il entre deux bouchées. Le prince Philippe de Hesse s'est déjà opposé aux soulèvements dans sa région, et il a proposé de fournir du matériel de guerre au Grand électeur Frédéric – si cela se révélait nécessaire.

— J'espère bien que non !

Wolf prit une nouvelle gorgée de bière.

— Le Grand électeur est un homme pacifique. Il n'aime pas les combats. Il préférera patienter et laisser Dieu décider de l'issue plutôt que de mater une révolte paysanne, ce qui pourrait engendrer des milliers de morts, comme l'a déjà prouvé le prince Philippe.

— Mais peut-être l'appel viendra-t-il du duc Jean de Saxe, son héritier présomptif, suggéra Peter. D'après ce que j'ai entendu dire par le médecin royal, je soupçonne que le duc Jean sera le prochain Grand électeur.

Wolf vit Sabina se signer.

— Assez discuté de cela, lança-t-il en agitant la main pour écarter ce sujet. Ce qui doit arriver arrivera. Devisons de choses plus agréables.

Il remarqua avec intérêt la dernière portion de pâte de coing sur la table et s'apprêta à la prendre, mais il ne fut pas assez vif. Sabina avait déjà planté son couteau dedans.

— Oh, vous ne le vouliez pas, je pense ? dit-elle en battant des cils.

Wolf sourit. Comment résister ? Il se réjouissait de voir Sabina manger avec autant d'appétit.

— Bien sûr que non, fit-il d'un ton ironique. Servez-vous...

Il prit une gorgée de bière tandis qu'elle avalait le dernier morceau.

— Hé, fit Peter, amusé. Tu ferais bien de la surveiller, Wolf, sans quoi je ne donne pas huit jours avant qu'elle te mange la laine sur le dos – ou ailleurs...

Wolf s'étrangla sur sa gorgée et plaqua vivement sa manche devant sa bouche, tandis que Peter toussait discrètement pour cacher son hilarité.

Sabina les dévisagea tour à tour sans comprendre.

— Eh bien, je vais prendre congé, déclara Peter en tapotant son ventre avec satisfaction. Et dire à Béa qu'elle s'est encore surpassée.

Il prit la main de Sabina et s'inclina poliment.

— Je suis heureuse que vous vous soyez joint à nous, dit celle-ci en lui souriant. Resterez-vous dormir ?

Il lui répondit par un large sourire.

— Pas question. Cela étant dit, ce fut un grand plaisir de vous revoir. Vous êtes... une révélation.

Il lui baisa les doigts puis, avec un sifflement insouciant, il quitta la salle à manger.

Wolf le regarda s'en aller.

— Eh bien, il est de fort belle humeur ! constata Sabina.

Wolf se faisait la même réflexion. Qu'avait donc trouvé Peter de si drôle pendant toute la soirée ?

— Il semble doté d'un naturel aimable, hasarda Sabina pour briser le silence. Cela doit le rendre très facile à vivre.

Wolf se tourna vers elle.

— Trouvez-vous ?

— Bien sûr. Pas vous ? s'étonna-t-elle.

— En général, oui, marmonna-t-il en plongeant les yeux dans sa bière.

Peter parti, l'atmosphère se modifia dans la pièce. Il n'y avait plus personne entre eux, à présent, et Wolf prit soudain conscience de la présence de Sabina avec une acuité décuplée. Il leva la tête et remarqua l'éclat des bougies dans ses cheveux, le bleu profond de ses yeux frangés de cils épais, les lèvres rose tendre qu'il avait embrassées il y avait beaucoup trop longtemps déjà. Sans surprise, son corps réagit à cette pensée et il détourna prestement le regard.

Il la regarda avec étonnement poser sa tasse et se lever.

— Où allez-vous ?

Il tressaillit en s'entendant parler d'un ton presque acerbe.

— Je... je pensais me retirer pour la nuit...

Elle s'éclaircit la gorge et ajouta :

— Si vous voulez bien m'excuser. Le souper était délicieux, merci.

Dès que Peter quittait la pièce, elle partait à son tour. Pourquoi ? Ne possédait-il point, *lui*, un naturel assez aimable à son goût ?

Bien sûr que non, idiot ! Tu dois fournir des efforts pour être agréable.

— Sabina !

Elle s'arrêta et se retourna sur le seuil.

— Puis-je...

Frénétiquement, il chercha quelque chose à dire pour la retenir quelques instants encore.

— Puis-je vous accompagner jusqu'à votre chambre ?

La lumière revint dans les yeux de la jeune femme. Si elle trouvait curieux qu'il veuille la raccompagner alors qu'elle avait trouvé toute seule le chemin de la salle à manger, elle n'en laissa rien paraître. Au lieu de cela, elle lui sourit timidement.

— Volontiers, merci.

Il faillit pousser un soupir de soulagement. Il se leva, la rejoignit et lui tendit le bras. Comme ils montaient ensemble l'escalier, il éprouva une impression de déjà-vu, et s'accrocha à ce souvenir pour essayer de le situer. Ce fut seulement sur le palier qu'il comprit.

Il avait fait cela avec Beth tant de fois... Après un bon repas, il lui prenait le bras et ils montaient ensemble l'escalier de leur maison de Nuremberg. Mais au lieu de partir chacun de son côté, comme ils le feraient ce soir Sabina et lui, il accompagnait sa femme dans sa chambre et ils faisaient l'amour, ou bavardaient, ou dormaient tout simplement, épuisés par leur journée.

Le souvenir doux-amer se mêla au présent et, à la place de Beth, il imagina Sabina dans ses bras, dans son lit, s'entendit lui murmurer des mots d'amour à l'oreille pendant qu'il la caressait...

Non, c'était impossible ! Ce qu'il éprouvait pour Sabina n'était pas de l'amour. Impossible. Il la connaissait à peine. Du désir, de la passion, oui, mais son cœur appartenait à sa Beth bien-aimée. Pour toujours. Il l'avait juré le jour où elle était morte dans ses bras.

Pourtant, Sabina l'amusait. Elle lui donnait envie de se lever avec l'aube, de voir ce qu'apporterait chaque nouveau jour. Cette ensorceleuse l'avait-elle donc envoûté ? Il se mit à respirer plus vite, et ce fut au prix d'un immense effort de volonté qu'il suivit Sabina dans le long couloir menant à sa chambre.

Il ne pouvait céder au désir qu'il éprouvait pour elle. Il savait où cela mènerait. Il savait qu'il serait obligé de trahir sa confiance, et qu'elle ne le lui pardonnerait jamais. Ils n'avaient pas d'avenir ensemble et, sachant cela, il ne pouvait pas, il ne *devait* pas céder à l'empire des sens. Sabina méritait mieux qu'une aventure sans lendemain.

Devant sa porte, elle se tourna pour lui dire bonsoir. Ses yeux étaient innocents et candides.

Que ferait-elle le jour où elle découvrirait la vérité ? se demanda Wolf. Et lui, que ferait-il ?

Devant son visage, l'expression polie de la jeune femme s'altéra aussitôt.

— Wolf, que se passe-t-il ? On dirait que vous avez vu un fantôme.

Les yeux de la jeune femme étaient remplis de sollicitude et sa bouche esquissait une moue inquiète. Son odeur de vanille et de rose le grisait. Il fallait qu'il s'en aille, avant de la prendre dans ses bras et ne jamais la laisser partir…

— Rien. Tout va bien. Bonne nuit, baronne.

Elle plissa les yeux, surprise qu'il ait mentionné son titre. Il lui ouvrit rapidement la porte, pressé de disparaître avant qu'elle ne lise le désir dans ses yeux, avant qu'elle ne comprenne à quel point il avait envie d'elle...

— Bonne nuit, *Meister* Behaim, répondit-elle d'un ton réservé, poli, avant de pénétrer dans sa chambre.

Il referma la porte, prit une profonde inspiration et regagna ses appartements.

Sabina s'adossa à la lourde porte. Que venait-il donc de se passer ?

Wolf, si convivial toute la soirée, était devenu soudain étrangement silencieux. Elle s'était levée en pensant qu'il n'appréciait plus sa compagnie, mais avait compris qu'elle se trompait lorsqu'il avait proposé de l'accompagner jusqu'à sa chambre. Malgré tout, elle avait la très nette impression qu'il était impatient de se débarrasser d'elle. Quel homme imprévisible !

Il l'avait presque poussée dans sa chambre avant de claquer la porte dans son dos. Comment la situation avait-elle pu dégénérer ainsi ?

Et s'il avait trop bu ? Ils n'avaient pourtant avalé que quelques chopes de bière, son frère et lui, et c'était un homme grand et robuste. À moins qu'il ne soit malade...

Seigneur, la voilà qui s'offusquait alors que Wolf était peut-être en train de souffrir en silence ! Elle ferait mieux d'aller s'enquérir de sa santé.

Devait-elle chercher de l'aide ? Non, ce serait ridicule si elle se trompait. Elle savait qu'il se retirait le soir dans son bureau pour travailler sur tous les dossiers dont il était responsable, et décida de commencer par l'y chercher.

Un rai de lumière filtrait sous la porte. Elle entendit Wolf marcher à l'intérieur. Soulagée, elle s'enhardit et frappa. Les pas s'arrêtèrent.

— Qu'y a-t-il ?

Sabina se demanda soudain s'il était bien raisonnable de déranger le loup dans sa tanière.

— Rien, bredouilla-t-elle. Je voulais seulement être sûre que vous alliez bien. Je vais vous laiss...

Elle n'eut pas le temps de terminer sa phrase. La porte s'ouvrit en grand et il l'attira à l'intérieur avec un tel élan qu'elle atterrit contre sa large poitrine. Il rétablit son équilibre en plaçant une main autour de sa taille et elle resta un instant contre lui, le souffle coupé, agrippée à sa chemise. Elle aperçut une grande pièce bien éclairée aux murs couverts de tapisseries et de peintures à l'huile, un bureau massif...

Il la dévisagea, la mine sévère.

— Pourquoi êtes-vous venue ? Que voulez-vous ?

Il avait l'air presque féroce. Ses yeux brillaient dangereusement et il avait les cheveux en bataille. Il avait ôté son pourpoint et desserré les cordons de sa chemise de toile, ouverte jusqu'à la taille. Sabina fixa des yeux la peau exposée, et sentit un flot de chaleur la submerger.

— Pardonnez-moi, dit-elle. Je ne voulais pas vous déranger. Vous aviez l'air souffrant et je voulais seulement...

Elle se tut, intimidée par le regard intense planté dans le sien. Il semblait n'avoir pas entendu un mot de son explication. Nerveuse, elle s'humecta ses lèvres, et les yeux de Wolf brillèrent d'un feu émeraude.

— Doux Jésus, que voulez-vous de moi ?

Elle perçut dans sa voix un douloureux tourment.

Vous.

L'espace d'un instant, elle crut avoir prononcé ce mot à voix haute. Ce n'était pas le cas, mais quelque chose dans son expression avait dû la trahir car la tension monta soudain entre eux, quasiment insoutenable.

Comme si elle avait été nue, elle sentait la chaleur de sa main autour de sa taille. Son souffle s'étrangla dans sa gorge à la vue du mur de muscles solides dressé devant ses seins, et elle se rendit compte qu'elle avait envie de lui. Son pouls s'accéléra follement, peur et désir mêlés.

Ils restèrent ainsi l'un contre l'autre pendant ce qui lui parut une éternité, tandis qu'il hésitait à l'embrasser. Elle vit dans ses yeux la lutte qu'il se livrait à lui-même, devina qu'il se raisonnait.

Alors, elle se hissa sur la pointe des pieds et effleura ses lèvres des siennes.

D'abord surpris, Wolf fut prompt à réagir. Il se jeta sur elle et ses bras se refermèrent comme deux cercles d'acier autour de sa taille tandis que sa bouche s'emparait de la sienne. Elle recula d'un pas titubant et il la plaqua fiévreusement contre le mur. Il n'y avait pas de colère en lui, aucun désir de domination. Ce fut plutôt comme s'il avait été vaincu par une force supérieure à sa volonté, si palpable qu'elle faisait crépiter l'air qui les entourait. Il embrassa sa gorge, ses yeux, ses lèvres. Timidement, Sabina lui rendit son baiser. Quand elle mêla sa langue à la sienne, il gémit dans sa bouche.

— Ô mon Dieu, je suis en feu ! dit-il d'une voix enrouée.

Il lui prit une main pour la poser sur son cœur affolé.

— Le sentez-vous ? Vous m'embrasez...

Il reprit sa bouche en murmurant :

— Ô oui, mon Dieu, oui...

Elle replia les doigts sur sa poitrine et sentit la chaleur, le tourment qui le dévorait, aussi ravageur qu'un incendie. Son désir la bouleversa. Profondément touchée par sa détresse, elle fondit telle une bougie jetée dans les flammes. Si elle pouvait l'aider, le soulager avec ses baisers, avec son corps...

Cette pensée l'effrayait et l'excitait tout à la fois, et elle se demanda que faire. Elle sentait en lui une telle torture, un tel déchirement... Comme s'il combattait quelque démon insidieux qu'elle seule était capable de chasser. Le sacrifice de son corps suffirait-il ? Que se passerait-il alors ? Il ne la ferait pas souffrir délibérément, certes, mais risquait-il de le faire malgré lui ?

Était-elle prête à tout risquer... une fois de plus ?

— Wolf, oh, Wolf..., murmura-t-elle.

Sa réponse fut immédiate. Il se plaqua contre elle, tout en muscles, en chaleur, en tension. Il enfouit son visage dans son cou et commença à la caresser.

Elle toucha son visage. La vie n'était que risque, et le pire de tous consistait à ne pas la vivre pleinement. Avec un soupir, elle lui ouvrit les bras, et il l'embrassa avec passion.

— Vous êtes si douce ..., murmura-t-il en s'arc-boutant contre le mur pour être plus proche encore d'elle.

Ses mouvements étaient vifs, presque brutaux. Elle se cambra, irradiée de désir, et le bruit de leur respiration saccadée emplit la pièce silencieuse.

Brusquement, il s'immobilisa. Il la regarda en haletant, le corps vibrant d'ardeur jugulée, et il ferma les yeux.

— Non, murmura-t-il en la lâchant.

Il enfouit son visage dans ses cheveux, comme vaincu.

— Je suis navré. Je n'ai pas le droit...

— Taisez-vous, souffla-t-elle en lui caressant la nuque et déposant des baisers sur ses tempes.

Elle prit son visage entre ses mains et embrassa doucement sa bouche sensuelle.

Il agrandit les yeux et un pli se creusa, profond, sur son front.

— Non, ne faites pas cela...

Il parlait contre ses lèvres tout en essayant de retirer les mains de Sabina. Sans l'écouter, guidée par une force qui la dépassait, elle captura l'une de ses mains et la posa sur son cœur, imitant ce qu'il avait fait précédemment.

— Touchez-moi, chuchota-t-elle.

Et, comme s'il ne pouvait s'en empêcher, il obéit. Il caressa sa poitrine, et le désir obscurcit ses yeux.

Puis, il s'immobilisa et se rembrunit de nouveau.

— Non, répéta-t-il, d'un ton moins assuré. Il ne faut pas...

Elle posa un doigt sur ses lèvres, qu'elle ôta pour l'embrasser à pleine bouche, bien décidée à ne pas gâcher cet instant.

Elle fit glisser ses doigts jusqu'à son membre durci, contre son ventre. Elle enroula les doigts autour et le caressa doucement, stupéfaite de son audace devant ce qu'elle redoutait jadis.

Un son semblable à un gémissement de douleur lui échappa sous la tendre caresse, et il tressaillit. Enhardie, elle continua, plus fermement. Il plongea les doigts dans ses cheveux, et se pressa durement contre sa main.

Puis, brusquement, il pivota. Il heurta le dossier d'une lourde chaise et s'y accrocha comme si le sol tanguait sous ses pieds. Il resta ainsi un long moment, haletant, et la dévisagea d'un œil accusateur.

— Êtes-vous folle, femme ? lâcha-t-il enfin. Avez-vous idée de ce que vous me faites ?

— Oui, répondit-elle simplement en lui tendant les bras.

11

Wolf contempla Sabina. Elle l'avait touché en connaissance de cause. Il se rappela qu'elle n'était plus vierge, et savait parfaitement quel effet elle produisait sur lui. Il ne pouvait supporter de penser à l'autre homme, qu'elle avait caressé de la même façon, lui offrant la première de ses faveurs. Cet homme, qui l'avait connue comme Wolf ne la connaîtrait jamais. Fou de jalousie, il lança :

— Et qui vous a appris cela ? Votre amant ?

Elle sursauta, et le sang déserta son visage. Elle laissa retomber ses bras, puis se raidit.

Il se rendit compte soudain de ce qu'il avait dit, et en fut horrifié.

— Eh bien oui, précisément, répondit-elle en tentant de dissimuler sa douleur sous un ton désinvolte. Et si vous tenez à le savoir, cet homme était aussi mon mari. Du moins, je le croyais...

Une larme trembla sur ses cils, et il vit qu'elle fournissait un effort pour ne pas pleurer devant lui. Elle se détourna en se cachant le visage, et il eut soudain l'impression d'être une brute.

— Je vois que vous n'êtes pas souffrant, dit-elle d'une voix assourdie par les larmes contenues. Aussi je vais retourner dans ma chambre.

— Non, attendez, dit-il en lui prenant le bras alors qu'elle allait passer devant lui. Laissez-moi vous expliquer.

— Nul besoin d'explication. Vous avez été parfaitement clair, dit-elle d'une voix étranglée.

Elle se dégagea de son emprise et s'apprêta à quitter la pièce, mais elle se figea soudain en voyant le petit portrait accroché au-dessus du bureau. Elle savait qui il représentait. La ressemblance de Gisel avec sa mère était indéniable.

Elle tourna les yeux vers lui.

— Après tout, je vous imagine mal me prendre sous les yeux de votre *bien-aimée*.

Il tressaillit à ces mots, et planta ses yeux dans les siens.

— Non...

— Comme vous voulez, *Meister* Behaim, dit-elle d'un ton glacial. Comptez sur moi pour ne plus renouveler cette... expérience à l'avenir.

Il ne pouvait pas la laisser s'en aller ainsi.

— Sabina, il faut que nous parlions..., essaya-t-il encore en se plaçant devant la porte.

— Je n'ai rien à vous dire, si ce n'est « bonne nuit », siffla-t-elle en l'écartant pour ouvrir la porte.

Une brève lutte s'ensuivit. Quand elle le toucha, il se contracta pour chasser son désir fulgurant. Mais elle avait raison, bien sûr. Entamer une discussion sérieuse maintenant, alors qu'il avait encore le goût de sa bouche sur la sienne, alors que son corps n'aspirait qu'à la posséder, n'avait aucun sens.

— Fort bien…

Il s'écarta et lui tint la porte ouverte. Elle allait la franchir, raide comme la justice, quand il l'arrêta une nouvelle fois.

— Mais je tiens à vous dire une chose avant que vous ne partiez…

Il fixa son profil jusqu'à ce qu'elle tourne lentement la tête. Le regard glacial qu'elle lui décocha signifiait qu'elle se moquait éperdument de ce qu'il avait à dire, mais son expression pincée le démentait. Sans cesser de tenir la porte, il s'y appuya et posa son autre main sur sa hanche.

— Je suis votre époux, madame…

Elle haussa un sourcil sans comprendre.

— … et je compte bien jouer pleinement ce rôle à l'avenir, expliqua-t-il.

Son regard hautain, brillant de colère, soutint un instant le sien, puis elle baissa les yeux, lui dissimulant ses pensées, avant de s'éloigner d'un pas décidé. Une reine quittant sa cour n'aurait pas agi avec plus de grâce. Il s'en fallait de peu que cela lui arrache un sourire.

Miséricorde, qu'allait-il faire de cette femme ? *Sa* femme ?

— Les nouvelles sont mauvaises, *Meister* Wolfgang ? lui demanda Franz deux jours plus tard.

Ce dernier venait de lui remettre les rapports de ses « amis » concernant son enquête sur les agissements du baron von Ziegler.

— Hélas, oui !

Wolf contempla l'épais gobelet de verre qu'il tenait entre les mains et y fit tournoyer lentement le liquide ambré.

Réchauffer le brandy était l'un des rituels de dégustation les plus agréables. Wolf avait découvert cette liqueur à la fois forte et douce un an plus tôt, lorsqu'un marchand de vin danois l'avait persuadé d'y goûter. Il avait aimé l'idée que le breuvage, grâce à la chaleur de ses mains, révèle peu à peu ses profondeurs cachées et ses mystères. À la façon d'une femme…

Cette pensée le ramena à la raison pour laquelle il se tenait dans le bureau de son père, et réfléchissait à la manière de traiter celle qui était désormais son épouse.

Assis face à lui, Franz sirotait le même breuvage. Un soupir de plaisir lui échappa en vidant son gobelet, mais il jeta rapidement un regard vers Wolf, comme si celui-ci avait pu mal le prendre.

— Puis-je vous assister d'autre façon ? demanda-t-il.

— Je sais qu'il est superflu de te le demander, mais garde pour toi ce que tu as appris.

— Bien sûr, *Meister* Wolfgang. Je serai muet comme une tombe.

Il se leva.

— Puis-je retourner à mes devoirs, dans ce cas ?

— Oui. Merci, Franz. Ton aide, comme d'habitude, justifie ce qu'elle m'a coûté, ajouta Wolf avec un sourire en coin.

Les yeux de Franz pétillèrent, et il s'inclina avant de prendre congé.

Resté seul, Wolf contempla le contrat posé sur le bureau devant lui, daté du jour du mariage : mille ducats... La dot de Sabina, dont il avait à présent le contrôle absolu. L'héritage de sa mère.

Les renseignements de Franz confirmaient ses soupçons. Sabina venait récupérer son héritage lorsque son père l'avait brutalement emprisonnée. Après sa cruelle expérience de la vie monacale, elle comptait certainement utiliser cette somme pour créer un refuge destiné à des femmes qui se trouvaient dans la même situation. Son regard avait pris la ferveur des convertis le jour où elle lui en avait parlé, et c'était la seule explication possible au fait qu'elle ait supporté les mauvais traitements du baron pendant si longtemps. Elle n'avait sans doute accepté le mariage que parce que von Ziegler lui avait fait croire qu'elle pourrait malgré ses vœux prétendre à son héritage.

Mais Wolf avait accepté de remettre l'or à von Ziegler avant la fin de la semaine. De plus, s'il ne s'exécutait pas, le baron exercerait le droit de rétention qu'il détenait non seulement sur *Silver Press*, mais également sur Sanctuaire.

Ce qui serait une catastrophe, même s'il ne s'agissait finalement que de briques et de mortier. Wolf possédait sa propre imprimerie, et même s'il risquait d'avoir le cœur brisé de devoir renoncer à Sanctuaire, il trouverait toujours un autre endroit où vivre. Mais comment ensuite restaurer sa réputation, et celle de sa famille ? Von Ziegler risquait de mettre à exécution sa menace de révéler ce qu'il savait sur la mort du père de Wolf. Et cela, il n'en était pas question !

Il se passa la main dans les cheveux. Il était tombé bien bas ! Tout cela à cause des projets insensés de son père.

Il poussa un profond soupir, porta le gobelet à ses lèvres et avala une longue gorgée de brandy. Le liquide glissa sur sa langue, gouleyant, caressa son palais et traça un chemin de feu dans sa gorge.

Il se leva et arpenta la pièce, frustré. L'argent, de plein droit, revenait à Sabina. Par un caprice du destin, il lui appartenait à présent. Qui était-il pour juger l'importance que cet or représentait pour elle – ou pour lui ? Néanmoins, tout en s'appliquant à être impartial, il savait bien qu'il ne pouvait laisser Sabina jouir de cet héritage.

Il avait conclu un marché. Un pacte diabolique, certes, mais qu'il avait signé. Et l'avenir de Gisel, l'avenir de sa famille tout entière, était en jeu.

Wolf regarda le portrait de Beth et s'émerveilla une fois de plus de sa ressemblance avec sa fille. Elles avaient toutes les deux le teint pâle, et une cascade brillante de boucles blondes comme le miel. La seule différence était leurs yeux. Ceux de Beth étaient bruns, ceux de Gisel du même vert que les siens.

Il tendit une main et caressa doucement la toile, l'unique représentation qu'il possédait de Beth. Sans ce tableau, il se disait parfois qu'il oublierait son visage, et cette idée le terrifiait. Certaines nuits, il se réveillait en nage, cherchant désespérément à se remémorer son épouse. Il allumait une chandelle et courait vers le portrait, qu'il touchait avec un infini soulagement. Autrefois, il était accroché chez lui à Nuremberg. Il l'avait rapporté ici après la mort de son père.

Mais, au fil du temps, ce tableau lui apparaissait de plus en plus comme une simple toile, et non comme le talisman qu'il était devenu pour lui dans les mois qui avaient suivi la mort de Beth. Il se demandait même parfois pourquoi il l'avait apporté à Sanctuaire, alors qu'il ne tarderait pas à rentrer chez lui, à Nuremberg, avec Gisel. Il devrait le dire à Sabina. La pensée de la quitter le déprima soudain et, appuyant l'épais arrondi de son verre contre son front, il ferma les yeux et pensa à sa fille.

« Aime-la. Aime-la assez pour nous deux. »

On frappa à la porte et il sursauta, émergeant de sa rêverie.

— Wolf ? appela Peter.

À contrecœur, il laissa retomber sa main et se tourna vers la porte.

— Entre.

Peter passa la tête dans la pièce.

— Eh bien, qu'a découvert Franz ?

Wolf leva les yeux vers lui, agacé. Comment son frère arrivait-il toujours à savoir ce qui se passait, alors même que Wolf se donnait tant de mal pour l'en empêcher ?

Devant la mine déconfite de son frère, Peter éclata de rire.

— Allons, vous chuchotez dans les coins tous les deux depuis quelques jours, et Franz sort d'ici nimbé de l'odeur caractéristique de ton alcool préféré. La déduction était facile, mais il refuse de s'épancher. Raconte-moi donc ce qui se trame, et épargne-moi la peine de te délier la langue.

Wolf le fusilla du regard.

— T'ai-je déjà dit à quel point tu étais assommant ?

— Un bon nombre de fois, oui. Mais n'essaie pas de changer de sujet.

Peter se jucha sur le bord du bureau et lui sourit sans s'émouvoir.

— Soit, fit Wolf en passant la main dans ses cheveux.

Il se leva et se mit à arpenter la pièce. Peter ne le quittait pas des yeux.

— Tu voulais savoir pourquoi j'ai épousé Sabina..., commença-t-il.

— Oui. Il m'avait semblé que tu étais opposé à l'idée d'un remariage si hâtif. Certes, maintenant que je connais ta femme, je comprends qu'on puisse changer d'avis, ajouta-t-il avec un clin d'œil.

Wolf détourna les yeux, prit le gobelet et le tourna entre ses mains nerveusement. Il le reposa aussitôt. Que pouvait-il dire sans révéler intégralement la vérité ? Il montra la carafe et fit signe à son frère de se servir.

— Tu sais que papa traversait une situation financière terrible, avant de... avant l'accident.

Peter hocha la tête et but une gorgée sans rien dire.

— C'était pire que ce que nous pensions. À force d'emprunts ruineux et de dettes de jeu, il a contracté une dette écrasante auprès du père adoptif de Sabina, le baron von Ziegler. À la mort de papa, le baron m'a demandé de rembourser cette dette. Le montant était colossal. Les ressources de mon imprimerie étant limitées, je n'ai pas pu payer tout de suite. Il a accepté d'effacer l'intégralité de la créance si j'épousais sa fille.

Peter fronça les sourcils.

— Tu aurais dû m'en parler. Nous aurions réussi à...

— Non.

Wolf posa les deux mains sur le bureau et regarda son verre vide. Il se frotta la nuque, soudain très las.

— Le montant dû était beaucoup trop élevé.

— Combien ?

— Plus de cinq cents ducats, si l'on compte les droits de rétention qu'il peut faire valoir sur *Silver Press* et Sanctuaire.

— Doux Jésus ! s'exclama Peter, horrifié.

— Tu comprends donc que je n'ai pas eu le choix.

— Mais Wolf, il y avait d'autres solutions ! Tu dois cesser de vouloir porter seul tous les fardeaux. Tu aurais dû nous en parler à tous. L'orfèvre nous aurait fait un prêt. J'aurais pu épouser la fille moi-même, bon sang ! Malgré son histoire tragique, c'est une adorable créature. Je l'aurais volontiers épousée si je l'avais rencontrée en premier. Et que Fya aille au diable !

Wolf fit volte-face.

— N'y songe pas...

Peter éleva les deux mains.

— Hé, je voulais seulement...

Soudain, il comprit :

— Tu es jaloux.

— Non, se défendit Wolf avec fougue.

— Mais si, dit Peter en souriant. C'est ta femme, il n'y a rien de mal à cela. Pourquoi te sentir si mal à l'aise ?

— Je ne suis pas du tout mal à l'aise ! riposta Wolf.

Il prit son verre, le remplit à nouveau et avala une gorgée sous le regard appuyé de Peter.

— Du reste, c'était l'idée de son père...

Peter eut l'air étonné.

— Mais pourquoi te donner l'argent et le récupérer ensuite ? Pourquoi ne pas tout simplement effacer la dette et garder l'argent ?

— Je me suis posé la question, mais je n'ai pas pu obtenir une réponse franche de sa part. Cependant, d'après ce que je viens d'apprendre, cet argent ne lui a jamais appartenu. C'est un legs qui provient de Marie, la mère de Sabina. Elle était issue de la haute noblesse, contrairement au baron. Sa famille à lui ne possède son titre que depuis deux cents ans, et il ne jouit d'aucun siège au parlement de l'Empereur.

Peter secoua la tête.

— Pourquoi l'a-t-elle épousé ? Le baron avait-il donc beaucoup de charme, à l'époque ?

Wolf haussa les épaules.

— Ce sont probablement les ragots entourant la conception de Sabina qui ont convaincu sa mère. Celle-ci a disparu pendant un certain temps lorsqu'elle était jeune, et Sabina est née à l'étranger. Personne n'a jamais rencontré le père, soi-disant épousé par Marie et mort mystérieusement avant leur retour dans le duché de Saxe. Il est tout à fait possible que Sabina soit une enfant illégitime. En acceptant d'épouser Marie et d'adopter Sabina, le baron aurait contribué à sauver sa réputation.

Peter se rembrunit et secoua la tête.

— Pauvre Sabina. Est-elle au courant ?

— Qu'elle est adoptée ? Oui. Pour le reste ? J'en doute. Quoi qu'il en soit, le père de Marie, le comte de Prüss, avait pris des dispositions particulières pour sa fille dans le contrat de mariage qui la liait à von Ziegler, en qui il n'avait apparemment pas confiance. Ce dernier était déjà veuf et père d'un jeune fils. Prüss a dû vouloir assurer à Marie une certaine indépendance. Von Ziegler a accepté de lui donner mille ducats le jour de leur mariage. Pour la protéger du besoin au cas où il lui arriverait quelque chose.

— Et en quoi cela te concerne-t-il ? s'enquit Peter.

Wolf continua de marcher tout en réfléchissant à sa réponse.

— Peu avant sa mort, la mère de Sabina a modifié son héritage. L'argent lui appartenant à elle et non à son mari, elle pouvait en disposer à sa guise. Elle a donc ajouté une clause stipulant que si Sabina se fiançait avant son vingt-cinquième anniversaire, l'argent serait transformé en dot pour son futur mari. Si, cependant, Sabina prononçait ses vœux et restait au couvent, à ses vingt-cinq ans, l'or irait directement dans les coffres de l'abbaye où elle résiderait, afin de subvenir à ses besoins. De même, au cas où elle décéderait, cette somme reviendrait à l'Église.

— Ah..., fit Peter d'un air entendu.

— Oui, tu saisis la logique. Sa mère a dû craindre qu'après le scandale Sabina ne parvienne pas, sans dot, à trouver de prétendant. Sans parler du risque que le baron dilapide les fonds censés lui revenir.

— Avec ce que nous savons de lui, on peut supposer qu'il n'aurait jamais pourvu aux besoins de Sabina, fit remarquer Peter.

Wolf opina.

— De la sorte, le baron ne pouvait pas garder l'argent pour lui une fois Sabina majeure.

— Sa mère était une femme avisée, déclara Peter.

— Pas suffisamment…

Wolf contempla l'intérieur de son verre sous le regard interrogateur de Peter.

— Elle n'a pas songé aux ambitions qui pourraient animer le fiancé de sa fille.

Il leva vers son frère des yeux affligés.

— De fait, l'héritage est devenu ma propriété le jour où j'ai épousé Sabina. J'ai le droit d'en faire ce que je veux. À cause de la fourberie de son père, Sabina n'en sait rien, et pense que cet argent va lui revenir.

— Et ce n'est pas ce qui va se passer ? dit Peter d'un ton réprobateur.

Wolf se sentit sur la défensive.

— Je suis obligé de restituer l'héritage au baron, sans quoi tout sera perdu. Tout ce que notre grand-père a laborieusement accompli. Tout ce que papa a mis des années à obtenir. Je n'ai pas le choix, Peter…

— Quand comptes-tu le lui dire ? demanda celui-ci sans préambule.

— À l'origine, je comptais le faire tout de suite, mais maintenant…

Wolf fit tourner distraitement l'alcool dans son verre.

— Wolf, tu ne peux pas t'engager dans un mariage fondé sur des mensonges. Si tu espères le bonheur conjugal, tu dois bien te rendre compte...

— C'est précisément cela. Je ne l'espérais pas.

— L'un de nous deux divague, déclara Peter. Peut-être est-ce l'alcool...

— Je veux dire que je ne m'attendais nullement à faire un « vrai » mariage. Au début, j'avais pensé en demander l'annulation une fois la dette remboursée, et renvoyer Sabina au couvent. Mais maintenant...

— Sur quel fondement ?

Wolf leva les yeux.

— Comment ? Oh, eh bien, la non-consommation du mariage.

Peter éclata d'un rire franc.

— Ah bon ? J'ai entendu parler de l'épisode au bord de l'eau, tu sais...

— C'était un moment d'égarement, décréta Wolf avec hauteur. Je n'ai aucune intention que cela se reproduise.

Il plissa les yeux, soupçonneux.

— Qui t'a rapporté cet incident, au fait ?

— Peu importe. J'ai mes espions. Du reste, fit Peter avec un sourire narquois, si tu ne veux pas faire l'objet de ragots, je te conseille d'éviter ce genre de frasques en plein air.

— Cela ne se reproduira plus.

Peter s'assit dans le fauteuil de Wolf et croisa les jambes sur le bureau. Ses yeux étincelaient.

— Mon cher frère, je suis prêt à parier que si.

Puis il reprit son sérieux :
— Comment Sabina va-t-elle réagir, à ton avis, en apprenant qu'elle n'aura pas son héritage ?

Wolf poussa les pieds de Peter du bureau et s'assit à leur place.

— C'est là tout le problème. Je dois renoncer à l'argent, mais si j'y renonce, je perds toute chance de la convaincre de rester avec moi.

— Est-ce ce que tu désires ? Qu'elle reste ?

Wolf ne répondit pas tout de suite. Il savait, cependant, depuis leur rencontre nocturne, qu'il préférait être damné plutôt que de laisser Sabina disparaître de sa vie maintenant.

— J'ai réfléchi... j'envisage de retarder ma confession, d'attendre que nous nous connaissions mieux, et alors...

Il se tut en voyant la mine stupéfaite de son frère.

— Tu comptes la séduire avant qu'elle n'apprenne la vérité ? Grands dieux, Wolf, trouves-tu cela équitable ? N'a-t-elle pas le droit de prendre cette décision, elle aussi, en connaissance de cause ?

— Elle est déjà ma femme, objecta Wolf, conscient de la pointe de possessivité que contenait son ton. La décision a déjà été prise.

— Mais on l'a contrainte à t'épouser. Ce seul argument suffit à rendre le mariage nul.

Wolf se leva et se remit à marcher de long en large.

— Uniquement si l'un de nous deux le fait valoir. Ce qui n'est pas mon intention. Personne d'autre n'a intérêt à le faire.

Le regard qu'il jeta à Peter contenait un avertissement, qu'il reçut la mâchoire crispée.

Wolf attendit, les muscles tendus, jusqu'à ce que son frère incline la tête avec réticence. Alors seulement, il se détendit et reprit ses allées et venues.

— Je m'aperçois qu'elle me... convient. Je n'avais pas prévu ce mariage, mais ce n'est pas une raison pour ne pas être en bons termes.

Il contempla le mur, songeur.

— Il me reste à présent à l'amener à envisager les choses sous le même angle.

— L'aimes-tu ?

— Quoi ?

Wolf pivota face à son frère, pris de court.

— Tu m'as bien entendu. Ton attitude se tient peut-être si tu es amoureux d'elle, mais...

— Cela n'a rien à voir avec l'amour, coupa Wolf avec impatience.

— Crois-tu ? demanda Peter en se penchant en avant. Qu'en dirait Sabina ?

Wolf détourna les yeux, en proie à un vague sentiment de culpabilité et de malaise.

— Nous ne parlerons pas d'amour. Je ne veux pas lui donner de faux espoirs. Au demeurant, je ne suis pas sûr d'être capable d'aimer encore. C'est trop risqué.

Il leva les yeux vers le portrait de Beth.

— Wolf, dit doucement Peter. Il faut tourner la page...

— Je ne sais pas comment, lui avoua brusquement son frère.

Il ressentait le décès de Beth comme une blessure récente. Il s'approcha du portrait pour souligner du doigt son sourire.

— Parfois, dit-il d'une voix sourde, je me dis que nous étions reliés par le cœur, Beth et moi, comme ces jumeaux rattachés physiquement l'un à l'autre que tu m'as montrés dans ton livre de médecine. À sa mort, j'ai eu l'impression qu'on m'arrachait la moitié du cœur.

Il regarda Peter, soucieux de se faire comprendre.

— Je ne veux pas revivre cela.

Peter se leva et posa une main sur le bras de Wolf.

— Si tu ne peux surmonter ces émotions, peut-être vaut-il mieux renoncer à Sabina et lui permettre de rencontrer quelqu'un qui saura l'aimer comme tu ne peux le faire.

Piqué, Wolf dégagea sèchement son bras.

— Jamais !

Ils se dévisagèrent, aussi surpris l'un que l'autre par la vivacité de cette réaction.

Peter se rassit sur le fauteuil et croisa les doigts en considérant son frère aîné.

— C'est donc ainsi que tu vois les choses ? Tu ne l'aimes pas, mais tu ne veux pas qu'un autre puisse l'aimer.

Il secoua la tête.

— Mon Dieu, tu me fais penser à un chien défendant son os !

— Et alors ? J'en ai bien le droit !

— Il me semble, dit doucement Peter, qu'en amour il n'est guère question de droit.

— Il ne s'agit pas d'amour !

Wolf fit claquer son verre sur la table et l'entendit se fêler. Il regarda avec étonnement le liquide ambré s'écouler par la minuscule fissure. Il essaya de se ressaisir, mit soigneusement le gobelet de côté et en sortit un autre, qu'il remplit. Après en avoir bu une bonne rasade, il déclara enfin :

— Elle reste ! Il n'y a rien à ajouter. De toute façon, puisqu'elle n'aura plus de ressources, elle se portera mieux avec moi. Je lui dois bien cela. Simple question pécuniaire.

Wolf mentait, et ils le savaient tous les deux. Le goût amer de la jalousie envahissait sa bouche à la pensée d'un autre homme touchant Sabina, et il vida son verre pour s'en débarrasser.

Pourquoi sa bienfaisante liqueur semblait-elle soudain avoir perdu toute sa saveur ?

12

Sabina borda soigneusement Gisel. L'enfant la contemplait avec une admiration béate, et elle toucha timidement une mèche échappée de sa tresse noire.

— Jolie, dit-elle.

Sabina sourit et lui caressa la joue. Si ses rapports avec Wolf étaient devenus plus tendus, sa relation avec sa fille s'était épanouie. Elles avaient passé ces derniers jours ensemble et, après le dîner ce soir-là, l'enfant avait supplié Sabina de la coucher. Cela l'avait surprise, mais pas tant que Wolf, qui avait pour habitude de s'en charger lui-même. Bien qu'il y eût consenti, elle avait eu le sentiment qu'il s'était senti évincé.

Sabina avait évité de se trouver seule avec lui. Depuis qu'elle s'était jetée à sa tête, ils n'avaient réussi qu'à engager une conversation polie et guindée. De temps en temps, elle le surprenait qui l'observait, mais il détournait nonchalamment les yeux et elle se demandait si le désir qu'elle y avait lu était issu de son imagination.

Finis les confidences, les rires insouciants, les étreintes passionnées...

Il lui avait fait clairement comprendre que son passé constituait un obstacle plus important qu'elle ne l'avait cru. Les hommes aimaient que leur femme arrive vierge au mariage, supposait-elle, même si eux-mêmes folâtraient à leur guise. Ne se rendaient-ils donc pas compte que chacune de ces femmes était la fille, la sœur, l'amie de quelqu'un ?

Eh bien, tant pis, elle ne pouvait changer son passé ! La seule chose qui fût en son pouvoir était de regarder vers l'avenir.

Elle avait sa fierté, et ne laisserait plus ses émotions prendre le pas sur sa raison. Elle savait pertinemment comment un homme, pour obtenir ce qu'il voulait, était capable d'abuser du cœur d'une femme puis de l'écarter de son chemin. Elle ne tomberait plus dans ce piège.

Elle devait par conséquent trouver un autre centre d'intérêt. Son refuge, par exemple. Il fallait commencer à faire des projets. Elle pourrait demander au professeur Luther de l'aider à trouver des résidentes.

Elle reporta son regard sur la fillette. D'une certaine façon, Gisel lui faisait penser à elle, lorsqu'elle était enfant. Entourée d'adultes, sans camarades avec qui partager ses jeux, c'était un petit être solitaire. Pourtant, Sabina se reconnaissait dans la détermination de Gisel à surmonter tous les obstacles.

N'était-elle donc encore qu'une enfant, alors qu'elle venait de se marier ?

— Tu es ma nouvelle maman ?

La petite voix douce la tira abruptement de ses songes. Gisel rêvait-elle ? Non, elle la regardait droit dans les yeux, bien réveillée.

— Pardon ? fit Sabina en feignant de n'avoir pas compris.

Gisel lui toucha la joue.

— C'est toi, ma nouvelle maman ?

Sabina recula légèrement. L'enfant, bien sûr, avait dû conclure que la femme de son père devait être sa belle-mère. Pourtant, l'appeler ainsi, si vite... elle ignorait ce qu'en penserait Wolf, mais cela lui semblait bien prématuré.

— Tu devrais peut-être simplement continuer à m'appeler « dame ». Cela pourrait être le petit nom que toi seule me donnes.

Elle se pencha et embrassa rapidement la joue ronde et douce de Gisel pendant que celle-ci réfléchissait.

— Et maintenant, dors vite, sinon tu seras fatiguée et grincheuse demain.

Sabina se leva en prenant la bougie ; elle était à la porte quand elle entendit l'enfant murmurer :

— Bonne nuit, maman...

Sabina sentit son cœur battre si violemment qu'elle dut s'appuyer contre le chambranle. Sa gorge se noua. Le bon sens lui dictait de ne pas laisser passer cela. Elle devait réagir, tout de suite...

— Bonne nuit, mon trésor, s'entendit-elle répondre.

Puis elle ferma doucement la porte derrière elle, appuya la tête contre le bois frais et fondit en larmes.

C'est ainsi que Wolf la trouva.

— Sabina ? Vous sentez-vous bien ?

Elle se redressa et essuya furtivement son visage humide avant d'esquisser un sourire tremblant.

— Bien sûr...

Il haussa un sourcil.

— Mais alors, pourquoi pleurez-vous ?

— Je ne pleure pas, riposta-t-elle vertement.

Et elle s'éloigna à grands pas. Pas question de lui laisser voir que son adorable petite fille l'avait rendue aussi heureuse, plus heureuse qu'elle ne l'avait été de toute sa vie...

Il la suivit dans le couloir et l'arrêta en se campant tout simplement devant elle. Il leva sa bougie jusqu'à ce que la lumière éclaire le visage de la jeune femme, et passa un doigt sur sa joue mouillée.

— Voyons, Sabina, dites-moi ce qui se passe.

— J'avais une poussière dans l'œil. Voulez-vous bien vous écarter, maintenant ?

Elle esquissa un pas sur la droite, mais il ne bougea pas.

— Je suis venu vous chercher pour le souper.

Du pouce, il effleura une nouvelle fois sa joue. Elle sentit ses genoux faiblir, mais résista avec détermination.

— Tant mieux, j'ai faim.

Il se figea.

— Moi aussi...

Elle le regarda pour la première fois et comprit qu'il ne parlait pas seulement de nourriture. Il la dévorait des yeux, et elle entendit le souffle qu'il s'appliquait à maîtriser.

Non, elle ne tomberait plus dans ce piège...

— Eh bien vous feriez mieux de vous écarter afin que nous ne soyons pas en retard, suggéra-t-elle avec affabilité.

Wolf abaissa la bougie.

— Oui, sans doute, dit-il sans toutefois se déplacer.

Elle poussa un soupir.

— Que voulez-vous de moi ? Finissons-en, je vous prie.

Comme il la dévisageait, elle vit une veine palpiter à sa tempe, et il lui apparut soudain très vulnérable, ce qui devait être fort déplaisant pour un homme d'ordinaire si sûr de lui. Insupportable, même. Elle eut pitié de lui.

— Pauvre Wolf ! Vous ne savez vraiment pas ce que vous voulez, n'est-ce pas ?

Son visage se ferma.

— Vous avez raison, madame, déclara-t-il. Venez, nous allons être en retard.

Il se retourna et s'éloigna à grandes enjambées.

Le dîner fut guindé. Wolf contemplait Sabina par-dessus sa bière, son dessert intact devant lui. Il n'avait presque pas touché à son dîner. Il but une nouvelle gorgée.

Comment Sabina pouvait-elle manger aussi tranquillement que si elle n'avait aucun souci au monde ? Il avait l'appétit coupé depuis ce fameux soir, dans le bureau, quand il l'avait tenue dans ses bras, ardente et prête à s'abandonner... Depuis, il essayait de se comporter en gentilhomme, de leur laisser le temps à tous les deux de redevenir amis, mais elle refusait d'évoquer autre chose que des sujets superficiels. Et lorsqu'elle était près de lui, comme maintenant, il ne pouvait s'empêcher de se remémorer le contact de son corps contre le sien, le goût de ses lèvres...

Il fallait qu'il arrête d'y songer.

Hélas, c'était impossible ! Cela le prenait par surprise quand il s'y attendait le moins, comme en ce moment, alors qu'il la regardait manger. Elle avait une façon de savourer la nourriture qui le bouleversait – peut-être parce qu'elle en avait été privée si longtemps ? La manière sensuelle dont elle portait chaque morceau à sa bouche, avant de le mâcher lentement...

Il serra sa chope si fort que ses articulations blanchirent, et il se promit silencieusement d'essayer de se détendre.

À sa façon, subtilement, elle le traitait avec indifférence. Depuis des jours... Oh, bien sûr, elle ne se montrait pas impolie, mais suffisamment réservée pour le piquer au vif. Elle évitait de le regarder, et ses réponses à ses remarques étaient strictement courtoises. Elle le rendait fou de désir, mais ne manifestait pour sa part qu'une froide politesse à son égard, ce qui l'agaçait terriblement.

Il la regarda avaler une nouvelle bouchée de gâteau à la crème.

— C'est délicieux, déclara-t-elle.

— Quoi ? Oh, le gâteau ! En effet, oui.

Elle jeta un coup d'œil à l'écuelle de Wolf.

— Il est plus facile de le savoir après y avoir goûté.

— Je m'étonne que vous ayez le temps de trouver cela bon, étant donné la vitesse à laquelle vous l'engloutissez, répliqua-t-il avec un malin plaisir.

— Béa est une cuisinière hors pair.

Elle fit lentement glisser la cuillère sur sa langue, et le cœur de Wolf manqua un battement.

Il remua sur sa chaise pour chasser son malaise physique. Seigneur, il fallait que cela cesse ! Comment penser à autre chose ? Il regarda son écuelle, prit une cuillère et la planta dans le gâteau. Il le porta à ses lèvres d'une main tremblante et l'avala tout rond.

— Excellent, marmonna-t-il.

Elle se tamponna la bouche avec sa serviette, mais il eut le temps de la voir sourire.

— Avez-vous passé une bonne journée ? demanda-t-elle.

Encore une de ces questions urbaines qu'il ne supportait plus ! Il voulait qu'elle redevienne la sauvageonne trempée jusqu'aux os qui avait osé le défier, le premier jour.

— Très bonne, merci.

— Il a fait beau, aujourd'hui, plus doux que d'ordinaire en cette saison.

— Oui.

Balayer d'un geste le contenu de la table, la renverser en travers et la prendre, là, tout de suite ! Deux fois au moins. Caresser ses cuisses douces, trouver la source de son plaisir, l'exciter sans merci jusqu'à ce qu'elle le supplie d'en finir.

— Il paraît que les domestiques ont dansé sans leur livrée, tant il faisait chaud.

— Il paraît, oui. Comment ?

Elle lui décocha un regard perçant.

— Wolf, préférez-vous que je me taise ?

— Non, je préférerais parler d'autre chose que de ces... bêtises.

La bière lui était montée à la tête. Il le sentait. Tant mieux. Peut-être cela émousserait-il ses sens et l'aiderait-il à oublier le goût de Sabina ? Il en avala encore une gorgée.

— Des bêtises ? répéta-t-elle en fronçant un sourcil. Il s'agit d'une simple conversation polie.

— Dieu nous garde de la politesse ! ironisa-t-il.

Elle se leva d'un air inquiet.

— Vous auriez peut-être dû manger davantage et boire moins. Je crois qu'il est préférable que je me retire. Bonne nuit...

— Vous fuyez encore ?

Elle s'immobilisa. Il savait que la seule chose susceptible de la faire réagir était de la défier ouvertement. Elle croisa les bras et le contempla sans ciller.

— Que fuirais-je donc ? Il n'y a rien à craindre dans cette pièce, si ?

Il se leva brusquement.

— Cela ne peut plus durer.

— À quoi faites-vous allusion ?

Il agita la main dans sa direction et s'appuya contre la table pour se soutenir alors que la pièce dansait autour de lui.

— À cette... situation infernale !

Elle secoua la tête.

— Vous divaguez. Nous parlerons demain matin, quand vous serez sobre. Je vais me coucher.

— Bonne idée, allons-y !

Elle s'éclaircit la gorge, et deux ronds roses se formèrent sur ses joues.

— Soit ! Parlons, monsieur. De quoi vouliez-vous discuter ?

— À votre avis ? De ce qui s'est passé dans le bureau, et de la raison pour laquelle vous m'avez embrassé... comme vous l'avez fait.

— Tiens donc... C'est vous, me semblait-il, qui m'avez embrassée.

Il posa sur elle un regard brumeux.

— Pas du tout, et vous le savez bien. Ne jouez pas à ces petits jeux avec moi. Je vous ai embrasée... euh, embrassée, je l'admets, mais c'est parce que vous m'aviez incité à le faire.

— *Incité !* Mon Dieu, quelle arrogance ! Je ne vous ai pas incité ! Je m'inquiétais pour vous, voilà tout.

— Vous appelez cela de l'inquiétude ? Eh bien, j'espère que vous ne vous inquiétez pas ainsi de tous les hommes que vous rencontrez.

Elle leva le menton sous l'insulte.

— Et qu'est-ce qui m'en empêcherait ? Quelle différence cela ferait-il pour vous ?

— Vous êtes ma femme ! cria-t-il en abattant un poing sur la table, faisant tressauter toute la vaisselle.

— Votre femme est morte ! lança-t-elle sur le même ton.

Aussitôt, elle étouffa un cri et plaqua une main contre sa bouche.

Il resta muet.

— Oh, Wolf. Je suis sincèrement désolée, chuchota-t-elle. Je vous prie de m'excuser.

Il la dévisageait, stupéfait. Dans le feu de la discussion, il avait complètement oublié Beth ! Pesamment, il se rassit.

— Vous avez raison, murmura-t-il. Je suis ivre, et il est tard. Allez vous coucher.

— Wolf ?

— Allez vous coucher, répéta-t-il en enfouissant sa tête entre ses mains.

Il avait besoin de solitude.

Elle se retourna pour sortir, et Wolf perçut le bruit léger de ses pas, faisant écho aux battements qui tambourinaient dans sa tête.

13

Marcus von Ziegler entendit un craquement devant la porte de sa chambre. Sans doute ces maudits serviteurs qui se bagarraient encore !

Il serra les dents et se redressa. La baronne, allongée près de lui, était devenue sa femme le jour de ses dix-sept ans. Il l'avait épousée bien qu'elle fût maigrichonne et affublée d'un nez trop long parce que sa mère, qui avait donné naissance à quinze enfants, était la femme la plus fertile de Saxe électorale. On lui avait assuré que cette qualité était héréditaire, toutes ses sœurs aînées étant elles aussi à la tête d'une famille nombreuse. Sa femme n'avait pas encore enfanté mais, en attendant, elle lui offrait d'intéressantes distractions…

Cependant, il n'avait pas de temps à perdre avec ces petites récréations. Si elle ne concevait pas rapidement, il devrait se débarrasser d'elle. Ce qui serait dommage, car elle était fort… divertissante.

Il avait cinquante et un ans, nom d'un chien ! Il avait déjà assez de mal à se concentrer sans ce bruit.

Un nouveau fracas retentit, accompagné de bruits de voix.

Après tout, qu'ils se débrouillent ! Il se tourna vers sa femme et, sans préliminaires, entreprit de lui faire l'amour.

Comme il la pénétrait, elle enfonça ses ongles taillés en pointe dans ses fesses, assez fort pour le faire saigner. Il grimaça.

— Sorcière, marmonna-t-il en accentuant sa poussée.

Elle gémit. Il aimait l'entendre gémir. De plaisir ou de douleur, peu lui importait.

— Pervers, grinça-t-elle en lui pinçant méchamment les fesses.

Il se sentit durcir en elle. Elle savait toujours comment pimenter leurs ébats. Il se retira et la retourna brusquement. Il s'apprêtait à lui donner une fessée lorsque le verrou de la porte s'ouvrit à la volée.

— Que diable... ?

La silhouette de Behaim se dressait dans l'encadrement. Échevelé, sa cape en corolle, on aurait dit le diable en personne. Plusieurs serviteurs étaient effondrés par terre, dans le couloir. Certains grognaient et se tenaient la mâchoire ou le ventre.

— Navré de vous déranger, mais j'ai cru comprendre que vous étiez impatient de recouvrer votre créance.

Il pénétra dans la chambre.

— Mes domestiques...

— Vos domestiques...

Behaim regarda l'un d'eux, qui s'était relevé de terre et se laissa promptement retomber, feignant d'être inconscient.

— Vos domestiques, reprit-il, m'ont signifié que vous ne receviez pas de visiteurs, mais je me suis montré persuasif.

Le baron bondit précipitamment sur ses pieds et remonta le drap jusqu'à son cou pour dissimuler sa nudité.

— Qu'est-ce que cela signifie ? demanda-t-il.

— Votre femme va prendre froid, dit Behaim d'une voix mielleuse.

— Quoi ?

Marcus se tourna vers elle. Elle s'était mise à genoux, en tenue d'Ève, et croisait les bras sur sa poitrine. Déconcerté, il lui lança le drap. Elle l'attrapa et se rallongea paresseusement sur le lit tandis qu'il saisissait sa chemise de nuit et l'enfilait rapidement.

Sans même lui accorder un regard, Wolf agita un avis de paiement sous le nez du baron.

— Vous m'avez dit de vous apporter ce document ce matin. Nous y sommes. Emportez-le chez l'orfèvre dans la journée. Il vous attend.

Il jeta le récépissé à Marcus et tourna les talons. Plusieurs des hommes, dehors, retombèrent par terre, craignant qu'il n'ait remarqué leur mouvement. Behaim reporta de nouveau son attention vers le baron, les yeux brillants et féroces.

— Il n'y aura pas d'autre versement. Me suis-je bien fait comprendre ?

La voix froide et impérieuse de Behaim le cingla et, malgré lui, Marcus tressaillit.

— Que diable voulez-vous dire ?

Behaim avança lentement vers lui. Sa haute taille était presque aussi intimidante que son regard.

— Je sais comment pense un homme de votre espèce ! Vous imaginez que si vous m'avez extorqué de l'argent une fois, vous pourrez recommencer ? Eh bien sachez que si vous vous mêlez encore de mes affaires, c'est moi qui me mêlerai des vôtres.

— Que racontez-vous donc ? demanda Marcus, de plus en plus affolé.

Personne ne pouvait être au courant de ses malversations. Il avait bien protégé ses arrières. Du moment qu'il reversait les fonds avant que le concile n'examine les comptes du trésor, nul ne saurait jamais rien.

— Que vous ayez besoin d'argent au point de provoquer le courroux d'un homme tel que moi constitue une énigme fascinante que je pourrais bien avoir envie d'élucider. Et croyez-moi, je suis opiniâtre. Est-ce bien clair ?

— Oui, oui. Vous êtes toujours parfaitement clair, assura Marcus en hâte.

— Et si j'apprends que vous avez violé notre accord, je réglerai cela avec vous.

— Mais, bredouilla Marcus, vous ne pouvez pas me tenir responsable des conclusions que d'aucuns pourraient tirer...

Il se tut en voyant Behaim effectuer encore un pas vers lui.

— Dans votre intérêt, il reste à espérer qu'ils tireront les bonnes conclusions, conclut Behaim avec un sourire glacial.

Là-dessus, il quitta la pièce, sa cape noire flottant autour de lui.

Marcus se tourna vers sa femme, qui l'observait d'un œil interrogateur. L'ombre d'un sourire jouait sur ses lèvres.

— Peut-on savoir ce qui t'amuse ? demanda-t-il avec colère.

— Le spectacle d'un homme incapable de terminer ce qu'il a commencé.

Ses yeux se plissèrent. Il ôta sa chemise et la laissa tomber par terre.

— Écarte-les, grogna-t-il en montrant ses genoux.

— Non !

Elle croisa les jambes et fit tourner languissamment une cheville tout en s'appuyant sur ses avant-bras. Ses petits seins se dressaient, aguicheurs.

— Sorcière..., grommela-t-il encore avant de fondre sur elle.

14

— Nous avons à parler.
Agenouillée dans les parterres dépouillés du jardin, Sabina jeta un coup d'œil derrière son épaule. Debout dans son dos, Wolf fulminait. Lassée de se reposer et de manger, elle avait décidé d'inspecter les rosiers négligés encerclant la maison. Ils avaient grand besoin d'être taillés, mais à voir l'œil de Wolf qui attendait sa réaction, ce ne serait vraisemblablement pas pour aujourd'hui.

— Je n'en ai plus que pour quelques minutes, dit-elle en continuant à arranger les tuteurs autour des tiges.

— Tout de suite.

Elle comprit à sa posture belliqueuse qu'il n'avait pas l'intention d'attendre.

— Fort bien !

Elle secoua la terre de ses gants de jardinage et se leva.

— Que désirez-vous ?

Son regard survola sa robe simple, ses gants de travail, s'arrêta brièvement sur son visage et embrassa le jardin alentour.

— Pas ici.

Elle haussa un sourcil.

— Allons-nous nous exprimer par monosyllabes, aujourd'hui ?

— Pas vous, rétorqua-t-il sèchement en s'éloignant.

Sabina avait remarqué ses yeux injectés de sang. Après ses excès de la veille, sans doute n'était-il pas capable d'une grande éloquence.

Elle le suivit à l'intérieur.

Il l'attendit impatiemment à l'entrée du salon, la tête haute comme si la remuer trop vite risquait de la faire tomber de ses épaules.

Quand elle entra, il ferma la porte derrière eux. Trop fort, comme le révéla sa petite grimace lorsqu'il perçut le claquement sonore du mécanisme. Il tourna la clef dans la serrure.

— Que faites-vous ? s'alarma-t-elle aussitôt.

— Je ne tiens pas à ce que nous soyons dérangés, expliqua-t-il d'un ton sévère.

— Je... je comprends.

Une vague appréhension étreignit Sabina. Elle regarda Wolf empocher la clef et étouffa un cri. Ses articulations étaient meurtries. Les blessures semblaient récentes.

— Qu'est-il arrivé à votre main ? s'exclama-t-elle.

Il baissa les yeux, surpris, comme s'il n'avait pas remarqué.

— Ce n'est rien.

— Rien ? fit-elle en lui prenant la main. Allons donc, il faut soigner cela et...

Il dégagea sèchement sa main.

Ah, oui... Elle avait oublié que son contact le répugnait. Un élan de douleur la saisit devant ce nouveau rejet. Wolf avait beau la désirer, il ne la respecterait ni ne l'aimerait jamais à cause de ses erreurs passées. Elle se détourna, réalisant soudain qu'elle avait précisément nourri cet espoir, sans se l'avouer. Malgré tout, elle avait espéré qu'avec le temps il pourrait y avoir de l'affection entre eux, peut-être même de l'amour. Mais elle s'était trompée...

Tant pis ! Elle partirait bientôt et ce merveilleux interlude ne serait bientôt plus qu'un souvenir. Le souvenir de deux yeux vert émeraude, d'une enfant aux cheveux blonds et d'une maison qui ne pourrait jamais être la sienne...

Elle s'approcha de la fenêtre et regarda sans le voir le jardin. À quoi bon avoir perdu son temps avec les rosiers, ce matin ? Elle ne les verrait jamais fleurir ; la tristesse qui la submergea faillit lui faire venir les larmes aux yeux.

— Vous m'avez demandé un jour pourquoi je vous avais épousée...

Elle mit un moment avant de répondre :

— Oui. Et vous m'avez répondu « pour les raisons habituelles », cita-t-elle. Comprenne qui pourra.

— Je vais vous l'expliquer, à présent, si vous voulez bien m'écouter.

Elle se tourna face à lui.

— Je vous écoute.

— Je devais de l'argent au baron. Beaucoup d'argent. Ou plutôt, c'était une dette qu'avait contractée mon père avant sa mort. Il me revenait de la payer. Votre père m'a fait une proposition. Je l'ai acceptée.

Sa voix était sans timbre, dénuée de toute émotion.

— Vous voulez dire que si vous m'épousiez, il effaçait votre dette ?

Une étincelle brilla dans les yeux de Wolf, qui évitèrent les siens.

— Pas exactement.

— Il m'a donné une dot ? Mais il n'en est pas fait état dans le contrat…

Elle se tut, ne sachant si elle devait évoquer le sujet. Il plissa aussitôt les yeux.

— Vous avez lu le contrat ?

— Oui.

Après tout, autant dire la vérité.

— J'en ai même un exemplaire sur moi.

Il tendit la main.

— Montrez-le-moi.

Elle hésita un bref instant avant de se retourner pour dénouer la tunique autour de sa taille et atteindre le rouleau de papier qu'elle conservait en permanence sur elle. Elle le sortit, hésita, et le lui tendit avec réticence.

Il le caressa légèrement du doigt, comme s'il touchait sa peau, et, malgré la bouffée de chaleur qui envahit Sabina, elle soutint son regard sans broncher. Enfin, il défit le petit ruban rouge et déroula le document. Ses yeux quittèrent les siens, à regret sembla-t-il, et il lut le texte en diagonale. Puis il lâcha le bas de la page, laissant s'enrouler le manuscrit.

— Il est daté de la veille du mariage, et ne porte pas ma signature, déclara-t-il en le lui rendant.

— Je sais, ce n'est qu'une copie, qu'il a fait faire pour pouvoir me la montrer avant que vous ne signiez. J'ai consenti à vous épouser sur la foi de ce contrat, dit-elle en prenant soin de ne pas parler de l'héritage. Mais je n'y vois point de dot...

— Dans celui-ci, non. Mais dans le mien, elle y figure bel et bien.

— Quoi ?

Le mauvais pressentiment qu'elle avait éprouvé auparavant se concrétisa soudain. Wolf alla ouvrir un petit bureau dans un coin et en sortit une feuille, qu'il lui remit.

— Lisez...

Cette copie portait la signature des deux hommes. Elle en survola le contenu et poussa un cri en voyant le montant de la dot. Comment était-ce possible ?

— Il est écrit... que...

Il prit le document de ses mains tremblantes.

— La dot n'est autre que l'héritage de votre mère. Elle a modifié son testament, peut-être au moment où vous êtes entrée au couvent. D'après les clauses, du jour où vous seriez mariée, l'héritage deviendrait la propriété de votre mari. C'est-à-dire moi.

Sabina porta une main à sa tempe. Ses pensées se bousculaient et tourbillonnaient dans sa tête. Sa mère avait modifié son testament sans qu'elle en soit informée ?

— Pourquoi faire une chose pareille ? demanda-t-elle avec stupeur. Cet or m'était destiné. Elle me l'avait promis...

— Vous ne devez pas en vouloir à votre mère, dit-il doucement. Elle pensait vous protéger, je crois. Elle ignorait de quoi était capable le baron dans sa détermination à s'emparer de votre héritage.

Mais il restait certainement un espoir, une chance...

— Puisque vous êtes désormais le détenteur de cet héritage, tout n'est pas perdu, raisonna-t-elle. Nous pouvons aller au tribunal, contester les termes de...

Elle se tut brusquement en voyant le visage de Wolf, qui ne pouvait qu'exprimer sa culpabilité, rosir légèrement.

— Vous l'avez toujours ? demanda-t-elle d'une voix un peu trop aiguë.

Il remua d'un pied sur l'autre.

— Non. Ce matin, j'ai apporté au baron un avis de paiement.

Un déferlement d'angoisse étreignit Sabina. Elle tituba jusqu'à la banquette, où elle s'assit.

— Non. C'est impossible. Après tout ce que j'ai fait pour le mériter, tout ce que j'ai enduré...

Elle leva vers lui deux yeux furieux.

— Récupérez ce papier !

— C'est impossible, répondit-il simplement.

Elle remua la bouche, mais aucun mot n'en sortit pour exprimer l'anéantissement et la fureur qu'elle ressentait. Elle avait tout sacrifié, supporté des sévices innommables, pour quoi ? En vain. Son héritage, son refuge pour les femmes délaissées... Cet homme avait réglé une dette qui n'était pas la sienne avec de l'argent qui ne lui appartenait pas, et devait revenir de droit à des femmes dans le besoin. Alors qu'il ne manquait de rien... Pourquoi ? Un voile rouge de fureur obscurcit sa vision.

Et il restait là, les mains croisées dans le dos, son regard émeraude posé sur elle.

Sabina se leva lentement et s'approcha de lui. Bien qu'il fût plus lourd et plus fort qu'elle, il semblait la craindre, en cet instant précis. Elle n'en doutait pas, car ce qu'elle ressentait au fond d'elle-même l'aurait rendue capable d'une grande violence.

— Si j'étais un homme, je vous frapperais. Je vous réduirais en bouillie, gronda-t-elle en retirant ses gants de jardinage, d'une voix qui montait d'un cran à chaque pas qu'elle faisait. À mains nues, ajouta-t-elle en serrant les poings.

— Mais vous n'êtes pas un homme, répondit-il en tendant les mains comme pour parer à l'attaque.

Puis, prenant conscience du ridicule de son geste, il les remit dans son dos.

— Et ce serait une erreur, termina-t-il.

Nom d'un chien ! Cette femme ne se laisserait jamais évincer. Elle sonda vivement la chambre des yeux à la recherche d'une arme appropriée. Qu'elle trouva à côté de la cheminée éteinte. Elle se jeta sur le tisonnier en poussant un cri de guerre. Elle eut à peine le temps de le brandir que déjà, les bras de Wolf l'encerclaient, lui comprimant la poitrine et lui coupant le souffle.

— Lâchez cela ! ordonna-t-il en resserrant les doigts autour de ses poignets.

— Jamais !

Elle se débattit, mais dut vite s'avouer vaincue. Le tisonnier tomba par terre avec fracas.

— Cessez ces absurdités ! gronda-t-il d'une voix sévère, bien que teintée de compassion. Je sais que la nouvelle est difficile à accueillir, mais nous devons en discuter courtoisement et trouver une solution.

— Je sais quelle sera *ma* solution, si jamais l'occasion se présente, lança-t-elle, haletante, tout en essayant de se libérer de sa poigne de fer. Surveillez vos arrières, *Meister* Behaim, sans quoi vous risquez bien de trouver mon poignard entre vos omoplates !

— Ah... Passer de religieuse à épouse et meurtrière en si peu de temps...

Il grogna en sentant son coude s'enfoncer dans ses côtes.

— C'est vous qui avez fait cela de moi ! cria-t-elle. Vous, vous tous, les *hommes* ! Pourquoi Dieu vous a-t-il créés menteurs, voleurs de dots, imbus de vous-mêmes ?

— Vous vous conduisez comme une enfant, gronda-t-il, les dents serrées.

Elle essaya de se libérer. Il faillit céder, mais ne lâcha pas prise.

— Arrêtez donc ! Vous allez vous blesser.

— Balivernes ! Lâchez-moi et vous verrez qui j'ai l'intention de blesser ! s'écria-t-elle en le repoussant.

Wolf resserra son étreinte. Peut-être était-ce la faute de ce corps-à-corps. Peut-être la désirait-il depuis trop longtemps. Quoi qu'il en soit, le fait de sentir son corps frêle si près du sien excita son désir. Bien malgré lui...

Ses cris ne contribuaient pas à calmer son mal de tête. Elle se plaqua contre lui.

— Sabina, arrêtez ! C'est inconvenant !
— Inconvenant ! Après ce que vous avez fait, comment osez-vous m'adresser un reproche pareil ?

Elle libéra sa main et lui donna un coup de coude dans le menton en poussant un « ha ! » triomphal.

— Aïe !

Il fut davantage surpris que blessé, mais le mouvement saccadé de sa tête accentua encore sa migraine. Abruptement, il la lâcha.

Sabina pivota face à lui. Elle respirait fort.

— Ne me touchez plus *jamais* !

Il avait certes escompté une vive réaction, cependant, face à cette mégère en furie, il se sentait impuissant, lamentablement excité, et pas le moins du monde sur la défensive.

Il brandit un doigt et décréta :

— Je vous toucherai si je le veux, quand je le veux et où je le veux, m'entendez-vous ? Que cela vous plaise ou non, vous êtes ma femme, et vous avez renoncé à votre libre arbitre dès l'instant où vous avez dit « je le veux ».

Les yeux exorbités, Sabina s'écria :

— Comment osez-vous me dire cela ? Après ce que vous venez de m'avouer ?

— Je n'ai rien fait que la loi et l'Église réprouvent ! rugit-il avant de grimacer sous la réaction de son crâne. Un mari a droit à tout ce qui appartient à sa femme, dit-il d'un ton moins virulent. En vérité, j'ai même fait preuve d'une grande galanterie. J'aurais fort bien pu abuser de vous.

Son regard cinglant était éloquent.

— Oh, et il faudrait vous féliciter pour cet exploit ? Vous m'avez seulement volé mon or, mes espoirs et mes rêves, mais vous avez laissé intacte ma misérable vertu. Que Dieu vous bénisse, ajouta-t-elle avec sarcasme, pour m'avoir épargné au moins *une* humiliation !

— Je n'ai pas dit cela pour être félicité, grommela-t-il. Je voulais seulement vous faire comprendre que je n'ai jamais eu l'intention de vous nuire. En acceptant le marché du baron, je n'en ai pas saisi toutes les opportunités. Je ne vous connaissais même pas, nom d'un chien !

— N'essayez pas de prétendre que vous auriez agi autrement si vous m'aviez connue.

Cela le figea sur place.

— C'est possible. Je n'en sais rien, répondit-il honnêtement. À ceci près que...

Elle plissa les yeux.

— Que quoi ?

Il la dévisagea. Elle ressemblait à une chatte en furie et frémissait de rage. Ses yeux bleu marine lançaient des éclats et sa bouche charnue était ourlée sur une moue adorable. Ses cheveux d'ébène s'échappaient de sa coiffe et ses seins se soulevaient au rythme de sa respiration haletante. Il sentit une douce chaleur envahir son bas-ventre.

— J'aurais pu prétendre à mes droits conjugaux dès la première nuit, murmura-t-il tandis que la chaleur s'étendait à tout son corps.

Cet aveu maladroit jeta de l'huile sur le feu.

— Goujat ! fulmina-t-elle en essayant de le frapper de nouveau.

Seigneur ! Pourquoi diable avait-il dit une chose pareille ?

Il lui bloqua la main lorsqu'elle s'élança. Elle l'esquiva, mais il lui captura le poignet. Elle voulut lui écraser le pied, ce qu'il évita de justesse.

— Assez ! tonna-t-il.

Il l'attira entre ses cuisses et la serra fort contre lui pour l'emprisonner, créant entre eux une troublante intimité. Le souffle coupé, elle s'immobilisa, comme si elle comprenait enfin le danger auquel elle était exposée. Elle posa sur lui ses grands yeux clairs.

La pression de son corps tendre contre le sien, son souffle chaud sur son visage, le firent abaisser sa bouche vers celle de Sabina. Au moment où leurs lèvres se touchèrent, elle le mordit. Il rejeta la tête en arrière, saisi par une vive douleur.

— Vous jouez un jeu dangereux, petite panthère, grogna-t-il. Ne savez-vous pas que certains hommes aiment ces choses-là ? Une fille qui leur résiste, cela leur chauffe les sangs.

— Êtes-vous de ces hommes ? chuchota-t-elle.

— Mordez-moi encore et vous le saurez, répliqua-t-il durement.

Elle agrandit encore les yeux, et soudain il comprit qu'elle avait peur. Elle tremblait de façon inquiétante. Toute sa combativité l'avait désertée. Il soutint son regard, le sang bouillonnant dans ses veines, et comprit qu'il était allé trop loin. Il n'avait pas l'habitude de cette étrange combinaison de colère et de passion. S'il ne se ressaisissait pas, Dieu sait ce qui risquait de se passer. Or il ne voulait pas lui faire de mal.

Il se conduisait comme un goujat. Du reste, depuis qu'il l'avait rencontrée, il s'était juré de changer, et le voilà qui la menaçait d'une chose qu'elle redoutait visiblement. C'était mal, et il eut honte de lui.

Il prit une longue respiration et, lentement, il relâcha la pression qu'il exerçait. Mais il ne voulait pas qu'elle s'enfuie tout de suite. Il fallait qu'il la raisonne. Qu'il trouve un moyen de lui expliquer la situation.

— Voyons les choses en face, dit-il enfin. Il ne s'agit pas uniquement de l'or. Il s'agit de vous et de moi. Vous m'en voulez toujours parce que je vous ai éconduite, l'autre soir.

Elle s'apprêtait à protester, mais il la fit taire.

— Je n'avais aucune intention de vous repousser. J'étais… troublé. Je devais faire le point sur mes sentiments. Certains étaient liés à cette histoire d'héritage et, je le reconnais volontiers, certains concernaient Beth. Je ne pensais pas, à l'époque, qu'il aurait été juste d'accepter ce que vous vous apprêtiez à offrir.

La colère fit briller les yeux de Sabina, mais elle ne tremblait plus, et elle semblait comprendre qu'il n'allait pas lui faire de mal.

— Il ne s'agit aucunement de l'autre soir, dit-elle d'un ton cassant. Je veux ce qui m'appartient. J'avais des projets pour cet héritage, des projets qui me tiennent à cœur…

— Oui, je sais. Votre refuge pour les femmes.

Elle parut surprise.

— Sabina, me croyez-vous donc stupide ? Non, ne répondez pas, ajouta-t-il en voyant son regard. Ce que je veux dire, c'est que je comprends l'importance de cette dot pour vous. Je suis sincèrement navré. Mais je n'ai pas eu le choix. Il fallait que l'argent revienne au baron. Je devais régler ma dette, sans quoi les conséquences pour ma famille auraient été... terribles. Mais tout n'est pas perdu. Songez donc que, peut-être, le destin a voulu que nous nous rencontrions ?

Elle écarta les cheveux de ses yeux.

— Ridicule ! Nous n'avons rien en commun, rien à partager. Nous n'avons pas les mêmes aspirations.

Il regarda son petit menton décidé, la rébellion dans ses yeux. Il adorait la voir ainsi pleine de fougue.

— Croyez-vous ? Dans ce cas, je vais me déclarer. Je vous tiens en haute estime, pour votre courage face à l'adversité. En peu de temps, j'en suis venu à beaucoup... m'attacher à vous.

Elle parut réellement surprise et resta bouche bée, tandis qu'il repensait aux premiers moments de leur rencontre.

— Vous allez attraper des mouches, murmura-t-il en posant délicatement le doigt sous son menton.

Elle lui jeta un regard interrogateur, et il continua :

— Vous avez vécu des choses terribles. Je ressens, depuis que je vous connais, le besoin de prendre soin de vous, de vous protéger. Indépendamment de mes obligations d'époux, j'en serais heureux.

Elle l'écoutait avec attention, maintenant, et on aurait dit qu'elle ne respirait plus.

— Nous avons davantage de choses en commun que vous ne le soupçonnez, poursuivit-il. Nous aimons la discussion, nous avons le même humour. Il existe en outre une forte attirance entre nous. Quoique nous soyons très différents, je crois que notre union se révélerait heureuse, à bien des égards.

— Que dites-vous là ? demanda-t-elle doucement. Êtes-vous en train de dire que… ce que vous ressentez… c'est… ?

— De l'amour ? conclut-il à sa place.

Elle hocha la tête doucement, et cette fois il n'eut plus de doute, elle retenait son souffle. Il fallait qu'il le dise.

— Non, ce n'est pas de l'amour.

Elle fronça les sourcils, et il sentit son corps tout entier se tendre contre le sien.

— Sabina, j'essaie d'être aussi honnête que je le peux. Il faut que vous sachiez une chose : il est probable que je n'aimerai jamais plus. Cela fait des années que je n'ai rien ressenti qui ressemble à de l'amour, et je crains de n'en être plus capable.

Elle baissa la tête, et il vit une larme trembler sur ses cils.

— Je suis désolé. Je n'ai aimé qu'une femme, dans ma vie, et selon toute vraisemblance, je ne suis pas destiné à en aimer une autre. Je vous dis ceci à présent pour que vous ne nourrissiez pas de faux espoirs.

Il essuya du revers de son doigt une deuxième larme qui glissait sur sa joue.

— Cependant, ce que j'éprouve pour vous m'est devenu impossible à méconnaître. Vous occupez toutes mes pensées. Je vous désire chaque jour davantage. Je souhaite que vous partagiez ma couche, ainsi que ma vie. Ce que je vous propose, c'est la meilleure opportunité que vous puissiez jamais avoir de mener une vie normale. Je vous demande d'être une femme et une mère telle que Dieu l'a voulu. Il me semble que vous ne trouverez guère marché plus avantageux...

Sabina se dégagea sèchement. Elle s'essuya le visage et lui jeta un regard noir.

— C'est donc cela que vous appelez une proposition tentante ? Un mariage sans amour avec le meilleur parti du duché électoral ?

— Sabina, non...

Il voulut la toucher mais, devançant son geste, elle éleva vivement une main. Elle le toisa de la tête aux pieds, puis déclara d'un ton glacial :

— Il vaudrait mieux, je crois, que vous envisagiez d'autres moyens de satisfaire vos bas instincts. Je ne suis pas désespérée à ce point.

Elle se redressa, altière.

— Merci pour votre gracieuse proposition, *Meister* Behaim, mais si vous ne pouvez mieux offrir, je crains de devoir décliner. Nous n'avons aucune raison de rester ensemble. Je m'appliquerai à annuler cette union à la première opportunité.

15

Sabina contemplait avec une rage froide l'homme qui venait de détruire ses rêves. Il soutenait son regard tandis qu'une bouffée de chaleur montait de son cou vers ses tempes. La mâchoire contractée, il fit un pas vers elle, mais Sabina s'écarta, prenant sa place devant la cheminée. Il tendit un bras.

— Ne me touchez pas !

Elle ne pouvait supporter de sentir de nouveau ses mains sur elle.

Il dut prendre vaguement conscience de la violence qu'elle contenait, car il recula légèrement. Comme s'il ne se faisait pas confiance, il croisa les mains dans son dos et la regarda dans un silence pesant.

— J'ai peut-être tout gâché, dit-il enfin. J'aurais dû trouver des mots tendres pour vous convaincre, au lieu de vous révéler la vérité. J'avais trop de respect pour votre intelligence pour vous débiter de jolis mensonges. Est-ce si répréhensible ?

— Inutile de changer de tactique maintenant.

Elle lui tourna le dos et se mordit la lèvre pour essayer d'endiguer les sanglots déchirants qui menaçaient d'éclater. Elle n'aurait su dire ce qui était pire : la perte insoutenable de son héritage, ou l'anéantissement du frêle espoir qu'elle entretenait depuis leur premier baiser. Aurait-elle pu un jour trouver l'amour dans les bras de cet homme ? Elle ne le saurait jamais. Car elle ne s'y autoriserait pas.

— Sabina. Soyez raisonnable, réfléchissez. Vous n'avez rien à perdre et tout à gagner.

Rien à perdre, hormis son cœur, et tout à gagner, excepté son bonheur. Elle ne se donna pas la peine de répondre.

Il garda longuement le silence, et elle sentit son regard lui vriller le dos. Quand il reprit la parole, ce fut avec une détermination nouvelle.

— Je ne puis accepter votre refus. Vous n'êtes pas revenue dans le monde séculier depuis suffisamment longtemps pour savoir comment se passent les choses. Il faut que quelqu'un veille sur vous.

Il poussa un soupir.

— Écoutez, ce ne sera pas si déplaisant. Je sais que vous me désirez, vous me l'avez déjà prouvé. Vous allez rester. Cela vaut mieux ainsi.

Elle fit volte-face.

— Vous en décidez donc aussi simplement que cela ? fit-elle avec un claquement de doigts. À vous entendre, je n'ai même pas le choix.

La mâchoire crispée, il répondit :

— Vous êtes déjà ma femme. L'affaire est réglée. Certes, il nous faudra du temps pour nous accoutumer l'un à l'autre, mais...

— De quel droit ? De quel droit prétendez-vous savoir ce qui vaut le mieux pour moi ?

Elle croisa les bras avec résolution.

— Je serai libre. Je m'adresserai au prince-électeur lui-même s'il le faut. Je jurerai qu'il y a eu coercition. Je refuse de rester ici contre mon gré.

Les yeux de Wolf étincelèrent, durs comme la pierre.

— Si j'en décidais autrement, vos recours seraient réduits à bien peu de chose. Le prince-électeur ne mettra pas ma parole en doute contre la vôtre. Vous avez beau être noble, madame, votre réputation vous précède.

Elle accusa le coup. Il avait raison. Qui la croirait, après le scandale survenu neuf ans plus tôt ? Mais elle refusait de lui montrer à quel point elle était affectée.

— Si les murs les plus épais du cloître le plus sûr n'ont pas pu me retenir, vous ne le pourrez pas non plus. Je partirai d'ici, je fonderai mon refuge, et ni vous, ni le baron, ni l'empereur ne m'en empêcherez !

— Ne soyez pas si théâtrale, ma chère. Je n'ai pas l'intention de vous retenir de force.

— Puisque c'est ainsi, rendez-moi mon héritage. Et laissez-moi partir !

— Non. Je le regrette, mais c'est impossible. Je vous l'ai dit, votre héritage n'est plus en ma possession. Quant à vous laisser partir... Je n'y tiens pas. Vous allez rester, au moins quelque temps.

Nous allons faire connaissance. Si, comme le veulent les vieilles traditions, au bout d'un an et un jour je ne vous ai pas convaincue de rester, et si nous n'avons pas d'enfant, alors vous pourrez partir. Je vous donnerai ma bénédiction, ainsi qu'une rente à vie. Vous pourrez vivre modestement là où vous le désirez.

— Je partirai, répéta-t-elle, et je ne vous donnerai pas d'enfant. Car quand bien même vous seriez le dernier homme sur terre, je ne vous autoriserais pas à me toucher encore, asséna-t-elle.

Elle passa devant lui d'un pas assuré, s'empara de la poignée de porte... et faillit s'arracher le bras dans son élan, car le battant était verrouillé.

— Ouvrez, ordonna-t-elle en se tournant vers lui.

— Non, dit-il d'une voix douce.

— Donnez-moi la clef !

Il arqua un sourcil.

— Venez la chercher.

Les mots, graves et irrésistibles, firent courir un frisson le long de son échine.

— Ne jouez pas avec moi, *Meister* Behaim, dit-elle d'une voix rauque.

Il avança.

— Appelez-moi Wolf. Et sachez que je ne joue jamais.

Il avait changé de stratégie, et elle ne savait plus comment réagir.

— Je ne vous appellerai plus ainsi, déclara-t-elle en faisant un pas en arrière.

Il sourit.

— Oh, je suis prêt à parier que si, d'une manière ou d'une autre.

Son sourire devint félin, et elle devina de quelle manière il imaginait lui faire prononcer son nom. Fugacement, elle y songea également. Il fit encore un pas vers elle, et elle recula derechef.

Il posa les yeux sur sa bouche.

— J'aime vous entendre dire mon nom. Personne ne le prononce tout à fait comme vous.

Devant son attitude, Sabina se découvrit incapable de réagir normalement. Elle était complètement déconcertée. Elle l'avait déjà vu en colère, grossier, excité, amusé… mais jamais ainsi. Elle avait l'impression d'être une proie entre les pattes d'un lion nonchalant.

— Je ne sais pas où vous voulez en venir avec cette attitude, mais je ne me laisserai pas convaincre.

— Ah non ? fit-il d'une voix langoureuse.

Il la parcourut des yeux, s'attardant sur son corps avec une possessivité flagrante avant de revenir vers son visage empourpré.

— Je vous conseille de réviser votre opinion, baronne. Peut-être ne vous ai-je pas correctement décrit les avantages de ce mariage ? Certains, en particulier. Mais après tout, les actes valent mieux que les paroles…

Il posa les mains de part et d'autre d'elle sur le manteau de la cheminée. Elle voulut reculer et se heurta à la pierre. Elle était perdue… Un vertige affolé la saisit, qu'elle s'efforça de maîtriser.

— Si vous essayez de me séduire, c'est peine perdue. Je suis plus coriace que cela.

— Je n'en doute pas, murmura-t-il. Autorisez-moi cependant à rêver.

Il la dévisagea longuement.

— Faisons un pari, voulez-vous ? Je vais vous embrasser et, si vous parvenez à ne pas réagir, vous gagnez et je vous donne la clef.

Elle s'appliqua à ne pas prêter attention au sursaut de son pouls.

— C'est grotesque. Je ne m'abaisserai pas à participer à une telle farce.

— Dans ce cas, je crains de ne pouvoir vous laisser partir.

Wolf secoua la tête avec tristesse, comme il l'avait fait plusieurs jours auparavant, après l'averse. Elle se rappela le désir fou qu'elle avait eu, à cet instant précis, de passer les doigts dans ses cheveux. Elle s'enfonça les ongles dans les paumes pour se l'interdire à présent.

Comment pouvait-elle même avoir de telles pensées ? Il l'avait dépossédée de la seule chose qu'il lui restait. Quelle folie la poussait à envisager ce pari ?

— Et si je perds ? demanda-t-elle dans un souffle.

Son sourire s'élargit.

— C'est moi qui choisirai ma récompense.

— C'est parfaitement injuste, se plaignit-elle. Je dois savoir ce que j'ai à sacrifier en cas de perte.

— Allons donc, vous êtes plus coriace que cela, lui rappela-t-il. Ne me dites pas que vous avez peur de perdre. Qu'importe ma récompense, puisque vous êtes si sûre de l'emporter.

L'argument était digne de celui du serpent dans le jardin d'Éden. Si elle protestait encore, elle révélerait sa faiblesse.

— Fort bien, déclara-t-elle. Allez-y.

Et elle pinça les lèvres.

— Allons, jouons franc jeu, dit-il avec un sourire en coin.

Il passa un doigt sur sa bouche frémissante.

— Détendez-vous, ma douce. Je ne vous ferai pas de mal.

Le mot tendre la surprit à tel point qu'elle en oublia de serrer les lèvres. Dès qu'elle les entrouvrit, il baissa la tête pour s'en emparer.

Elle se tourna au dernier moment, et se contenta de frotter la joue contre la sienne avec un murmure de plaisir.

— Vous a-t-il satisfait, ce... garçon que vous avez épousé ? chuchota-t-il dans son oreille. Vous a-t-il enseigné ce que cela signifie réellement lorsqu'un homme touche une femme qu'il désire ?

Elle cessa de respirer. Comment pouvait-il savoir quelle déception lui avait inspiré l'acte conjugal ? Ou la douleur qu'elle avait ressentie quand George l'avait pénétrée, dans le noir ? Bien qu'il l'eût épousée avec la complicité d'un faux prêtre, Sabina avait cru leur union authentique. Elle s'était appliquée à remplir son devoir, mais avait été submergée de soulagement en découvrant que leur mariage n'était qu'une escroquerie. Elle n'aurait pu supporter qu'il la touche de nouveau.

Non. Jamais avec George elle ne s'était sentie ainsi, brûlante, fondante... folle d'impatience.

Wolf frotta doucement sa joue contre la sienne, enfouit son nez dans son cou.

— Avez-vous idée de l'excitation, de la jouissance qu'une femme ressent quand l'homme se préoccupe davantage de son plaisir que du sien ?

Elle trembla encore, mais cette fois ce n'était pas de peur.

— Je ne me trompe pas, n'est-ce pas ? Cet impudent ne vous a pas enseigné l'ivresse de la volupté. Je le ferai, chuchota-t-il dans son oreille. Ce sera moi et personne d'autre.

Lentement, il passa la pointe de sa langue sur le lobe délicat de son oreille. Quand il s'aventura plus avant, elle tressaillit et enfonça les ongles dans son pourpoint. Malgré elle, Sabina laissa échapper un léger gémissement, mais se ressaisit immédiatement. Elle résisterait à ses approches sensuelles, dût-elle en mourir de frustration !

— Finissez-en, ordonna-t-elle d'une voix sifflante.

— Oh, j'en ai bien l'intention. Mais l'enjeu est de taille, et je ne veux pas aller trop vite.

Wolf sourit intérieurement et captura le lobe de son oreille dans sa bouche. Il le suça doucement, prenant plaisir à ce goût délicieux, à son « oh » étouffé, à son soupir gourmand...

Elle se croyait insensible, mais il connaissait les mille et un moyens de donner du plaisir à une femme, et il se plaisait à les lui faire découvrir.

Puis les hanches de Sabina effleurèrent les siennes, et le monde bascula.

Wolf se retint un long moment au manteau de pierre de la cheminée. Il devait rester sur ses gardes. S'il s'autorisait à la toucher, il perdrait le contrôle de lui-même. Tandis que s'il attendait un peu... elle se soumettrait, il en était certain. Il la lierait à lui par le plaisir des sens. Si cela ne tenait qu'à lui, et c'était le cas, Sabina ne se résoudrait jamais à le quitter. Elle ne partirait pas.

Il effleura de sa bouche sa joue veloutée. Le corps en feu, il s'obligea à rester maître de lui. Lentement, il posa ses lèvres sur les siennes en la pressant doucement contre son érection. Elle ne se déroba pas. C'était une première victoire.

— Voyez l'effet que vous produisez sur moi ? Laissez-moi vous montrer, Sabina, le plaisir que je peux vous donner.

Elle soupira et lâcha d'une voix trop aiguë :
— Allez-vous le faire, oui ou non ?
— Parlez-vous de ceci ? demanda-t-il en embrassant sa nuque gracile. Ou de cela ? ajouta-t-il en baisant doucement le creux délicat de son cou. À moins que vous ne vouliez parler de ceci, suggéra-t-il en laissant musarder la pointe de sa langue autour de sa bouche.

Tandis qu'elle serrait les poings, il couvrit sa bouche de la sienne...

Il l'avait déjà embrassée, et n'aurait pas dû être surpris par la puissance de l'émotion qu'il ressentit. Mais ce fut différent, plus intense encore, plus exaltant que leurs étreintes précédentes plus chaotiques. C'était un baiser séducteur, étudié. Auquel il la sentit néanmoins s'abandonner. Tandis qu'il caressait l'intérieur de sa bouche, il sentit son corps onduler. Lorsqu'il s'arrêta un instant pour lui mordiller la lèvre inférieure, elle gémit et se lova contre lui.

Il continua, et les murmures ravis qu'il arracha à Sabina accrurent encore son plaisir. Bientôt, elle s'abandonna entre ses bras, faible et tremblante de désir. Ses jambes se dérobèrent, et il la cueillit comme une fleur. Il la garda contre lui, une main moulée autour de sa hanche, et glissa un genou entre ses cuisses. Elle s'arqua aussitôt et lâcha un petit cri.

— Vous voyez ? Votre corps *sait*, chuchota-t-il. Aimeriez-vous cela, ma douce ? Aimeriez-vous sentir ma bouche partout sur vous ?

Elle ferma les yeux de toutes ses forces et émit un gémissement étranglé.

— Oui, je crois que vous aimeriez cela. Donnez-vous à moi, je vous promets que vous ne le regretterez pas. Un mot, et je suis à vous. Tout entier...

Elle emmêla les doigts dans ses cheveux et se cambra davantage encore contre lui. Lentement, il s'écarta. Elle voulut le retenir mais il se refusa, leur refusa ce plaisir à tous les deux.

— J'attends que vous disiez « oui », Sabina. Alors, vous aurez tout.

16

Sabina luttait contre la séduction hypnotique qui menaçait de la consumer. La voix de Wolf, rauque de désir, lui faisait perdre la tête.

Soudain, il se pressa contre elle à nouveau et plus rien n'eut d'importance. Elle gémit, inondée d'un désir voluptueux. Elle sentait son membre dur, là, tout contre son intimité qu'aucun homme n'avait pénétrée en neuf ans, et elle sentait l'humidité croître entre ses jambes. Jamais elle n'avait éprouvé désir si vertigineux. C'était à la fois terrifiant et merveilleux.

Rien ne l'avait préparée à cela. Wolf la rendait folle. Son cœur martelait sa poitrine, son sang affluait dans ses veines. Elle n'avait plus le choix.

— Oui..., dit-elle dans un souffle.

Elle éprouva un vague malaise en voyant son regard triomphant, puis il ravit sa bouche, dissipant tous ses doutes.

Il l'avait embrasée. Il n'existait aucune autre explication à la vague qui balaya son corps lorsqu'il mêla sa langue à la sienne. Il remonta doucement ses jupes, qu'il fit glisser en une caresse brûlante, et posa sa large paume entre ses jambes. Sans cesser de l'embrasser, il la caressa en décrivant des cercles d'une insupportable lenteur.

— Wolf, *oh* !

Elle se laissa aller, ivre de désir...

La respiration de Wolf était saccadée. Il la touchait comme si sa vie en dépendait. De sa main libre, il fit glisser sa chemise de ses épaules et effleura ses seins tandis qu'elle ondulait contre lui.

Elle noua les bras autour de son cou. Elle n'était pas plus capable de lui résister que d'empêcher le soleil de se lever. Elle se frotta contre lui, cherchant à soulager le désir qui embrasait de nouveau son ventre.

— Vous me voulez en vous, murmura-t-il. Dites-le...

Il la porta dans ses bras jusqu'à la banquette installée sous la fenêtre. Le chaume de sa joue lui râpait la peau. Son odeur de bois de santal et d'agrumes l'enivrait.

— Maintenant, dit-il en l'allongeant sur les coussins.

— Oui..., chuchota-t-elle en faisant glisser ses mains sur son torse.

Elle le voulait en elle, et peu importaient à présent les raisons pour lesquelles elle aurait dû se refuser à lui.

Mû par le désir violent de la posséder, Wolf perdit toute retenue et se plaça au-dessus d'elle, ondulant des hanches et frottant à travers leurs vêtements sa virilité à la féminité de Sabina.

Elle étouffa un cri.

Sans la quitter des yeux, il regarda le plaisir s'épanouir dans ses prunelles, tout en lui ôtant ses vêtements. La laine épaisse et le coton le rendaient fou. Il jura à voix basse, peinant à défaire les lacets qui faisaient obstacle. Il était si impatient que son esprit n'arrivait plus à fonctionner normalement.

Il espérait de tout son cœur que, dans sa hâte, il saurait se montrer tendre, mais il était incapable d'attendre un instant de plus, pas même le temps de la dévêtir correctement. Il fallait qu'il la possède *sur-le-champ*, avant de perdre la raison. Frustré, il remonta les jupes jusqu'à sa taille et se débarrassa de ses propres habits.

Il posa la main sur son tendre mont de Vénus. Il mourait d'envie de la posséder, mais il fallait qu'elle soit prête. Il constata qu'elle l'était en glissant un doigt dans son sexe chaud et humide.

Sabina enfouit ses doigts dans ses cheveux.

— Wolf, je vous en prie..., supplia-t-elle en le fixant de ses yeux hagards.

— Oui, ma douce et tendre...

— *Meister* Wolfgang !

C'était la voix de Franz, qui venait de frapper à la porte.

— Je dois vous parler sur l'heure ! C'est urgent.

Wolf contempla le battant, incrédule.

— Non. Pas maintenant ! tonna-t-il, prêt à tuer Franz s'il essayait d'ouvrir – malgré ses années de bons et loyaux services.

Sabina sursauta au son de sa voix.

— Grands dieux ! murmura-t-elle, mortifiée.

Elle le repoussa et se redressa en rajustant sa mise tant bien que mal. Mais Wolf la fit se rallonger sous lui et, nullement gêné par les coups frénétiques frappés à la porte, il reprit sa bouche avec une passion dévorante.

Elle s'écarta.

— Arrêtez !

— Va-t'en ! lança-t-il simultanément en direction de la porte.

Même si le pape en personne avait voulu le voir, Wolf n'en avait cure. Il posséderait cette femme, et tout de suite !

Sous l'assaut renouvelé de ses caresses, elle frémit et renversa la tête en arrière. Mais les martèlements insistants lui arrachèrent un soupir frustré.

— Wolf, cessez, je vous en prie...

Le ton de sa voix le fit se figer. Il ne pouvait pas la prendre contre sa volonté. Il n'était pas ce genre d'homme. Hélas...

Il posa son front humide contre celui de Sabina, l'empêchant de bouger. D'une main tremblante, il caressa ses doigts et, pour la première fois de sa vie, il supplia :

— De grâce, permettez-moi...

Sabina se mordit la lèvre, ébranlée par son tourment. C'est alors que la voix de Peter se fit entendre :

— Je suis désolé, Wolf, mais c'est urgent. Si tu ne sors pas, ce sont eux qui vont entrer...

Wolf enfonça le poing dans les coussins, en proie à une insupportable frustration.

Que diable faisait Peter ici ? N'était-il pas occupé à ses études ? Il avait évoqué plusieurs visiteurs, vraisemblablement pour leur laisser le temps, à Sabina et à lui, de se rendre présentables.

Quelques instants plus tard, la jeune femme aurait été sienne... À contrecœur, il la lâcha, et dut fournir un effort de volonté pour ne pas la suivre tandis qu'elle s'éloignait.

Il rajusta ses vêtements et se dirigea vers la porte, qu'il ouvrit après avoir vérifié que Sabina était décemment vêtue. Elle avait les joues en feu et les cheveux en bataille. Ses lèvres étaient encore rouges de leurs baisers, et la passion voilait ses yeux. Elle était irrésistible.

Il trouva sa clef, entrouvrit la porte et se posta dans l'embrasure. Franz évita pudiquement de regarder à l'intérieur et planta ses yeux dans les siens. Plusieurs hommes armés portant l'uniforme des gardiens de la paix – épées et boucliers, chapeaux de feutre au bord blanc couvrant leurs crânes rasés, se tenaient derrière lui.

— Qu'y a-t-il ?

— Nous sommes désolés de vous déranger, mais des représentants de la ville sont venus te voir, et ils exigent d'être reçus. Il y a eu une rébellion à Mühlhausen. Le gouvernement y a été renversé.

Aussitôt, Wolf recouvra toute son attention.

— Des paysans courent tout Wittemberg dans l'espoir qu'il en sera de même ici. Ils ont même attaqué la maison d'un conseiller municipal. Ils se sont retranchés dans les bois avoisinants, où les adjoints ont perdu leur trace.

Peter fit un signe derrière lui.

— Ces hommes ont fouillé Sanctuaire et les terres environnantes, mais en voyant que tu ne sortais pas, ils ont craint que quelqu'un ne te retienne contre ta volonté.

Il effleura du regard Sabina.

— Je leur ai assuré que c'était plus vraisemblablement l'inverse, conclut-il avec un sourire ironique.

Le capitaine des gardes prit la parole.

— *Meister* Behaim, êtes-vous indemne ?

Wolf lui coula un regard intimidant.

— Comme vous pouvez le constater.

— Eh bien, dans ce cas, vous allez pouvoir nous aider. Nous mandatons les gens d'ici, mais il leur faut un chef. Quelqu'un qui veillerait à ce que, dans leur impatience à capturer ces bandits, ils ne s'écharpent pas. Acceptez-vous d'être responsable ?

Wolf secoua la tête.

— Je ne suis que de passage, je vais retourner à Nuremberg. Il vaudrait mieux confier cette mission à un habitant d'ici.

— Vous êtes toujours citoyen de la ville, non ? Vous êtes né et avez été élevé ici. Je suis certain, compte tenu des circonstances, que le prince-électeur lui-même serait ravi de votre engagement. Du reste, nous avons reçu pour instruction de venir directement solliciter votre aide le cas échéant. On apprécie votre sang-froid dans ces affaires.

— Pourquoi choisir un petit-fils de paysan pour prendre la tête d'une troupe qui va s'opposer à eux ? demanda Wolf sans relever la flagornerie.

— Parce que le prince-électeur veut éviter le plus possible que le sang ne soit versé dans sa région. Vous le savez, il a un petit faible pour ces gens. Charger un noble de juguler l'insurrection risquerait d'être une erreur tactique, ne croyez-vous pas ? Alors qu'un homme tel que vous saurait limiter les dégâts. S'il vous plaît, je vous demande humblement de vous joindre à nous...

Wolf fronça un sourcil.

— Quelque chose me dit qu'il ne sert à rien de refuser.

Le capitaine haussa les épaules, et Wolf soupira.

— Fort bien. Qui sont vos délégués ? Les connaissons-nous ? Sont-ils dignes de confiance ?

— Oui, *Meister* Wolfgang, intervint Franz. Je connais bon nombre d'entre eux. De braves hommes désireux de protéger leur maison et leur famille à tout prix. La plupart feront l'affaire.

— Bien. J'irai les rencontrer tout à l'heure. Franz, envoie Petit Jean seller Soliman et prépare mes armes. Dis à Béa qu'elle prévoie à manger et à boire, aussi, et fais descendre Gisel pour que je lui dise au revoir. Je risque d'être parti longtemps. Va aussi me chercher mon encrier et du papier. Je vais laisser des instructions aux imprimeries au cas où mon retour serait repoussé. Je te rejoins dans un moment dans le bureau.

Il se tourna vers Peter.

— Seras-tu à mes côtés ?

Son frère parut presque insulté.

— Comment peux-tu en douter ? Je suis citoyen de Wittemberg, moi aussi.

Wolf sourit et fit signe à Franz.

— Dans ce cas, mieux vaut prévoir pour deux.

Franz acquiesça de la tête et partit préparer chevaux et matériel.

Wolf se tourna vers Sabina. Tête baissée, elle gardait les bras serrés autour d'elle en une posture défensive.

— Laisse-nous un moment, veux-tu ? demanda Wolf à son frère, qui hocha la tête et sortit rejoindre le capitaine.

Wolf s'approcha de Sabina et plaça un doigt sous son menton pour l'obliger à le regarder. Elle cligna des yeux, retenant ses larmes à grand-peine.

— Vous avez entendu ?

Elle acquiesça d'un signe de tête.

— Je dois partir.

— Ce n'est pas grave, dit-elle avec un geste maladroit.

Il prit son menton entre ses mains.

— Si...

Sabina releva la tête, et il lut dans ses yeux la honte et le regret. Il l'attira contre lui.

— Je n'y puis rien pour l'instant, mais écoutez-moi bien, madame : vous êtes ma femme. Il n'y a aucune honte à avoir envie de moi. Tout comme j'ai envie de vous...

Il fit taire ses faibles protestations en posant un doigt en travers de ses lèvres.

— À propos, je pense que j'ai gagné.

Elle le regarda d'un air interrogateur.

— Le pari, lui rappela-t-il. Quant à ma récompense...

Il soutint son regard un moment, puis lui embrassa le bout du nez.

— Vous serez là à mon retour.

C'était une affirmation, non une question.

— C'est tout ? demanda-t-elle en s'écartant pour le regarder.

— Nous avons à discuter de beaucoup de choses. J'ai besoin que vous soyez ici quand je reviendrai.

Il l'attira et la serra un instant contre lui, pris d'un soudain sentiment d'appréhension.

— Mais surtout, en attendant, j'ai besoin de me raccrocher à quelque chose pour mener à bien ma mission.

La stupeur traversa le regard de Sabina qui, d'un geste spontané, lui étreignit les épaules.

— Soyez prudent. Je veux vous voir revenir.

Elle rougit et baissa les yeux.

— Gisel a besoin de son père, vous savez.

Ce fut au tour de Wolf d'être surpris.

— Ma petite panthère est inquiète ?

Elle fit mine d'enlever un grain de poussière sur sa chemise.

— Vous l'avez dit, nous avons des choses à régler.

Il lui releva le visage, pressa brièvement sa bouche contre la sienne et s'écarta. Elle le regarda, les lèvres tremblantes.

— Une chose a déjà été réglée.

Il se dirigea vers la porte.

— Décidez du moment où vous vous installerez dans mes appartements. J'ai l'intention de vous avoir dans mon lit. Je vous laisse choisir votre moment. Je suis patient de nature, mais ne traînez pas trop, ma douce...

Après avoir refermé la porte derrière lui, il crut l'entendre éclater en sanglots.

17

Sabina prit son mouchoir et essuya ses larmes, déterminée à ne plus en verser. Les coussins éparpillés par terre un peu plus tôt, dans la fougue de leur étreinte, lui rappelaient cruellement le vide douloureux de l'absence qu'elle ressentait déjà. Elle les ramassa et les remit en place.

Frustrée, elle partit en promenade, sans même prendre la peine d'enfiler une cape.

Le froid lui mordait le visage.

Wolf avait bien failli la faire succomber avec quelques baisers et autant de mots bien choisis. Quelle femme était-elle donc ? Sa première expérience avec un homme ne lui avait-elle pas servi de leçon ?

Avait-elle espéré que Wolf s'agenouillerait à ses pieds et implorerait son amour ? Qu'il lui déclarerait son adoration éternelle ? Elle savait bien qu'il ne fallait pas croire à ces balivernes.

Les hommes n'aimaient pas les femmes. Ils se servaient d'elles. Pour satisfaire leur désir, engendrer des héritiers et obéir. Ses expériences et l'exemple de sa mère en témoignaient. Même d'un homme tel que Wolf Behaim, on ne pouvait espérer qu'il s'élève au-dessus de l'ordre naturel des choses. L'amour ne faisait pas partie du lot.

Alors pourquoi continuait-elle à se rebeller ? Pourquoi son cœur rêvait-il d'une flamme qu'il ne connaîtrait jamais ?

Sa mère lui avait jadis raconté l'histoire d'une licorne blanche, chimérique, mais qui existait parce qu'une vierge au cœur pur croyait en elle. Le jour où la jeune fille avait cessé d'y croire, la licorne avait cessé d'exister. L'amour était-il semblable à cela ?

Au diable les contes de fées ! songea-t-elle. Les belles histoires ne finissaient jamais bien, dans la vie. Elle secoua la tête et s'arrêta pour s'adosser au tronc d'un gros chêne. Elle regarda l'Elbe. Un bateau remontait lentement les eaux vertes, et elle pensa à Wolf.

Au-delà du plaisir physique qu'elle prenait dans ses bras, une part d'elle-même aspirait à ce qu'il lui offrait : un foyer, un compagnon, une famille, un endroit où se sentir chez elle. Mais elle rêvait également d'être aimée, de devenir, pour la première fois de sa vie, essentielle pour une autre personne.

Elle poussa un soupir désespéré. Il n'y avait plus guère de chance que cela arrive...

Seule, elle pouvait être forte. Mais comment vivre à côté d'un homme qui, jour après jour, rendrait son cœur un peu plus vulnérable ?

Soudain, une image des enfants qu'il pourrait lui donner s'imposa à son esprit – accomplissement d'un désir qu'elle n'avait jamais osé exprimer.

Elle contempla le fleuve ondoyant, pareil à ses pensées. Elle songea à son enfance désolée, à son frère...

Pauvre Carl ! Si fort, si beau, même à quatorze ans. On devinait déjà le bel homme qu'il deviendrait. Il avait été le seul, à l'exception de sa mère, à l'aimer réellement.

Combien de fausses couches sa mère avait-elle subies ? Combien d'enfants mort-nés ? Trop pour que Sabina en fasse le compte. Le baron l'avait finalement abandonnée en se disant qu'elle ne saurait enfanter un autre bébé en bonne santé pour remplacer son fils bien-aimé. Puis sa mère était morte brutalement, peu après l'arrivée de Sabina au couvent. Elle n'avait même pas pu la pleurer, et en gardait au cœur une blessure ouverte.

Elle avait appris par l'abbesse que le baron s'était remarié peu après. Sa jeune épouse était morte elle aussi, mais accidentellement, six ans plus tard, sans avoir eu d'enfant. Il en avait épousé une autre, très jeune, afin qu'elle lui donne un héritier...

Depuis son retour, Sabina s'était interrogée sur les décès de sa mère et de la troisième femme du baron. Son père adoptif, si désireux d'engendrer un fils et de garder le titre de baron von Ziegler, semblait plus obsédé que jamais. Depuis son retour, elle voyait la folie dans ses yeux, qui exacerbait sa cruauté déjà terrible.

Pouvait-il être responsable de la mort de ses deux épouses ?

Celle de sa mère s'expliquait peut-être par une santé fragile, aggravée par ses vaines grossesses successives. Cependant, il était impossible d'en avoir la certitude, car on n'avait fait venir aucun médecin pour constater les causes du décès.

Mais la troisième femme ? Sabina savait peu de choses à son sujet. Sa mort était-elle réellement un accident ? Elle résolut de se renseigner à la première occasion.

Elle resta un moment ainsi contre l'arbre, avant d'écarter la question de son esprit. Elle avait d'autres préoccupations. Elle ne renoncerait pas à son rêve de refuge. Elle trouverait une solution.

Elle lissa ses jupes, encore toutes froissées après ses ébats avec Wolf.

Wolf...

Il pouvait avoir toutes les femmes à ses pieds. Pourquoi ne s'était-il pas remarié ? Sa fille était certes adorable, mais n'avait-il pas envie d'engendrer des garçons qui porteraient son nom ?

Assez ! s'ordonna-t-elle avant de se lever pour regagner la maison. Elle venait de rentrer et de fermer la porte lorsqu'elle entendit frapper. Sans réfléchir, elle la rouvrit.

Et recula, sous le choc.

Un grand homme aux yeux verts, la mâchoire large, les pommettes saillantes, la bouche dangereusement sensuelle à demi dissimulée sous une barbe châtain, se dressait devant elle. Il portait un baluchon roulé sur l'épaule et ses vêtements étaient couverts de poussière. Elle aperçut le manche d'une longue épée dans son dos. Il plissa les yeux, manifestement aussi surpris qu'elle.

Trop tard, elle se rendit compte de son erreur. C'était peut-être l'un des hommes que s'apprêtait à pourchasser Wolf, et elle lui ouvrait grand la porte ! Vivement, elle voulut refermer, mais il carra un pied dans l'encadrement. Il rouvrit sans peine la porte, malgré les efforts de Sabina pour l'en empêcher, et la toisa d'un œil furieux.

Terrifiée, elle poussa un cri long et puissant, qui vrilla le silence.

L'homme se boucha les oreilles avec une grimace.

— Miséricorde ! Quel genre de personnel Wolf engage-t-il ? On ne peut donc pas rentrer dans sa propre maison sans se faire accueillir par une hystérique ?

18

Frappée de stupeur, Sabina se tut aussitôt. Franz et Béa accouraient déjà, affolés. Petit Jean, le garçon d'écurie, surgit avec une hache, et même la couturière en visite se précipita, les ciseaux serrés entre ses doigts crispés.

Béa poussa un cri de joie.

— *Meister* Günter !

Elle se jeta à son cou. Les autres l'imitèrent, et Sabina comprit avec horreur qu'elle venait d'essayer de claquer la porte au nez de son beau-frère.

Il la regarda comme s'il la croyait folle à lier, tandis qu'elle le dévisageait, muette de confusion.

— Qu'a donc cette femme, pour l'amour du ciel ?

Béa se mit à rire, imitée par les autres, et Sabina se sentit rougir furieusement.

— *Meister* Günter, elle ignorait qui vous étiez ! répondit Béa. Elle a dû vous prendre pour un de ces insurgés qui essaient de renverser la ville.

Meister Wolf est parti avec les patrouilles en armes, à l'heure où je vous parle.

Ses yeux verts, étrangement familiers, la dévisagèrent. La ressemblance avec Wolf et Peter lui parut soudain flagrante, de même que sa stature et son profil. Ses cheveux étaient plus clairs, presque blonds, contraste intéressant avec ses sourcils noirs.

Comment avait-elle pu ne pas immédiatement remarquer cet air de famille ? À mesure qu'elle l'observait, elle nota d'autres détails : la canne en bois sur laquelle il s'appuyait, bien qu'il parût aussi gaillard que ses frères ; ses vêtements dépareillés et entaillés de soldat, aux couleurs vives ternies par la poussière... Elle prit conscience de son regard appuyé en le voyant hausser un sourcil et l'examiner à son tour avec un intérêt manifeste.

— Ma foi, je vais la laisser se racheter, dit-il avec un sourire sensuel. Viens, ma fille. Tu vas m'aider à prendre mon bain.

Le silence choqué qui salua sa remarque lui mit la puce à l'oreille. Il tourna un œil interrogateur vers les visages gênés des serviteurs, et vers Franz qui s'éclaircit la gorge.

— Quoi, elle est déjà prise ? demanda-t-il d'un ton anodin.

— Permettez-moi de vous présenter votre nouvelle belle-sœur, *Meister* Günter. La baronne Sabina von Ziegler, désormais *Frau* Behaim. *Frau* Wolfgang Behaim, précisa Franz tandis que le regard médusé de Günter pivotait de nouveau vers la jeune femme.

Soudain amusée, Sabina serra les mains devant elle.

— Enchantée de vous rencontrer, *frère* Günter. Veuillez excuser mon accueil singulier. Vous êtes le bienvenu, il va sans dire. Je vous en prie, mettez-vous à l'aise. Je vais demander qu'on vous prépare un bain et, ajouta-t-elle avec espièglerie, qu'on envoie un *garçon* satisfaire vos besoins.

Il arqua un sourcil.

— Le jour où j'aurai besoin d'un garçon pour satisfaire mes besoins, cela voudra dire qu'on m'a coupé l…

— *Meister* Günter ! interrompit Béa, choquée.

— … la tête, acheva-t-il avec un sourire.

Sabina se retint de l'imiter. Inutile de l'encourager.

Il s'appuya de nouveau sur sa canne et la dévisagea sans vergogne, mais elle devinait aisément derrière sa désinvolture un vif intérêt.

— Eh bien, je vois que Wolf a enfin recouvré son bon sens et pris femme. Jolie femme, de surcroît.

Un éclat malicieux brilla dans sa prunelle, et sa voix voilée baissa d'un ton.

— Venez embrasser votre nouveau frère.

Cette fois, elle éclata de rire.

— Pas question ! Serrons-nous plutôt la main. Ce sera tout aussi bien, et cela choquera moins les serviteurs.

— Je suppose, fit-il avec un soupir exagéré en lui tendant la main.

Sabina la serra. Ses doigts rugueux entourèrent les siens. Son regard sur elle était pénétrant.

— Ah, mais peut-être la lune de miel est-elle terminée ? dit-il si doucement qu'elle seule pouvait l'entendre.

Elle comprit qu'il avait dû voir des traces de larmes sur son visage. Elle porta une main à sa joue. Délicatement, il changea de sujet.

— Où est donc ma petite nièce ? demanda-t-il d'une voix forte en lâchant la main de Sabina.

Il défit la bride de la courroie qui retenait l'épée en travers de ses épaules et la tendit à Franz. Le seul fait de regarder cette arme fit frissonner Sabina. Elle était aussi grande qu'elle, et sa lame affûtée étincelait.

— Ne vous inquiétez pas, dit Günter avec un sourire amusé. Elle ne vous fera pas de mal. À moins, bien sûr, que vous ne vous trouviez du mauvais côté.

Son expression effarée le fit sourire.

— Alors, où est ma petite diablesse ? C'est uniquement pour Gisel que je viens ici, vous savez, précisa-t-il à l'oreille de Sabina.

Comme par magie, une porte s'ouvrit et la fillette fit irruption. Sa nourrice Barbara, qui semblait ne jamais la quitter d'une semelle, accourut dans son sillage.

— Mon oncle ! Mon oncle ! s'écria Gisel en courant vers lui.

Elle se jeta à son cou et, lorsqu'il l'attrapa au vol, Sabina remarqua sa petite grimace de douleur.

— Gisel... une demoiselle ne se jette pas ainsi à la tête des messieurs, dit rapidement Sabina.

Elle dégagea doucement sa belle-fille et l'étreignit brièvement pour adoucir la rebuffade.

Gisel la regarda et sourit gaiement en signe d'approbation. Puis elle posa sans plus de détour la question que tout le monde se posait :

— Que s'est-il passé ? fit-elle en désignant la canne.

Günter regarda le visage de la petite effrontée de trois ans et sourit, apparemment remis de sa faiblesse momentanée. Il se pencha vers elle.

— Que veux-tu, j'étais poursuivi par trop de jolies filles. J'ai essayé de leur dire que je me préservais pour toi mais elles n'ont rien voulu entendre. Dans ma hâte à me sauver, j'ai trébuché, et tu vois le résultat.

Gisel se mit à rire. Même elle n'était pas dupe.

— Qu'est-ce que tu m'as rapporté ?

— Voyons, voyons…, dit-il en réfléchissant.

Il fouilla dans son sac.

— Ah, voilà !

Il tenait à la main une boîte en bois grossière, et s'accroupit pour l'ouvrir. Il en sortit la plus exquise tasse de porcelaine miniature qu'eût jamais vue Sabina. Il la posa sur sa paume, couverte d'une vieille mitaine de laine. Le coffret renfermait une demi-douzaine d'autres tasses enveloppées dans un linge fin. Le mal qu'il avait dû avoir à transporter cette dînette parfaite à travers la campagne, alors que les batailles faisaient rage, en disait long sur cet homme. Sabina cligna des yeux rapidement, refusant de laisser libre cours à son émotion.

— Comme elles sont belles ! s'émerveilla Gisel.

D'un mouvement de tête, il chassa ses cheveux de son visage.

— Est-ce qu'elles vont avec la vaisselle que tu as déjà ? Je ne m'en souvenais plus.

Gisel hocha la tête et jeta les bras autour du cou de son oncle. Elle le serra farouchement contre lui, les yeux débordant d'amour.

Sabina comprenait que la petite aime sincèrement cet homme – la moitié des femmes du pays étaient probablement elles aussi amoureuses de lui.

— *Fräulein* Gisel, nous devrions laisser votre oncle se laver et se reposer, suggéra Franz. Il doit être bien fatigué par ses voyages.

Sur un signe discret de Franz, tous les serviteurs, à l'exception de Béa, partirent s'affairer. Barbara emmena une Gisel babillarde et joyeuse ranger ses tasses avec le reste de sa dînette. La ronde nourrice jetait des regards charmeurs à Günter, qu'il lui rendait avec un aplomb tranquille.

— Permettez-nous de vous accueillir en bonne et due forme, dit Sabina après leur départ.

— Ma foi, je ne demande pas mieux, ma chère…

À sa voix légèrement traînante, elle comprit qu'il était épuisé. Aussi répondit-elle sur le ton de la plaisanterie.

— Frère Günter, un peu de tenue ! Franz va s'occuper de vous. N'est-ce pas, Franz ?

— Oui, madame…

— Hmm. En général, les femmes s'occupent mieux de moi quand je n'ai aucune tenue, répliqua Günter avec un sourire en coin.

Sabina haussa un sourcil.

— Soit, soit, j'obéis ! capitula-t-il.

Mais ses yeux pétillaient.

Une fois Franz sorti, Sabina demanda :

— J'espère que votre voyage s'est bien passé ?

— Oui, à l'exception d'un grain épouvantable que nous avons essuyé sur le bateau. Seigneur, je préfère mille fois la vie de soldat à celle de marin.

— Vous êtes venu ici en bateau ?

— À l'époque, c'était le trajet le plus court et le plus rapide. Mais je rejoindrai mon contingent à cheval.

— Resterez-vous longtemps, cette fois ? demanda Béa.

Une ombre passa sur son visage.

— Hélas non ! L'empereur a encore besoin de mes services. Je ne suis revenu qu'à cause de papa. La lettre de Wolf m'est parvenue trop tard pour que je me rende utile à la famille, mais j'ai des questions auxquelles il est le seul à pouvoir apporter une réponse... au sujet de tout ce qui s'est passé.

— Je suis désolée pour votre père. Je ne le connaissais pas, mais je suis sûre que c'était un homme de bien.

— Et pourquoi cela ?

La question la prit de court.

— Eh bien, on dit que les chiens ne font pas des chats. Vos deux frères me font l'effet d'être des hommes bons.

— Oui... eh bien, ils tiennent, je le crains, davantage de notre mère que de notre père. En revanche, on m'a souvent accusé de lui ressembler davantage que je ne le souhaiterais.

— Accusé ? En voilà un terme étrange...

Béa les interrompit.

— *Meister* Günter, vous devriez reposer votre jambe, qui a l'air de vous causer du tracas. Dites-moi ce que vous avez, je pourrai peut-être vous préparer un remède.

— Chère Béa, dit-il avec affection, ce ne sera pas nécessaire. Je ne suis pas encore tout à fait remis d'un éclat que m'a ôté le chirurgien sur le champ de bataille. J'ai réussi à survivre à l'infection ces derniers jours, et je pense donc que je m'en tirerai.

Il se frotta distraitement la jambe.

— Ce n'est douloureux que lorsque je marche trop, ce qui fut le cas aujourd'hui. Mais cela va mieux de jour en jour.

Il regarda Sabina avec un sourire égrillard.

— Je suis encore très alerte. On n'a pas toujours besoin de deux jambes valides.

Sabina rougit malgré elle, et Béa s'écria, horrifiée :

— *Meister* Günter, taisez-vous immédiatement ! Si *Meister* Wolf était ici, il devrait se battre avec vous pour l'honneur de sa femme.

— Si mon frère était ici, sa surveillance assidue m'aurait certainement empêché d'approcher ainsi sa femme.

Il reporta son attention sur Sabina.

— Ainsi, il vous a laissée seule ?

— Seule ? Mais nous sommes très nombreux, ici ! répliqua-t-elle.

— Je suppose que vous n'avez rien à craindre de moi, dit-il en souriant dans sa barbe. Mais Wolf ferait bien de ne pas trop tarder à rentrer.

Il donna un bras à Béa.

— En attendant, je vais prendre mon bain. Venez Béa, vous allez me raconter tous les potins depuis mon départ. Vous êtes la mieux placée pour cela.

— Oh, *Meister* Günter, quelle joie de vous revoir à la maison !

Plus tard ce soir-là, alors que la nourrice avait préparé Gisel pour la nuit, Wolf et Peter n'étaient toujours pas rentrés. Sabina commençait à s'inquiéter, mais elle se raisonna. Il avait dit qu'il serait absent assez longtemps. Inutile de s'alarmer. Malgré tout, elle monta au grenier et regarda par l'une des fenêtres les feux qui parsemaient le paysage. Ce n'étaient pas des feux de camp, elle le savait, mais des incendies allumés par des paysans assoiffés de vengeance.

— On rêve éveillée, petite *sœur* ?

Au son de la voix grave, elle sursauta et fit volte-face. Günter se tenait sur le seuil, les bras croisés, sa canne contre la hanche. Propre et rasé de frais, il était très séduisant. Presque autant que Wolf.

— Non, répondit-elle avec un soupir. Je me demandais juste si nous aurions des nouvelles de vos frères.

— Franz vous préviendra certainement dès leur retour.

Son ton sarcastique la fit se rembrunir.

— Vous est-il indifférent qu'ils courent un danger ?

Il haussa les épaules.

— Non. Mais cela changera-t-il leur sort que je m'inquiète pour eux ?

Stupéfaite, Sabina le regarda s'approcher sans mot dire.

— Ne vous en faites pas pour Wolf et Peter. Ils sont forts, vifs et intelligents, je suis sûr qu'ils vont bientôt rentrer sains et saufs.

Ses yeux pénétrants l'étudièrent.

— Vous alarmer n'avance à rien. Ce qui doit arriver arrivera.

— Ce doit être une devise familiale, marmonna-t-elle en se tournant de nouveau vers la fenêtre.

Au bout d'un long silence, il murmura :

— Je montais souvent ici me réfugier, quand j'étais petit. J'avais oublié qu'on domine si bien la ville.

— Vous réfugier ? Pourquoi ?

Il garda le silence si longtemps qu'elle pensa qu'il ne répondrait pas.

— Pour me protéger. De tout le monde, dit-il enfin. De personne. De moi-même. Allez savoir...

Il haussa une épaule, écartant le sujet, et la contempla d'un air songeur. Elle se sentit vaguement gênée, mais pas menacée le moins du monde.

— Qu'y a-t-il ? demanda-t-elle au bout d'un long moment.

Le sourire de Günter était vaguement triste.

— Rien, dit-il en lui touchant légèrement les cheveux. Vous me rappelez quelqu'un. Vos cheveux ressemblent aux siens, mais...

Son regard devint absent, comme s'il voyait vraiment la femme dont il parlait. Puis il laissa retomber sa main.

— Peu importe. Wolf se rend-il compte de la perle qu'il a trouvée ?

— C'est à lui que vous devrez poser la question, dit-elle, sa curiosité piquée.

— Comptez sur moi. En attendant, très chère sœur, Béa vous fait dire que vous êtes en retard pour le souper, et que cette habitude semble l'ennuyer. Nous sommes tous très ponctuels, ici, chez les Behaim, vous savez. C'est une règle tacite.

Cette pointe d'amertume, l'avait-elle imaginée ? Son visage était impénétrable.

— À moins qu'elle ne soit officiellement inscrite quelque part, ironisa-t-il. À côté de notre devise familiale, sûrement.

En redescendant, elle remarqua son paquetage au pied des marches, près de la porte. Elle leva vers lui des yeux interrogateurs.

— Je partirai dès l'aube. Franz m'a expliqué que papa a reçu une inhumation digne de lui et que les arrangements ont été pris pour notre héritage. Mes frères étant absents, je ne vois aucune raison de rester.

— Mais je pensais que vous attendriez au moins leur retour ! s'étonna-t-elle. Wolf ne me pardonnera jamais de vous avoir laissé partir.

Une expression désabusée traversa son visage.

— Vous ne connaissez pas très bien mon frère, n'est-ce pas ?

Elle se sentit rougir.

— Y aurait-il une raison pour qu'il ne vous accueille pas chez lui ?

— Aucune qu'il admettra. Mais peu importe. Si vous souhaitez que je reste, je resterai. Au moins un ou deux jours. Je ne puis guère plus, hélas.

Il lui prit la main et passa son bras sous le sien.

— Allons dîner. Je vous autoriserai à me charmer avec votre sourire, puis je vous relaterai mes glorieux exploits guerriers. Naturellement, ce sont mes exploits hors du champ de bataille qui sont intéressants, mais mon frère me jetterait dehors si je racontais ceux-là...

Elle éclata de rire, succombant à son charme cru, dont il était fort conscient. Cet homme était tout simplement irrésistible. Pendant le dîner, il réussit presque à lui faire oublier que son mari était dehors, dans le froid, à la poursuite d'hommes dangereux.

Presque...

19

Wolf était exténué. Huit jours s'étaient écoulés depuis qu'il avait tenu Sabina dans ses bras. Les pas des chevaux et le murmure de voix graves pénétraient son esprit las tandis qu'une cinquantaine d'hommes épuisés, la plupart à pied, rentraient à Wittemberg. Leur souffle formait de la buée dans l'air glacé. Au-dessus de leur tête, les feuilles des arbres frémissaient et s'agitaient, laissant entrapercevoir des trouées de ciel clair et froid.

Ils avaient cheminé toute la journée, et le soleil déclinait à l'horizon. Il connaissait la plupart de ces hommes : quelques nobles, quelques soldats, quelques marchands, et même le boucher du quartier. Ce n'était pas une armée. Simplement des citoyens contraints de défendre ce qui leur appartenait.

Lorsqu'ils avaient quitté Sanctuaire, Peter et lui, il n'avait aucune idée de ce qui les attendrait en rejoignant la Garde. Les événements de Mühlhausen avaient dégénéré là-bas en une véritable révolution et la région était à feu et à sang. Frédéric le Sage avait ordonné aux citoyens mâles de former une garnison jusqu'à l'arrivée des renforts. Certains occupaient l'enceinte de la ville, d'autres comme Peter et Wolf étaient allés au sud établir un périmètre de sécurité entre Mühlhausen, cité impériale libre qui théoriquement ne répondait qu'au saint empereur romain, et les provinces voisines.

Les ligues de paysans se livraient des combats sporadiques dans la région depuis des jours. Si la plupart des paysans de Saxe électorale étaient pacifiques, beaucoup d'autres avaient infiltré les ligues locales et continuaient à manœuvrer pour fomenter une rébellion. Ils sillonnaient les environs armés de piques et de bâtons. Une fois arrivées les unités de cavalerie et d'artillerie des princes des différentes régions – Philippe de Hesse, le duc George de Saxe ducale et Jean de Saxe –, les paysans n'auraient plus aucune chance.

Beaucoup estimaient que Müntzer était derrière l'insurrection et organisait les soulèvements depuis Mühlhausen, mais, bénéficiant de la protection du nouveau conseil municipal de la ville, il ne pouvait être traduit en justice. Pour l'instant.

Ce combat ne serait sûrement pas le dernier, songea Wolf. Des hommes comme lui, qui avaient tant investi dans la stabilité et la sécurité de la région, ne pouvaient se laisser intimider et dépouiller de ce qu'ils s'étaient battus pour accomplir. Il comprenait le désir des paysans d'améliorer leur condition, mais il ne les laisserait pas attaquer des innocents.

L'image d'une jeune fille, en sang et déguenillée, avec sa suivante égorgée comme un animal à côté d'elle, lui soulevait encore le cœur, bien qu'il eût vu pire avant et depuis.

Peter s'était occupé d'elles aussitôt.

Wolf était fier de son jeune frère. Il avait accompli son devoir avec un professionnalisme étonnant pour son âge. Il regarda Peter qui chevauchait à ses côtés, pensif. L'arrivée des troupes des princes avait permis aux citoyens ordinaires de retourner à leur vie, à leurs activités, à leur famille, et d'essayer d'oublier le carnage des journées écoulées.

Jusqu'à la fois suivante.

— Peter, rentrons à la maison ! Nous demanderons à Béa de nous préparer un repas pantagruélique.

Peter secoua la tête et grimaça.

— Je ne crois pas être capable de recommencer à manger un jour.

Wolf se pencha sur sa selle.

— Ne parle pas ainsi. Ce que tu as vu était insoutenable, mais nous avons fait ce que nous devions faire. Tu dois l'oublier.

— L'oublieras-tu, toi ? s'écria Peter avec horreur. Parce que si tu en es capable, tu n'es pas l'homme que je croyais connaître.

Wolf fronça les sourcils, surpris par son amertume.

— Pardonne-moi, dit Peter avec un grand soupir. Je ne m'étais pas rendu compte de ce qui nous attendait. Comment Günter peut-il exercer ce métier et ne pas devenir complètement fou ?

Il secoua la tête et reprit :

— Je sais que ce que nous avons fait était nécessaire, mais j'apprends la médecine pour soigner, non pour détruire. Prions le ciel pour que ce soit la fin...

Wolf le regarda, impuissant.

— Viens à la maison, répéta-t-il. Si tu ne peux supporter la vue de la nourriture, je t'offrirai ma meilleure bière et tu boiras tout son saoul. Au moins, tu pourras t'écrouler ensuite dans un bon lit bien chaud.

— Je préférerais la compagnie d'une jolie fille, dit Peter, son sourire habituel voilé de tristesse. Je vais peut-être m'arrêter à l'auberge au passage. Une bière glacée et une accorte servante, ça me fera du bien !

Wolf songea à la femme qui l'attendait à la maison. Sabina...

Son esprit se mit à vagabonder – c'était devenu une habitude chaque fois qu'il pensait à Sabina, c'est-à-dire beaucoup trop souvent ces derniers temps, et qu'il se remémorait l'ardeur de leurs caresses...

— Tu recommences à penser à elle.

Wolf tourna la tête, et vit Peter qui l'observait, amusé.

— À qui ?

Devant le regard de son frère, il capitula en souriant.

— Bon, soit, je pensais à Sabina. Suis-je donc si transparent ?

Peter sourit à son tour.

— Nom de Dieu, cesse de te torturer ainsi ! Prends-la et finis-en.

— Je sais que tu n'y es pour rien, mais c'est précisément ce que j'essayais de faire quand tu nous as interrompus, dois-je te le rappeler ?

Peter regarda autour d'eux, et demanda :

— As-tu besoin d'une oreille compréhensive ?

Wolf fut surpris de découvrir à quel point il avait envie de se confier à son frère. C'était lui dont il se sentait le plus proche, malgré leur différence d'âge.

Lentement, il hocha la tête.

— Je ne sais pas pourquoi, mais elle m'obsède. J'essaie de la chasser de mon esprit, en vain. Penser à elle me rend... perplexe. Elle m'émeut d'une façon incompréhensible.

Il se tut, soudain embarrassé.

— Laisse-moi t'expliquer. Avant tout, parles-tu d'une émotion qui se situe au-dessus ou au-dessous de la ceinture ?

Peter rattrapa d'une main agile la flasque lancée à sa tête.

— Je suis sérieux, fit Wolf, agacé.

— Je sais. C'est bien le problème. Tu prends tout au sérieux. Et si tu apprenais à laisser les choses... survenir ?

— Je ne suis pas le genre de personne qui se contente de laisser les choses survenir.

Même à ses propres oreilles, la remarque parut prétentieuse.

— Essaie. J'ai découvert que tout était plus simple quand on ne planifiait rien, en particulier pour ce qui concerne les femmes. N'oublie pas que tout n'est pas une question de vie ou de mort. Parfois, il s'agit juste de vivre le moment présent. Si tu passes ton temps à regarder l'avenir, ou pis, le passé, tu risques de manquer ce qui s'offre à toi.

— Que me racontes-tu là ?

— Examinons la situation d'un point de vue plus logique. Et décrivons d'abord les symptômes : tu penses constamment à Sabina. Cela t'excite. Et tu perds tes moyens dès qu'elle se trouve dans la même pièce que toi. Est-ce correct ?

— Non. Enfin… soit, oui.

— Peut-être es-tu amoureux d'elle.

Wolf le fusilla du regard.

— Ou bien non, s'empressa d'ajouter Peter. Il s'agit probablement juste d'une inclination très intense mais éphémère, qui ne durera que trente ou quarante ans. En tout état de cause, elle est ta femme. N'est-il pas idéal de se découvrir marié à l'objet de son désir ?

Il renvoya la flasque à Wolf avec une œillade.

— Réfléchis simplement à cela, Wolf. C'est tout ce que je dis. Essaie de *ressentir* les choses.

Là-dessus, il éperonna sa monture, mettant fin à la conversation.

— Ce garçon en sait bien trop pour son âge, marmonna Wolf en contemplant son dos.

Néanmoins, en toute honnêteté, il devait admettre que son frère avait raison. Il aurait aimé pouvoir adopter sa décontraction, en particulier avec le sexe faible.

Comment une femme qu'il connaissait si peu avait-elle pu lui devenir soudain aussi essentielle ? L'aimait-il donc vraiment ?

Cette pensée le contraria. Bien sûr que non ! Elle suscitait en lui du désir, de la passion, de l'admiration, oui. Mais de l'amour ? Cela ne ressemblait aucunement à ce qu'il avait éprouvé pour Beth.

Beth le calmait, l'apaisait. Elle était la compagne idéale, ne remettait jamais en question son autorité, le vénérait. Elle était toujours là pour lui, dispensant paroles aimables et sourires doux.

Certes, elle était têtue, à sa façon, et le menait par le bout du nez, mais n'était-ce pas là tout le charme féminin ? Les hommes acceptaient de faire semblant de se laisser gouverner, tant que cela ne remettait pas en cause leur puissance.

Sabina... Cette femme-là n'usait ni de séduction, ni de manipulation, ni d'aucun subterfuge. Elle le provoquait. Que devait-il faire ?

Ils seraient rentrés dans quelques heures. Et, en dépit de ses doutes, Wolf savait une chose : il était impatient de retrouver Sabina.

Il enfonça les talons dans les flancs du cheval.

Sabina caressa les mèches blondes de Gisel. Ces derniers jours, en attendant des nouvelles des hommes, Gisel avait demandé à la jeune femme de la coucher le soir. Celle-ci avait accepté avec plaisir, et chérissait ces moments.

Car, chaque jour qui passait, son inquiétude grandissait. Les combats s'étaient calmés. Günter était resté trois jours, mais il avait dû partir rejoindre sa compagnie. En l'absence des hommes de la famille, Sabina avait ordonné que l'on prenne certaines précautions en prévision du pire.

Elle avait décidé que chacun dormirait tout habillé, et garderait un baluchon à côté de sa paillasse au cas où ils devraient se sauver dans la précipitation. Ils avaient emmagasiné des vivres et du matériel, des bandages, des seaux étaient prêts à côté du puits au cas où leur maison serait incendiée. Les chevaux étaient sortis dans la cour, et les cavaliers se relayaient pour surveiller la propriété. Les grilles restaient fermées, et quelques hommes plus âgés dans les maisons voisines avaient accepté d'effectuer des rondes. Nul n'avait le droit de sortir seul ou sans arme, et même Sabina portait un poignard dans les replis de sa robe.

Elle avait l'habitude de ces préparatifs. En temps de trouble, dans les cloîtres, on usait souvent des mêmes procédures. Les domestiques semblaient heureux d'obéir et Sabina constata, quelque peu choquée, qu'ils la considéraient d'emblée comme la maîtresse de maison alors qu'elle-même n'avait pas encore décidé du rôle qu'elle souhaitait jouer.

Pour la première fois de sa vie, elle exerçait une autorité sur des gens et s'appliquait à se montrer digne de leur confiance. Ils étaient heureux d'être libérés de certains tracas.

Sabina regarda l'enfant qui dormait paisiblement. Elle n'avait pas pu, ni voulu lui mentir au sujet des dispositifs. Elle lui avait expliqué le strict minimum, que son papa et son oncle étaient courageux pour eux tous et rentreraient bientôt, et qu'en attendant ils devaient tous veiller sur Sanctuaire, ce qu'ils faisaient. Gisel n'avait donc aucune inquiétude à avoir. Sabina espérait secrètement que cela suffirait à la rassurer.

On frappa doucement à la porte et elle se retrouva face à Franz, plus excité qu'elle ne l'avait jamais vu.

— Les villageois reviennent, *Frau* Behaim ! Un garçon d'écurie a vu nos maîtres parmi eux et est vite revenu nous avertir.

Le cœur de Sabina se dilata et, pendant un moment, elle ne put prononcer un mot.

— Dans combien de temps seront-ils ici ? finit-elle par demander.

— Dans quelques instants...

Comment allait-il ? Qu'avait-il enduré ? Avait-il pensé à elle ?

Elle chassa ces pensées futiles et égoïstes. Mieux valait s'occuper de les accueillir.

— Dites à quelqu'un de rouvrir la grille. Qu'on prépare tout de suite un repas chaud. Et un bain ! Nous devons lui... leur réserver un accueil de héros, déclara-t-elle.

— Oui, madame. Tout de suite !

L'impatience donnait des ailes au vieux serviteur.

Devait-elle réveiller Gisel ? Non, mieux valait attendre de voir comment se portait Wolf. Peut-être voudrait-il se coucher aussitôt. Elle repensa soudain à son arrivée à Sanctuaire et au chemin qu'elle avait parcouru.

Elle se sentait mieux, maintenant. Ses ecchymoses avaient disparu et elle avait repris du poids. Elle était en bonne santé. Elle baissa les yeux vers sa robe et gémit.

Elle portait encore la tenue de domestique grise de ses premiers jours. Elle préférait s'occuper au jardin ainsi vêtue plutôt que d'abîmer les belles robes neuves taillées par la couturière. Mais il n'était pas question que Wolf la voie dans cet état ! Ce n'était guère convenable. Or, oui, elle voulait l'impressionner. Elle se précipita dans sa chambre.

Pour le meilleur et pour le pire, cet homme était son mari. Elle devait trouver un moyen pour qu'ils s'entendent.

Sabina passa sa plus belle robe, en damassé blanc rebrodé de rouge, sur une chemise transparente festonnée d'or. Elle tira sur les manches longues et les noua de son mieux faute d'assistance. Deux jupons rouges, un gilet rouge assorti et des rubans dorés complétaient l'ensemble. Elle était impatiente de montrer à Wolf les beaux habits qu'il lui avait offerts.

Elle ramena ses cheveux sous un chaperon blanc et or et contempla son reflet dans le miroir, satisfaite. Puis elle dévala l'escalier. Elle entendit les cris des serviteurs ; les hommes devaient entrer dans la maison...

Et soudain, elle le vit, dépenaillé, fatigué, mais riant au milieu de ses hommes, dépassant tout le monde d'une tête. Le cœur battant d'une joie soudaine, Sabina sentit le soulagement couler dans ses veines telle de l'eau fraîche sur une terre craquelée par la sécheresse. Wolf était là, à la maison, sain et sauf !

Il releva la tête comme s'il avait perçu sa présence, et elle se sentit bêtement intimidée. Elle resta en retrait, indécise. Il voudrait sûrement saluer d'abord sa famille, or il considérait ses serviteurs comme sa famille. Elle regretta de n'avoir pas réveillé Gisel et s'apprêta à remonter pour aller la chercher.

— Sabina !

Elle s'immobilisa et se retourna lentement. Les gens s'écartèrent, curieux d'assister à leurs retrouvailles.

Il la dévorait des yeux. Il l'examina des pieds à la tête, et cela lui fit étrangement chaud au cœur.

— Bienvenue à la maison, Wolf ! dit-elle en allant à lui et en lui tendant les mains. Allez-vous bien ?

— Je suis fourbu, mais heureux d'être de retour. Et vous ?

Il prit ses mains froides dans la chaleur des siennes.

— Moi aussi je suis heureuse que vous soyez de retour, dit-elle doucement.

Elle leva la tête et l'embrassa sur la joue avec légèreté. Il resserra les doigts autour des siens, et l'intensité de son regard lorsqu'il s'écarta était telle que les témoins manifestèrent des signes de gêne. Béa donna un coup de coude à Franz, qui commença à ébranler tout le monde au sujet de tâches à accomplir. Rapidement, chacun partit vaquer à ses occupations, les laissant seuls tous les deux.

Seuls... Soudain, Sabina s'aperçut que Peter n'était pas avec lui.

— Peter... va-t-il bien ? demanda-t-elle avec anxiété.

— Oui, oui, sourit Wolf. Il doit déjà être à moitié ivre avec une jolie fille sur ses genoux, à l'auberge.

— Oh... Ma foi, nous ne disposons pas ici de telles prestations, mais nous aurons bientôt un bon repas pour vous, et votre fille dort tranquillement dans son lit. Je suis sûre que Franz vous fait couler un bain. Si vous le souhaitez, je vais réveiller Gisel et la faire descendre.

Il l'arrêta en posant une main sur sa manche.

— Non, laissez-la dormir. J'irai la voir tout à l'heure. Quant aux prestations d'ici, je ne suis pas sûr qu'elles aient quelque chose à envier à celles de l'auberge.

Il fixa des yeux sa bouche.

— Je crois que c'est plutôt l'inverse...

Elle rosit et détourna les yeux en se tordant les mains.

— Je ne veux pas vous retarder. Si vous le désirez, vous me raconterez vos aventures demain matin.

— Sabina...

Sa voix recélait un timbre rauque qu'elle commençait à bien connaître. Elle leva vers lui un regard innocent, tandis qu'une douce chaleur inondait son ventre.

— Voulez-vous m'aider à prendre mon bain ?

Devant l'expression de Sabina, il ajouta précipitamment :

— Je... je suis légèrement blessé. Mon cou est contusionné et j'ai un peu de mal à soulever les bras. J'aurai peut-être besoin d'aide. Ce n'est pas une requête inélégante, n'est-ce pas ?

Elle sourit en repensant à celle, identique, de Günter.

— Faites-moi penser à vous raconter la visite de votre frère.

Aussitôt, Wolf redevint sérieux.

— Günter est venu ? Quand ? Qu'a-t-il dit ?

Elle leva une main.

— Attendez. Je vous expliquerai tout plus tard. Pour l'heure, je réfléchis à votre requête.

Cela le réduisit au silence instantanément. Tous les arguments pesaient en faveur du refus, elle le savait.

— C'est entendu, répondit-elle.

Il haussa les sourcils. Puis, comme s'il craignait qu'elle ne change d'avis, il la fit monter l'escalier.

— Vous vous déplacez fort bien pour un homme souffrant de contusions, dit-elle par-dessus son épaule.

— Mes jambes sont parfaitement valides, répliqua-t-il en ouvrant la porte de sa chambre.

20

Sabina n'était jamais rentrée dans la chambre de son époux. La pièce était à son image : masculine. Une simple couverture en damas bleu décorait le grand lit à baldaquin, qu'entourait une lourde tenture destinée à le protéger des courants d'air. Une commode, un paravent, une malle et une table sur laquelle était posé le repas préparé en hâte par Béa complétaient ce décor. Quelques touches plus féminines étaient disposées çà et là, remarqua-t-elle après un rapide regard circulaire : une taie d'oreiller brodée à motif floral, une brosse à cheveux à manche en ivoire, une boîte à bijoux orientale en laque. Ces objets semblaient étrangement insolites. Sans doute avaient-ils appartenu à Beth, ou à sa mère. Subtils rappels pour Sabina qu'elle n'était pas la première femme à aimer l'occupant de cette chambre. Car elle l'aimait, elle en était certaine, désormais...

Elle s'était fait un sang d'encre depuis son départ, se demandant s'il avait froid, s'il mangeait à sa faim, s'il n'était pas blessé... Elle avait veillé sur son enfant car elle savait qu'il y tenait plus qu'à la prunelle de ses yeux, protégé sa maison parce qu'elle connaissait l'importance qu'il lui accordait. La joie qu'elle éprouvait de le voir revenir... C'était l'évidence. Ce soir, avait-elle décidé, s'il voulait toujours d'elle, elle deviendrait sa femme charnellement. Et au diable les lendemains !

— Je donnerais cher pour connaître vos pensées.

— Oh, ce serait encore trop peu, plaisanta-t-elle avec un sourire énigmatique.

Il lui prit la main et l'attira au milieu de la chambre.

— Racontez-moi donc cela...

Elle effleura sa barbe naissante, qui lui donnait un côté indomptable, et dangereusement séduisant. Elle secoua la tête.

— Plus tard.

Sabina vit une chaleur sensuelle éclairer ses yeux et se troubla de nouveau. Laissant retomber sa main, elle désigna la baignoire fumante devant la cheminée.

— Votre bain est prêt.

Il la regarda tandis qu'elle détournait les yeux en enroulant une mèche de cheveux autour de son doigt. Il rêvait de se jeter sur elle, mais s'obligea à se maîtriser. Il en était capable. Du moins l'espérait-il. Il voulait lui laisser le temps de se réhabituer à lui, de se sentir proche de lui.

Elle avait changé, sans qu'il sût dire en quoi. Elle avait accepté de l'accompagner dans sa chambre, et elle devait en accepter les conséquences. Toutefois, il ne la brusquerait pas. Il espérait ne pas se tromper, sans quoi la nuit serait très longue et très solitaire.

— Aidez-moi, dit-il doucement en se retournant pour qu'elle dénoue ses manches.

Il sentit son hésitation, puis elle chercha maladroitement les liens.

— Là, dit-il en plaçant une main au-dessus des siennes pour l'aider.

Wolf sentit ses doigts trembler. Et soudain il comprit. C'était ce qu'il voulait, plus que tout au monde. Mais ce n'était pas ce qu'*elle* voulait. Elle ne s'y pliait que pour lui faire plaisir. Il ne pouvait s'y résoudre.

— Sabina, vous n'êtes pas obligée de faire cela si vous n'en avez pas envie, dit-il d'un ton bourru.

Elle leva les yeux vers lui et leurs regards se croisèrent.

— J'en ai envie.

Ses mains reprirent leur tâche, plus fermes. Mais il se déroba et se tourna vers elle en poussant un soupir réticent.

— Je n'ai pas été juste. J'ai été égoïste. J'ai voulu vous imposer mes conditions.

— Wolf, je...

— Non. C'est mal. Vous me connaissez à peine...

Elle posa une main douce sur sa bouche pour faire taire ses récriminations.

— Je vous connais suffisamment. Mieux, d'une certaine façon, que vous ne vous connaissez vous-même.

— Comment cela ? s'étonna-t-il.

Elle passa une main sur ses lèvres, sa barbe, son visage.

— Je sais que vous ne laissez jamais tomber les démunis. Vous prêtez votre force aux faibles. Vous ne combattez pas pour l'honneur ni la gloire, mais parce qu'une cause est juste. Vous êtes dévoué à votre famille. Et vous êtes sensible.

Ses mots flottèrent dans le long silence qui les suivit. Enfin, Wolf s'éclaircit la gorge contractée par l'émotion.

— Vous avez observé tout cela durant cette brève période ?

— Je sais tout cela, ne me demandez pas comment. Je le sais, c'est tout, chuchota-t-elle. Et puis, vous êtes mon mari. Cela suffit.

Elle reprit sa tâche et l'aida à retirer ses vêtements. Il grimaça au dernier. Le bleu violacé qui marquait tout le côté de son épaule lui faisait encore un mal du diable.

— Oh, Wolf, vous êtes *vraiment* blessé ! Pardon, je n'avais pas pensé..., ajouta-t-elle en rosissant délicieusement.

— Excuses acceptées.

Quand elle effleura des doigts son épaule, il retint une grande bouffée d'air et elle les ôta aussitôt.

— Je ne voulais pas vous faire mal.

— Ça va.

Ses doigts sur sa peau l'avaient brûlé comme un couteau chauffé à blanc.

Clouée par son regard, elle n'osait plus bouger.

— Wolf..., soupira-t-elle.

— Sabina. Le bain ? lui rappela-t-il doucement.

— Quel bain ? Oh, le bain !

Il baissa la tête et cacha son sourire en ôtant ses chausses, tandis qu'elle pivotait en marmonnant quelque chose au sujet d'un linge.

Grands dieux, il était magnifiquement bâti !

Elle ne se retourna qu'après l'avoir entendu entrer dans l'eau – comptant encore jusqu'à dix pour faire bonne mesure.

Il avait la tête appuyée contre le bord du baquet, les yeux fermés. Pour la première fois, elle remarqua à quel point il était fatigué et son cœur s'emplit de compassion. Elle avait remarqué les éclaboussures de sang sur son pourpoint lorsqu'il l'avait enlevé. Elle n'osait imaginer ce qu'il avait enduré.

— Wolf ?

Elle crut qu'il s'était endormi quand, soudain, sans ouvrir les yeux, il lui tendit la main. Elle la prit et s'agenouilla près de lui. Il garda sa main serrée dans la sienne, le visage tourné de l'autre côté, et se couvrit les yeux de son autre bras. Elle devina qu'il était en proie à des émotions fortes : l'angoisse, le désir, l'épuisement...

— Que puis-je faire, Wolf ? chuchota-t-elle.

— Restez avec moi.

Il tourna vers elle ses yeux verts tourmentés.

— Restez, simplement.

Elle hocha la tête et il appuya de nouveau la nuque contre le baquet en refermant les yeux.

Elle demeura tout près de lui, sans rien dire, quand elle se souvint du linge qu'elle tenait dans son autre main. Oserait-elle faire ce que lui dictait son cœur ? Elle regarda Wolf. Il était si grand que ses genoux étaient pliés et ses coudes dépassaient des deux côtés. C'était l'homme le plus beau qu'elle eût jamais vu, mais sa vraie beauté résidait à l'intérieur.

Elle passa une main sur son visage, touchant doucement les rides dessinées par le soleil et le vent. Ses paupières remuèrent légèrement. Fascinée, elle les effleura d'une caresse aérienne. Ses cils étaient épais, étonnamment longs.

Elle poursuivit avec son nez imparfait, reconnut une cassure ancienne, et ses doigts se posèrent sur ses lèvres d'une douceur surprenante. Elles frémirent sous sa caresse, et les coins se retroussèrent comme si elle le chatouillait. Il ouvrit la bouche et mordilla son index.

Surprise, Sabina ôta vivement sa main. Il gardait les yeux fermés, mais son expression impénétrable trahissait quelque chose d'espiègle.

Elle plongea le linge dans l'eau chaude et le souleva au-dessus de sa tête, le laissant dégouliner sur son visage. Il se redressa en ouvrant grands les yeux, et voulut attraper le linge. Elle l'esquiva avec un sourire coquin.

— Allez-vous vous rendre utile avec cette chose, femme, grogna-t-il, au lieu de harceler un honnête baigneur ?

— Pardon ? minauda-t-elle.

Il haussa un sourcil, mais se renfonça dans l'eau sans autre commentaire.

Avec une nonchalance feinte, elle frotta le linge contre le morceau de savon placé à côté du baquet. En le humant, elle découvrit avec ravissement qu'il dégageait la même odeur de citron et de santal qu'elle associait à Wolf, contrairement au baume que lui avait préparé Béa, qui sentait la vanille et le romarin.

Par où commencer ? Elle n'avait jamais lavé un homme. Elle décida de frotter d'abord les épaules et le cou. En prenant soin de ménager sa blessure, elle passa le linge savonneux sur sa peau.

Il ne dit rien, mais le soupir de bien-être qui lui échappa était éloquent. Encouragée, elle se pencha pour laver sa poitrine, sans pouvoir s'empêcher d'admirer les muscles saillants de son torse.

Wolf comprit qu'il l'avait suffisamment distraite pour émousser sa nervosité. Il se garda de le faire remarquer, et essaya de se détendre sous les caresses du linge. Il se sentait déjà si brûlant qu'il s'étonnait de ne pas voir l'eau en ébullition autour de lui.

Mais ce n'était pas encore le moment. Il devait prendre son temps...

Il se contenta d'imaginer à quoi ressemblaient ses seins sous son corsage. Sentant son corps réagir, il essaya de s'enfoncer un peu plus encore sous l'eau.

Sabina se concentra ensuite sur ses bras, et lorsqu'il étendit ses longues jambes sur les bords de la baignoire, elle les lava également.

Rêvant de voir ses magnifiques cheveux, il lui ôta son bonnet pour les laisser tomber en cascade. Elle s'immobilisa et retint son souffle tandis qu'il faisait glisser ses doigts des racines aux pointes. Lentement, elle reprit ses gestes apaisants.

Il fit remonter ses doigts à la base de son cou, et passa le pouce sur sa nuque en mouvements doux et concentriques, de plus en plus larges.

Sabina soupira à nouveau tandis qu'il instillait en elle un sentiment de paix qu'elle n'aurait pas cru pouvoir cohabiter avec ses puissants élans de désir. Ô, rester ainsi éternellement...

Apparemment, cela ne suffisait pas à Wolf. La chaleur de sa main réchauffait la peau sensible de Sabina, exposant ses épaules et, délicatement, abaissant le col de sa robe.

Puis il prit un sein en corolle autour de l'arc pâle de sa peau.

— Blanche comme un cygne, douce comme une plume..., murmura-t-il.

Sabina ne trouva ni les mots, ni le souffle pour parler, aussi resta-t-elle silencieuse pendant qu'il caressait sa poitrine, faisant naître en elle un délicieux frisson. Elle laissa couler le linge oublié dans l'eau, pencha la tête et effleura des lèvres son poignet.

— Ne vous endormez pas, chuchota-t-il à son oreille. Il nous reste encore beaucoup à faire...

Elle rouvrit lentement les paupières et découvrit son sourire.

— Je crois que vous avez oublié quelque chose, dit-il d'une voix grave.

Il désigna des yeux un endroit particulier de son anatomie, puis il la regarda sous ses cils.

— Ah ! En effet, murmura-t-elle en reprenant le linge.

Lentement, elle laissa filer le chiffon sur ses longues jambes jusqu'à ce que ses mains disparaissent sous la surface de l'eau. Il retint son souffle pendant qu'elle le caressait doucement, et crispa les doigts sur les rebords du baquet.

Brusquement, il lui ôta les mains de l'eau et se leva en l'éclaboussant.

Elle poussa un petit cri de surprise en le voyant sortir de la baignoire, ruisselant, et la prendre dans ses bras. En trois enjambées il fut près du lit.

— Je suppose que nous avons terminé ? demanda-t-elle d'une petite voix.

— Nous n'avons même pas commencé, ma douce...

Un sourire mutin illumina le visage de Wolf. Il la déposa en travers du lit et s'allongea au-dessus d'elle.

— Les draps, vous allez tout mouiller !
— Ils sécheront !

Il couvrit sa bouche de la sienne et l'embrassa avec ardeur. Elle s'ouvrit sous son baiser comme si elle l'avait fait mille fois auparavant. C'était le cas, dans son cœur, dans ses rêves.

Bientôt, son corsage fut ouvert. Elle n'hésita qu'un bref instant avant de laisser Wolf le lui ôter.

Il la débarrassa du reste de ses habits promptement, mais s'arrêta pour la regarder au moment de lui passer la chemise par-dessus la tête. Il admira ses seins, descendit jusqu'aux bas retenus par des rubans, juste au-dessus des genoux, et secoua la tête.

— Je risque de ne pas survivre à cela, dit-il d'une voix mal assurée.

Elle ne comprit pas ce qu'il voulait dire.

— Ne faites pas attention, ma douce. Sachez simplement que vous êtes magnifique. D'ici..., déclara-t-il en effleurant ses cils du bout des doigts..., jusque-là, termina-t-il en passant un doigt sur la cambrure délicate de son pied.

Elle frissonna sensuellement lorsqu'il pencha la tête vers sa poitrine. Il l'embrassa et la caressa jusqu'à ce qu'elle gémisse de plaisir entre ses bras.

Il s'écarta légèrement et recommença à la regarder.

— Comme vous êtes belle ! murmura-t-il. J'étais si pressé l'autre fois que je ne vous ai pas assez regardée.

Il la caressa avec émerveillement.

— Voulez-vous bien ôter ceci pour moi ? demanda-t-il en montrant les rubans.

— Oui. Je ferai tout ce que vous me demandez. Tout, répéta-t-elle, et elle en fut la première surprise.

Il sourit.

— Ceci suffira. Pour l'instant.

Il se rassit sur ses talons pour la regarder.

Sabina obéit et fit rouler un bas, qu'elle ôta, puis l'autre, ployant souplement son corps.

Il posa les mains sur son ventre et les fit glisser jusqu'au pli sombre, entre ses cuisses.

— Si belle..., murmura-t-il, envoûté.

Elle le contempla, le cœur débordant d'amour.

— C'est vous qui me rendez belle, chuchota-t-elle en écartant doucement les cuisses.

Il la toucha alors, une caresse soyeuse qui la fit se cambrer. Contre son oreille, il demanda :

— Je voudrais vous entendre. Je veux savoir ce que vous ressentez.

Elle exhala un soupir brûlant, et bientôt, ses gémissements remplirent la chambre. Il glissa un doigt en elle et la caressa jusqu'à ce qu'elle crie de plaisir. Elle effleura sa main, l'encourageant à continuer...

Il se laissa glisser le long de son corps et, au premier contact de sa langue dans le repli le plus secret de son anatomie, elle poussa un cri et voulut l'écarter. C'était impossible. Sûrement, ce genre de choses n'était pas permis, mais c'était si bon... Elle replia les doigts sur ses épaules. Des sensations s'éveillaient dans des terminaisons nerveuses qu'elle ignorait posséder. Il semblait savoir exactement comment la rendre folle de désir...

Il la goûta comme il avait un jour promis de le faire, tandis qu'elle ondulait contre lui, ses hanches en parfaite harmonie avec ses caresses.

— Vous avez le goût brûlant d'un jour d'été, murmura-t-il. C'est doux comme un bouton de rose, sucré comme du miel.

Il leva la tête et planta ses yeux dans les siens.

— Vous êtes d'une douceur diabolique, dit-il avec un sourire sensuel.

Elle rougit des pieds à la tête.

Il se pencha à nouveau, en prenant son temps pour l'explorer de ses doigts, et l'exquis plaisir qu'il fit naître en elle ressemblait étrangement à de la douleur. Elle le supplia d'arrêter, le supplia de continuer, et des cris rauques bientôt lui échappèrent, sous les caresses habiles de ses doigts et de sa langue. Enfin, Sabina sentit une onde de chaleur envahir son ventre, puis son corps tout entier, et s'abandonna à la jouissance...

Il la laissa redescendre sur terre, puis il glissa le long de son corps tremblant en embrassant chaque parcelle de sa peau, tandis qu'elle haletait, en proie à une merveilleuse extase. Enfin, il écarta les mèches emmêlées de son front, la prit dans ses bras et la serra contre lui en la berçant doucement, sourd aux martèlements de sa propre poitrine.

Elle sentit qu'il se retenait. Son membre durci brûlait d'un désir inassouvi.

— Wolf... et vous ? demanda-t-elle, hésitante.

— Vous me faites trop d'effet, reconnut-il, le souffle rauque. Je dois me retenir. Je ne veux pas vous blesser. Or je ne puis vous promettre d'être délicat.

— Wolf, vous ne me blesserez pas, voyons. Vous savez que...

— Neuf ans sans faire l'amour, c'est long, dit-il solennellement.

Elle sentit son corps entre ses cuisses. Elle aurait dû ressentir de l'appréhension, or ce n'était pas le cas. Comment aurait-elle peur après ce qu'il venait de lui faire ? Il était si proche qu'elle sentait le bout de son sexe, brûlant contre sa cuisse. Elle plaqua ses hanches contre les siennes, et eut la satisfaction de voir ses yeux devenir presque noirs de désir.

Elle se cambra davantage encore.

— J'ai envie de vous. Je vous veux. Tout entier. *Maintenant*.

Alors, d'une poussée à la fois douce et ferme, Wolf la pénétra. Il l'entendit pousser un petit cri et craignit le pire, mais son corps refusa d'obéir à l'injonction qu'il se fit d'arrêter. Il s'immobilisa. Se retirer était au-dessus de ses forces.

Il la regarda avec inquiétude.

En réponse à sa question, elle colla sa bouche contre la sienne et le dévora de baisers. Son souffle, doux et chaud, était haletant. Soulagé, il l'embrassa à son tour avec une passion qu'il n'avait pas connue depuis des années. Seigneur, cette bouche…, aussi longtemps qu'il vivrait, il le craignait, il n'aurait jamais assez de ces lèvres pulpeuses et sensuelles.

Il recommença à remuer en elle et retint son souffle. La regarder, l'écouter gémir, avait été un supplice. Être en elle était un délice, qu'il avait bien l'intention de savourer.

— Montrez-moi quoi faire, supplia-t-elle contre sa bouche.

Elle commença à remuer à un rythme incertain. Pourquoi ne savait-elle pas comment faire ? Pourquoi ce petit imbécile ne le lui avait-il pas montré ? Ne lui avait-il donné aucune chance de découvrir son propre plaisir ?

Mais l'instinct de Sabina était sûr. Il glissa les mains dans la courbe de sa taille étroite et guida doucement ses hanches jusqu'à ce qu'elle trouve son propre rythme. Elle était si farouche, si suave… il fallait qu'il recouvre son sang-froid, sans quoi ce serait terminé trop vite.

Or il ne voulait pas que cela s'arrête. Ni maintenant ni jamais…

Quand elle se plaqua une fois de plus contre lui, l'obligeant à s'enfoncer davantage, en elle, il faillit céder.

— Ne... ne bougez plus, hoqueta-t-il.

Ils restèrent ainsi immobiles, dans ce moment de grâce, en proie à un élancement si exquis qu'il resterait à jamais gravé dans la mémoire de Wolf.

Enfin, il s'arc-bouta sur ses coudes, la poitrine soulevée, et roula pour se placer sous Sabina.

Elle s'étonna visiblement de cette position, les yeux voilés par la passion. Wolf commença à remuer à nouveau, la soulevant avec ses cuisses et ses fesses. Puis il la prit par les hanches et se laissa chevaucher. En quelques minutes, elle se fondit dans sa cadence.

— Voilà, l'encouragea-t-il, voilà...

Submergé de plaisir, il l'entendit soudain crier et la vit jeter la tête en arrière. Ses cheveux noirs formaient des rivières le long de son cou et ses épaules pâles, et les pointes de ses seins étaient dures et dressées.

Quand il sentit le resserrement de ses muscles autour de lui, il sut qu'il ne pourrait plus résister longtemps. Alors, il la fit rapidement pivoter sur le dos et prit son visage entre ses mains.

— Regardez-moi, ordonna-t-il.

Le contact de leurs yeux était d'une intimité presque insoutenable, mais il refusa de les détourner. Tout en se noyant dans son regard bleu marine, il s'enfonça plus loin en elle, emporté par une danse qu'il ne parvenait plus à maîtriser. Il voulait s'enfouir en elle, si profondément qu'ils ne seraient jamais séparés, si fortement qu'elle le ressentirait jusqu'à la fin des temps.

Leurs regards soudés, il explosa. Il gémit son nom et le plaisir fut si violent que toute pensée cohérente s'effaça de son esprit.

Sabina le suivit dans l'extase, et ce fut comme s'ils ne formaient plus qu'un seul et même corps. Il n'y avait pas de mots pour exprimer ce qu'ils venaient de vivre, aussi se turent-ils. Lovée contre lui, elle dessina du doigt des cercles indolents sur sa peau. Puis ses paupières papillonnèrent, et elle plongea dans le sommeil.

Wolf resta allongé à côté d'elle, pétrifié par un mélange de peur et d'émerveillement. Que lui était-il arrivé ? Il avait été transporté, emporté complètement hors de son corps vers un endroit inconnu. Cela ne lui était jamais arrivé. Pas même avec Beth, reconnaissait-il avec une pointe de culpabilité.

Qu'est-ce que cela signifiait ?

Il était exténué. Il fallait qu'il dorme. Là, allongé, les yeux obstinément ouverts, il cala son souffle sur celui de Sabina, leurs cœurs battant à l'unisson.

Il la regarda une dernière fois, et sourit. Elle était bien réelle. Ce n'était pas un ange, elle était de chair et de sang. Et elle était sienne. Tout le reste pouvait attendre.

Il finit par s'endormir, d'un sommeil sans rêves.

Sabina se réveilla en sentant la barbe rêche de Wolf contre la peau lisse de son dos. Il déposait de petits baisers le long de sa colonne vertébrale en murmurant des mots doux contre sa peau nue et en caressant ses fesses de ses mains puissantes.

Elle sourit dans l'oreiller, en proie à une volupté indécente. Il se lova contre elle, et elle sentit toute la puissance de son désir.

Encore à moitié endormie, elle s'arqua paresseusement contre lui dans la lueur mordorée du feu, qu'il avait dû se lever pour ranimer.

— Encore ? demanda-t-elle, taquine.

— Encore, affirma-t-il avec détermination. Je vais te montrer quelque chose. Dis-moi si tu aimes.

Il lui souleva les hanches et logea un oreiller dessous.

— Que fais-tu ? demanda-t-elle en le regardant par-dessus son épaule.

Il repoussa doucement ses cheveux d'un côté et sourit contre sa joue lorsqu'il s'allongea de tout son long au-dessus d'elle.

Il glissa une main sous elle pour caresser doucement le cœur de sa féminité.

Les hanches de Sabina tressaillirent aussitôt, et elle gémit en réponse aux sensations délicieuses qu'il provoquait en elle. Il se glissa alors en elle, mais pas entièrement, et se retira, encore et encore...

Elle se tordait sous lui, haletante, serrant les draps dans ses mains crispées, essayant de soulever les fesses pour le sentir plus loin. En vain...

— Que fais-tu ? souffla-t-elle encore avant de pousser un long gémissement.

— Tu verras, promit-il.

Quand il la sentit prête, il recula soudain et s'enfonça profondément en elle, plusieurs fois. Elle se raidit, puis trembla sous l'effet des orgasmes successifs qu'il fit éclore dans son corps. Enfin, après avoir atteint dans un même cri une jouissance indicible, ils s'écroulèrent tous les deux, hors d'haleine.

Au bout d'un long moment, il s'écarta avec un soupir d'aise et demanda :

— Alors, cela t'a plu ?

Elle écarta de sa bouche l'oreiller qu'elle y avait plaqué pour étouffer ses cris de plaisir.

— C'était... agréable, articula-t-elle dès qu'elle recouvra l'usage de la parole.

— Agréable ?

— Oui. Agréable, répéta-t-elle en s'allongeant sur le dos.

Elle faillit éclater de rire en voyant son expression.

— Diantre, que doit faire un homme pour t'impressionner ?

Elle lui chatouilla l'oreille.

— Cela t'apprendra à poser des questions indiscrètes !

— Ah oui ? répliqua-t-il, satisfait. Je suis heureux que tu apprécies mes efforts, ajouta-t-il doucement.

— Si je les appréciais un peu plus, je crois que je deviendrais tout bonnement simple d'esprit, avoua-t-elle avec un soupir.

— J'aimerais bien voir cela...

Il la tourna vers lui avec douceur et caressa ses seins, son ventre, sa taille, en suivant des yeux la progression de sa main.

— J'adore les courbes de ton corps. Tu es une mystérieuse géométrie, éternellement fascinante et complexe.

Elle sourit.

— On ne m'avait encore jamais comparée à une formule mathématique !

Il sourit.

— Pardonne-moi. Je devrais te comparer à une fleur, ou au printemps, ou user de quelque image éculée.

Elle secoua la tête et passa un doigt sur son ventre.

— Non. Avec toi, les mathématiques ressemblent à de la poésie.

Elle déplaça sa jambe et caressa la cheville de Wolf de l'orteil.

— Raconte-moi encore...

Il caressa l'arrondi de sa hanche en l'observant avec une intensité paisible.

— Quand je suis en toi, c'est l'équation parfaite, l'instant où tout s'équilibre...

— Oui... je ressens la même chose.

Une ombre fugitive traversa le visage de Wolf, mais lorsqu'elle lui demanda ce qui n'allait pas, il posa un doigt en travers de ses lèvres.

— Chut... assez parlé, dit-il en la faisant rouler pour qu'elle ne voie pas son visage.

De derrière, il glissa une main entre ses cuisses et enfonça son visage dans son cou.

Il était insatiable, et elle se sentait fourbue.

— Oh, Wolf, je ne crois pas...

— Non ? Aucune importance.

Mais le rythme lent de ses caresses sembla réveiller la nymphe lascive qui sommeillait en elle. Il ajouta avec un sourire :

— Je te promets, ma petite femme, de ne pas t'en vouloir.

— Tiens donc ? fit-elle, le souffle déjà court.

Elle adorait qu'il l'appelle « ma petite femme ».

— Et toi ? Tu ne peux tout de même pas être de nouveau prêt à... oh !

Les mots se brisèrent alors qu'il lui prodiguait la plus intime des caresses.

— Je ne fais pas cela pour moi. Je le fais pour toi, dit-il dans un murmure sensuel. Pour toi seule.

Elle gémit et resserra les cuisses autour de sa main.

— C'est plus fort que moi... J'ai constamment envie de te toucher. J'en ai *besoin*.

De sa part, c'était une véritable déclaration. Elle soupira, toute à son bienheureux émerveillement, et se laissa aller, ivre de plaisir. À mesure qu'il la caressait, son corps s'éveillait. Et bientôt, à sa grande stupeur, elle sentit un désir douloureux lui brûler les entrailles. Impatiente, elle se tourna vers lui.

— Viens..., dit-elle.

— Patience, ma douce, répondit-il avec un lent sourire. Patience.

Frustrée, Sabina se plaça au-dessus de lui et lui saisit les épaules.

— Pour l'amour du ciel, maintenant...

Wolf la fit rouler sur le dos avec un sourire affamé.

Un peu plus tard, ils cherchaient tous deux à reprendre leur souffle, tremblants de passion assouvie. L'esprit de Sabina s'égara peu à peu dans une euphorie bienheureuse, et elle glissa vers le sommeil en écoutant les battements de cœur de Wolf qui ralentissaient. Jamais de sa vie, se dit-elle, elle n'avait été aussi submergée d'amour pour quiconque. Pourtant, au fond d'elle-même, elle s'aperçut que, malgré les moments uniques qu'ils venaient de partager, aucun des deux n'avait parlé de sentiments.

21

Quand Sabina rouvrit les yeux, juste avant l'aube, l'air frais sur sa peau nue la fit frissonner. Le feu s'était éteint depuis longtemps et, l'espace d'un instant, elle se demanda où elle était. En se le rappelant, elle sourit et tendit un bras en travers du lit. Mais elle ne trouva qu'un creux à l'endroit où Wolf s'était allongé. D'un bond, elle fut assise. La vague de solitude qui l'envahit soudain la surprit. C'est alors que la porte s'ouvrit avec un grincement.

— Qui est là ? demanda-t-elle avec appréhension.

— Ce n'est que moi, la rassura Wolf en refermant derrière lui.

Il était en chemise et portait ses hauts-de-chausses, qu'il ôta en s'approchant du lit. Elle admira sa silhouette musculeuse tandis qu'il se glissait sous les draps. Il les recouvrit tous les deux et l'enveloppa de sa chaleur en souriant.

— Je ne voulais pas te faire peur.

— Où étais-tu ? murmura-t-elle d'une voix endormie, de nouveau détendue.

— Je suis allée voir Gisel. Je savais qu'elle dormait mais j'avais besoin de la regarder...

Il hésita, puis :

— J'ai vu tant d'horreurs sur les routes.

Il se tut, préférant ne pas raviver les images qui l'obsédaient.

— Sois tranquille, déclara Sabina. Si quiconque avait osé s'approcher de Gisel, je l'aurais étripé à mains nues. Je le jure devant Dieu ! Si cela ne tient qu'à moi, jamais une personne que tu aimes ne souffrira, ajouta-t-elle avec force.

Il cligna des yeux et la dévisagea.

— Je te crois, répondit-il enfin. Puisse le prince-électeur lui-même disposer de protecteurs aussi farouches que toi.

Gênée, Sabina se détourna.

— Tu te moques.

— Pas du tout.

Il plaça un doigt sous son menton pour lui faire lever les yeux.

— En aucun cas. C'est la vérité, insista-t-il devant son air incrédule. J'ai vu les préparatifs que tu as effectués, j'en ai parlé avec les domestiques. Ils ont dit que tu avais agi de ta propre initiative, comme un brave petit général décidé à défendre Sanctuaire en cas de besoin. Ils étaient très impressionnés. Comme je le suis, depuis le jour où je t'ai rencontrée.

Il l'embrassa doucement, puis la lâcha.

— Merci, dit-il simplement.

Apaisée, elle sourit.

— Je t'en prie. Mais je n'aurais rien pu faire sans leur aide. Ce sont de braves gens, Wolf, qui t'entourent. Tu as beaucoup de chance.

— À bien des égards.

Il la serra contre lui et s'éclaircit la gorge.

— Es-tu… enfin, comment te sens-tu ?

— Bien, répondit-elle. Pourquoi ?

— Parce que, si tu n'es pas trop fatiguée, j'ai une petite idée sur la manière de te montrer ma reconnaissance…

Son rire frais résonna dans la tête de Wolf.

Beaucoup plus tard, Wolf entendit un coq chanter quelque part, dans le monde extérieur, là où le temps existait encore et où les gens vaquaient à leurs occupations. Quant à Sabina et à lui-même, ils avaient passé la nuit à faire l'amour et somnoler.

Il faudrait bien qu'ils quittent cette pièce, qu'ils reprennent leurs activités, qu'ils règlent toutes les choses restant à régler entre eux. De nouveau, la réalité s'imposait à lui.

Quelque chose le tracassait, il fallait crever l'abcès.

— Au fait, je voulais te dire, au sujet du jour où nous nous sommes rencontrés…, commença-t-il.

Il la sentit se raidir.

— Oui ?

Il posa sa paume sur son dos et le massa doucement pour soulager la tension. Elle restait immobile, respirant à peine.

— J'ai réfléchi.

— À quoi ?

— À ton père adoptif. Et à toi. Aux raisons pour lesquelles il semble te détester autant.

Elle garda longuement le silence, puis, enfin :

— Je l'ai humilié devant tout Wittemberg. Cela ne suffit pas ?

Il médita ses mots.

— Non, je ne crois pas. Si Gisel, Dieu m'en préserve, se mettait en tête, d'ici à quelques années, d'agir comme tu l'as fait, je ne réagirais jamais comme lui. Tu lui as désobéi, certes, en refusant toute union arrangée. Il avait le droit d'être en colère, et même déçu. Mais il ne s'agit pas seulement de colère. Sa haine envers toi est palpable.

— Je ne vois pas ce que tu veux dire, fit-elle en faisant mine de s'écarter.

Il plaça sa jambe en travers des siennes pour l'empêcher de bouger.

— La façon dont il t'a traitée à la chapelle, les sévices qu'il t'a infligés avant... Sabina, je sais qu'il t'a laissée mourir de faim. J'ai vu les bleus sur tes bras, et Béa m'a parlé, aussi.

— De quel droit...

— Elle a fait son devoir, coupa-t-il avec calme. Ne la blâme pas.

Elle hocha la tête et il attendit qu'elle parle, mais elle garda le silence.

— Sabina, que s'est-il passé à ton retour chez toi ?

Après un long silence, elle chuchota, le visage brûlant contre la peau de Wolf :

— J'ai trop honte.

Son cœur se serra.

— N'aie jamais honte avec moi, mon cœur. Je suis ton mari, maintenant, et tu es ma femme. Il ne doit plus y avoir de secrets entre nous.

Puis il songea à son père, et s'en voulut. Il resterait toujours ce secret-là...

Il attendit et, enfin, Sabina expliqua d'une voix hésitante :

— J'étais venue quérir mon héritage. J'ai essayé de lui expliquer qu'il me revenait de droit, que je ne l'importunerais plus s'il promettait simplement de me le donner. Il était hors de lui. Il m'a traitée de putain, et bien pire encore. Il m'a demandé pourquoi il me donnerait quoi que ce soit, car de mon côté, que lui avais-je rapporté ? Il a dit que j'aurais mieux fait de rester au couvent afin qu'il oublie mon existence...

Les mots jaillissaient de sa bouche, maintenant.

— J'avais l'impression qu'il aurait voulu me voir morte. Il m'a enfermée dans une chambre jusqu'à ce qu'il décide que faire de moi. Je me suis échappée, mais il m'a retrouvée. L'une des servantes a eu pitié de moi, elle m'a aidée à me sauver, mais il nous a rattrapées toutes les deux et nous a battues. Puis il...

Elle se tut, brisée par l'émotion.

— Continue, demanda-t-il doucement en essayant de ravaler la rage qui lui étreignait la gorge.

— Il m'a enchaînée à un mur, a pris tous mes effets et les a brûlés. Il disait qu'ainsi je dépendrais de lui totalement. Pour ma nourriture, mon eau, ma vie... Puis il a fermé la porte à clef. J'ai cru que... que j'allais mourir, termina-t-elle dans un sanglot.

Wolf la serra fort contre lui. Au bout d'un moment, Sabina reprit :

— Il a voulu se débarrasser de moi en me mariant. J'ai refusé, alors il a cessé de me nourrir. Puis, un soir, il est venu me dire qu'il m'avait trouvé un époux. Que j'allais m'unir à un homme que je ne connaissais même pas. Un roturier, ajouta-t-elle avec un sourire mouillé. J'ai dit que je refusais, que je voulais mon héritage, rien de plus.

Quelle femme remarquable ! songea Wolf. Même dans ces conditions, elle avait eu le courage de réclamer ce qui lui revenait.

— J'étais à demi morte de faim. Il savait qu'il gagnerait. Et moi aussi. Aussi ai-je fini par céder. C'est ainsi que je me suis retrouvée à la chapelle, prête à m'unir à toi. Naturellement, si j'avais su plus tôt ce que je sais de toi à présent, je ne me serais pas tant fait prier.

— Mais pourquoi te hait-il à ce point, Sabina ? Pourquoi te traite-t-il ainsi ? Il existe forcément une raison.

Elle respira profondément et s'assit sur le lit en se mordant la lèvre. Au bout d'un long moment, les yeux baissés, elle marmonna :

— La meilleure raison du monde : j'ai tué son fils.

— *Quoi ?*

— J'ai tué son fils, répéta Sabina en le regardant avec des yeux pleins de honte. C'est pour cela qu'il me voue une telle haine et ne peut me pardonner. Carl était son seul héritier mâle. Sans lui, tout l'argent de von Ziegler reviendra à un parent éloigné portant encore ce nom. Tout ce qu'a fait le baron pour perpétuer la lignée aura été inutile. De plus, je crois qu'il aimait réellement son fils, comme il n'a aimé personne ni avant ni après. Et chaque fois qu'il voit mon visage, qu'il me voit respirer, cela lui rappelle que Carl est mort et pas moi.

Wolf resta muet. Ces paroles n'avaient aucun sens. Comment avait-elle pu tuer quelqu'un ? Il secoua la tête, incrédule.

— C'est la vérité. Voilà, tu sais maintenant pourquoi il m'a en horreur. Et pourquoi, ajouta-t-elle d'une petite voix, tu devrais me haïr aussi.

Il se redressa et lui prit les épaules. Les yeux dans les siens, il gronda :

— Ne dis jamais une chose pareille ! N'y songe même pas. Quoi qu'il ait pu arriver à ton frère, quelle que soit l'histoire de ta famille, je ne crois pas une seconde que tu sois une meurtrière. De toute façon, je serais bien incapable de te haïr. Je t'…

Il se tut soudain, freinant l'élan d'émotion qu'il venait d'éprouver.

Sabina leva vers lui des yeux pleins d'espoir.

Il songea à Beth, et l'impression de la trahir le cingla soudain. Il batailla brièvement, et renonça.

— Je te connais, Sabina. Assez pour savoir que si tu as un tempérament fougueux, tu n'es pas une criminelle.

Elle cligna des yeux. L'espoir avait disparu, la déception se lisait clairement sur son visage.

— Tu ne connais rien de cette histoire, dit-elle en se tournant vers le mur.

— Sabina…

Elle se raidit lorsqu'il voulut la toucher, et il laissa retomber sa main.

— Précisément. Raconte-moi. Tout.

Elle se retourna. Ses yeux, amers et pleins de ressentiment, brillaient d'un éclat fiévreux. Ce changement le stupéfia.

— Es-tu certain de vouloir l'entendre ?

Pendant un instant, il hésita. Voulait-il savoir ? Allons, bien entendu ! Quelle lâcheté !

— Je t'écoute.

— Fort bien. Tu devrais te munir d'un mouchoir, ajouta Sabina avec un rire cynique, car c'est réellement une bien triste histoire.

Elle s'assit en tailleur, et évita son regard.

— Il était une fois un jeune homme. Un garçon de quatorze ans. Il avait une petite sœur de dix ans. Le garçon, que nous appellerons Carl, s'apprêtait à aller faire des diableries pour la nuit de Walpurgis, la veille de la grande fête de printemps. La petite sœur voulait y aller aussi, mais Carl lui dit qu'elle était trop petite, qu'aller effrayer les sorcières était une affaire de garçons.

« Mais elle était têtue. Elle savait quelles polissonneries il avait fait l'année précédente et trouvait cela fort amusant. Carl s'était souvent vanté d'avoir emporté des cornes et des sifflets et d'avoir sillonné la ville avec ses amis en faisant assez de bruit pour réveiller les morts. Ils avaient démonté une vieille charrette en bois et l'avaient assemblée devant la mairie. Quelle pagaille ! Il était devenu une sorte de légende vivante, vois-tu. Et cette fois, il fallait qu'il se fasse remarquer encore davantage. Avec sa petite sœur près de lui, c'était impossible.

« Mais ce soir-là, la petite sœur les a suivis, ses amis et lui. Personne ne l'a vue. Comme elle était petite, elle s'est cachée dans leur carriole sous une couverture et elle est allée avec eux jusqu'à la rivière. Il y avait toutes sortes de choses sous la couverture pour faire des bêtises sur les quais. Elle les regarderait en restant dans son coin...

« Ils s'amusaient tellement qu'ils ne l'ont même pas vue. Au moment où ils sont descendus de la carriole, elle en a fait autant. Elle voulait mieux voir. Elle a couru derrière eux jusqu'au bord de l'eau en se cachant. Ils ne l'ont pas remarquée. Mais quelqu'un d'autre l'a vue.

Wolf sentit son cœur bondir.

— Qui ? demanda-t-il d'une voix tendue.

— Un homme, un marin. Il l'a observée, suivie. Et surprise au milieu d'un tas de cageots. Elle a voulu s'enfuir mais il l'a attrapée, a baissé sa tête contre lui jusqu'à ce qu'elle ait l'impression d'étouffer...

Sabina prit une inspiration, comme si elle revivait l'effort.

— Il lui a dit de... de mettre sa bouche sur son membre. Elle a eu très peur. Elle s'est mise à hurler pour alerter son frère, mais l'homme a pris peur à son tour, et l'a frappée. Il a sorti un petit couteau, lui a dit de ne plus faire de bruit sinon il égorgerait Carl, et il a mis la main sous ses jupes...

Wolf ferma les yeux.

Sabina frissonna.

— Elle a essayé de ne pas faire de bruit. Elle aimait son frère. Mais elle avait tellement peur, et l'homme lui faisait mal, alors je... elle n'a plus réfléchi. Elle a recommencé à crier. Une seconde après, Carl était là, il lui hurlait de se sauver et se jetait sur le marin.

« Comme une poltronne, elle s'est sauvée. Ses amis sont accourus aussi, mais il était trop tard. L'homme avait enfoncé son couteau dans le ventre de Carl, et l'avait ressorti. Puis il le lui a plongé dans le cou. Carl avait l'air étonné.

— Seigneur...

Assis là à côté d'elle, quinze ans plus tard, il sentait l'insoutenable douleur aussi cruellement que s'il avait été sur ce quai, que s'il avait vu son frère mourir d'une mort atroce. Comment avait-elle pu survivre à ce drame, pendant toutes ces années ?

Enfin, lentement, Sabina reprit :

— Le marin a jeté Carl à l'eau. La fille a plongé tout de suite, mais elle n'avait que dix ans et elle n'a pas pu le hisser à la surface. Le fleuve l'a emporté, a failli l'emporter elle aussi. Un autre garçon a sauté ; il n'a pas retrouvé Carl dans cette nuit noire. Mais il a sauvé la petite fille.

— Qu'est-il arrivé au...

— Au marin ? Les autres garçons l'ont tué, répondit-elle sans s'émouvoir. Ils avaient des poignards, ils lui ont donné des coups de pied, l'ont mis à terre et lui ont tranché la gorge. Il était ivre. Ils ont aussi jeté son corps à l'eau.

Elle haussa les épaules.

— Quelle différence ? Carl était mort.

Elle releva les genoux et croisa les bras autour.

— Le corps de Carl a été retrouvé deux jours plus tard. Le plus tragique, c'est qu'il n'est pas mort sur le coup. Il est mort noyé, a dit le docteur, parce que ses poumons étaient remplis d'eau. La petite fille l'a vu. Son père l'a obligée à regarder. Il a vécu juste assez longtemps pour se noyer...

— Arrête, chuchota Wolf, horrifié. S'il te plaît...

Elle poursuivit d'une voix monocorde et sans timbre :

— Son père l'a forcée à se tenir à côté du corps de Carl pendant que sa mère l'habillait pour l'enterrement. Et quand tout a été terminé, qu'il a été allongé dans le cercueil, son père s'est tourné vers elle en disant : « *Cela aurait dû être toi, tu sais. Il est mort à cause de toi.* »

— Pourquoi ? tonna Wolf. Comment a-t-il osé dire une chose pareille, ou même la penser ?

Elle tourna vers lui son regard vide.

— Il avait raison. J'aurais volontiers pris la place de Carl. Au lieu de cela, je suis coupable de sa mort.

— Non !

— Et voilà, conclut-elle avec un nouveau haussement d'épaules. L'histoire est finie. Elle se termine mal, n'est-ce pas ? Si je veux un conte de fées, il me faudra l'inventer. Qu'en penses-tu ? Devrais-je décider que l'héroïne épouse ensuite l'amour de sa vie et coule des jours heureux ?

Elle sourit avec amertume avant de secouer la tête.

— Allons donc ! Personne ne croira à de telles sornettes.

Elle se tourna de nouveau face au mur.

Wolf restait sous le choc. Le drame était déjà assez terrible, mais le fait de s'en croire responsable... Le baron était impardonnable. Cet homme était le diable incarné, et Wolf avait bien l'intention de le chasser de la vie de Sabina pour toujours.

Elle lui tournait le dos et il la vit frémir. Le silence rendait son angoisse encore plus poignante. Il tendit une main vers elle et caressa sa peau douce. Elle se dégagea, mais il la serra dans ses bras.

— Non ! Je ne supporterai pas votre pitié !

Elle se débattit, refusant d'être réconfortée. Mais il ne céda pas et continua à la tenir contre lui, tout simplement, sans rien dire. Au bout d'un long moment, quand les larmes se tarirent, il posa la bouche près de son oreille, et parla.

— Ce n'était pas ta faute, Sabina.

Elle sursauta comme s'il l'avait giflée.

— Si ! Il a dit...

— Peu importe ce qu'il a dit, ce n'était *pas* ta faute.

Elle secoua la tête.

— Je n'aurais pas dû suivre Carl, je n'aurais pas dû crier, je n'aurais pas dû m'enfuir...

— C'était une simple imprudence. Tu avais dix ans. Tu avais peur. Ce n'était pas ta faute.

Il la serra tandis qu'elle se débattait comme une tigresse.

— C'était mon frère ! cria-t-elle. Si je ne m'étais pas débattue, si j'avais laissé cet homme faire ce qu'il voulait...

— Il t'aurait violée, et probablement tuée, et ton frère s'en serait cru responsable. Tout comme toi. Ce n'est pas ta faute, répéta-t-il en lui tenant les bras.

Il la plaqua contre sa poitrine.

— Non ! gémit-elle.

Elle voulut le frapper, se soustraire, mais les couvertures s'emmêlèrent autour de ses jambes. Elle se débattit furieusement, secouée de sanglots déchirants.

— Il aurait dû vivre, il est mort pour rien !

— Non, il est mort pour toi !

Wolf la retourna sans ménagement et la força à le regarder.

— Pas à cause de toi, mais *pour* toi !

Il frémissait à l'idée de ce qui aurait pu arriver.

— Et cela n'a rien à voir, ajouta-t-il plus doucement.

Sabina le dévisageait, les yeux hagards.

— Ton frère était un héros, Sabina. Ne laisse pas ce suppôt de Satan te voler cette image. Ne laisse *personne* te la confisquer. Carl est mort en sauvant sa sœur, qu'il aimait.

Wolf cherchait désespérément les mots justes.

— Il aurait pu s'enfuir. Il aurait pu attendre que ses amis viennent lui prêter main-forte. Mais non. C'était son choix, Sabina. Personne ne le lui a imposé. Il l'a fait parce qu'il estimait que tu méritais d'être sauvée. C'est l'héritage qu'il te laisse. Ne le sous-estime pas. Ne le rejette pas. Parce que, *alors*, oui, Carl sera réellement mort en vain.

Elle se figea soudain et le regarda, comme s'il venait de prononcer des paroles magiques. Son esprit luttait désespérément, tentant de s'accrocher à ce que venait de dire Wolf. Elle n'avait jamais envisagé la tragédie sous cet angle. Elle avait été tellement déchirée par la culpabilité, tellement certaine d'être responsable qu'elle n'avait jamais remis en cause les accusations du baron. Comment elle, une petite fille de dix ans terrifiée, pouvait-elle être responsable de ce qu'un monstre sadique avait infligé à son frère ? Comment le baron avait-il pu lui faire endosser ce meurtre pendant si longtemps ?

Submergée par son chagrin, elle n'avait jamais même songé à remercier le ciel pour ce qu'avait fait Carl avec tant de dévouement. On aurait dû ériger un monument en son honneur au lieu de l'enterrer dans un silence honteux. Le baron avait eu peur du scandale, du qu'en-dira-t-on. Il avait menti, prétendu que Carl s'était noyé accidentellement.

On n'avait jamais reparlé du marin, dont le corps avait été rejeté plusieurs jours plus tard par le fleuve et enterré anonymement à l'extérieur de la ville, où personne n'était venu le réclamer. Elle n'avait pas non plus revu les autres garçons, les amis de Carl, et elle supposait que nul n'avait plus prononcé un mot sur ce qu'ils avaient fait pour leur famille. Eux aussi étaient des héros.

— Ce n'était pas ma faute, dit-elle d'un ton hésitant et craintif.

— Non, Sabina.

L'autre main de Wolf vint se placer autour de son visage, et il essuya délicatement les larmes de ses joues. Il la regarda, les yeux noyés d'émotion.

Elle ferma les paupières et des larmes s'en échappèrent.

— Cela n'a jamais été ta faute, murmura-t-il.

Sans ajouter un mot, elle vint se blottir sur ses genoux. Elle se laissa bercer en sanglotant comme l'enfant qui sommeillait encore en elle, solitaire et mal-aimée pendant tant d'années, jusqu'à ce que l'aube blanchisse le fleuve et que les rayons du soleil s'élancent à l'assaut du ciel.

22

Sabina plaça une main au creux de ses reins et s'étira en lâchant un moment le manche de la binette. Elle aimait bien jardiner, mais quelle rude épreuve pour le dos ! Cela, en plus d'un époux... empressé. Elle jeta un coup d'œil en coin pour vérifier que Béa, qui travaillait à l'autre bout du jardin, ne la voyait pas rougir.

Elles portaient des bonnets pour protéger leur teint du doux soleil printanier. Sabina tourna la tête afin de dissimuler son expression. Elle avait envie de penser à Wolf ce matin, et le jardinage constituait l'unique moment d'intimité qu'elle s'accordait. N'ayant su comment décliner la proposition d'aide de Béa, elle l'avait mise à travailler sur les plants de choux, le plus à l'écart possible.

Elle songea à la position intéressante qu'ils avaient essayée la veille... Jamais elle n'aurait cru cela possible. Et pourtant, une fois de plus, Wolf l'avait surprise. Mais elle s'était réveillée fourbue, et elle avait du mal à planter ses betteraves, ce matin.

Sabina poussa un nouveau soupir. Tout plaisir devait se payer. Et elle payait le prix fort, chaque nuit, même alors que Wolf la serrait contre lui et murmurait des paroles séductrices à son oreille, même alors qu'il l'emplissait de sa semence : il n'avait jamais dit qu'il l'aimait. Pas une seule fois. Tout dans son attitude semblait l'indiquer, mais il n'avait jamais prononcé les mots, or c'étaient ces mots-là qu'elle avait besoin d'entendre. Elle toucha dans sa poche l'alliance en or qu'elle portait désormais en permanence, sauf pour jardiner. C'était devenu pour elle une sorte de talisman, un peu comme les perles du chapelet qu'elle égrenait au couvent. Cela l'aidait à trouver le calme et à concentrer son attention.

Sabina avait été si heureuse quand Wolf avait décroché de son bureau le portrait de sa femme, quelques jours plus tôt. Elle avait vu cela comme un témoignage de sa dévotion croissante, elle l'avait cru prêt à tourner la page. Pourtant, aucun mot d'amour n'avait été prononcé entre eux.

Combien de temps encore cela pouvait-il durer ? S'il ne l'aimait pas, il finirait assurément par se lasser d'elle... Qu'est-ce qui les liait, somme toute, hormis leur affinité charnelle ?

Sabina enfonça distraitement la binette dans la terre. Wolf n'était pas homme à abandonner sa femme sous prétexte qu'elle ne l'attirait plus. Mais supporterait-elle de le voir devenir indifférent ?

Sans amour, l'exaltation et la passion retombées, lorsqu'il ne restait plus que les soucis quotidiens de la vie conjugale, comment survivait-on ? Elle détestait l'idée de perdre Wolf, de voir son inclination décroître.

— Ma foi, madame, je crois que vous avez retourné ce carré de long en large ! fit la forte voix de Béa dans son dos. Je me demande si on a déjà vu une terre aussi bien bêchée.

Le regard de la domestique la scruta, et Sabina se rendit compte qu'elle avait consciencieusement biné deux fois le même lopin.

— Vous avez raison, reconnut-elle. Il serait peut-être temps que je sème.

— D'après mon expérience, en effet, point de graines, point de fleurs...

Sabina la regarda en se demandant si sa phrase recélait un sens caché, mais Béa se contenta d'un clin d'œil.

— Ou de betteraves, en l'occurrence. *Fräulein* Gisel serait désolée de ne pas pouvoir en manger. Ah, voilà Franz qui vient nous rendre visite !

Le vieil homme se frayait un chemin au milieu des mottes de terre et des mauvaises herbes arrachées.

— *Frau* Behaim, je suis navré de vous déranger, mais vous avez une visite. À vrai dire, la jeune femme était venue voir *Meister* Behaim, mais en son absence elle insiste pour que vous la receviez. Je lui ai dit que vous étiez occupée... s'excusa-t-il en haussant les épaules.

— Une jeune femme ? répéta Sabina avec curiosité.

Elle n'était guère en tenue pour recevoir des visites avec son tablier de jardin et son visage maculé de terre.

— Oui. Il s'agit de la baronne, madame. La femme de votre père.

Sabina, qui était en train d'ôter un gant, s'immobilisa.

— La baronne von Ziegler est ici ? Ma belle-mère ?

— Elle n'a pas l'air d'avoir l'âge d'être la belle-mère de quiconque, mais en effet, c'est elle.

Son ton ne laissait aucun doute sur ce qu'il pensait de la jeune épouse du baron.

— Bien. Il vaut mieux que je la reçoive, je pense. Conduisez-la au salon pendant que je fais un brin de toilette.

La baronne von Ziegler attendait dans le petit salon en pianotant nerveusement des doigts sur le gobelet en étain qu'elle tenait à la main. Au moment où elle le soulevait pour le porter à ses lèvres, Sabina franchit le seuil de la pièce. Surprise, la baronne se leva brusquement et renversa un peu de vin sur sa robe bleu ciel.

— Peste ! s'emporta-t-elle.

Sabina s'approcha pour tamponner la tache avec son mouchoir.

— Laissez ! fit la visiteuse en lui écartant la main. C'est bien ma chance, de rencontrer la baronne dans cet état !

Sabina sourit en indiquant sa robe simple et dit :

— Je ne pense pas que cela la choquera, madame.

La jeune femme releva vivement la tête, comprenant un peu tard qu'elle ne s'adressait pas à une domestique. Elle survola des yeux la robe de travail de Sabina.

— Oh, baronne. Je...

Elle se ressaisit vivement, se redressa de toute sa hauteur – sa tête arrivait au menton de Sabina – et lui tendit la main.

— Mon *enfant* ! Pardonnez-moi. Je suis ravie de vous voir, bien sûr. Après tout ce temps...

Sabina prit la main tendue en songeant à l'ironie involontaire de cette appellation – elle avait à peine quatre ans de moins que sa visiteuse.

— Moi de même, baronne, dit-elle avec une brève révérence. Je n'ai pas pu vous remercier de m'avoir permis d'utiliser votre robe de mariage. Hélas, compte tenu de notre différence de... stature, et de la pluie qui tombait ce jour-là, je crains qu'elle n'ait pas survécu à l'événement. Je serais heureuse de vous la réparer ou de la remplacer.

La baronne éluda la question d'un geste de la main.

— Inutile. Je ne lui prête aucune valeur sentimentale. Vous n'avez qu'à donner les haillons aux serviteurs, ils feront d'excellents chiffons à poussière.

— Oh, je vois...

Sabina lui fit signe de s'asseoir, et prit place sur un siège, tandis que les deux femmes s'examinaient un instant.

Petite et mince, la baronne avait l'habitude de tirer sur les mèches blondes qui s'échappaient de son bonnet. Ses yeux bleu clair étudiaient attentivement Sabina, qui décela le calcul dans son regard. Comment pouvait-on être aussi roué à un si jeune âge ?

— J'ai cru comprendre que vous désiriez rencontrer mon mari ?

— Oui. J'avais espéré qu'il m'aiderait pour une certaine… affaire. J'ai une chose de la plus haute importance à lui apprendre.

Elle croisa les mains sur ses genoux et attendit que Sabina manifeste sa curiosité. Ce qu'elle fit.

— Je ne comprends pas. Qu'a à voir mon mari avec vous ? J'ignorais que vous vous connaissiez, dit Sabina en tentant de ne pas paraître grossière.

La jeune femme plissa les yeux.

— Eh bien si, même si notre dernière rencontre ne s'est pas déroulée dans des circonstances idéales. Je doute qu'il vous en ait parlé, car je n'étais pas présentable, ce jour-là.

Sous ses jupes, la baronne croisa les jambes, geste que seules les femmes de très petite vertu faisaient.

Une foule d'images désagréables traversèrent alors l'esprit de Sabina. La jalousie lui mordilla le cœur, mais elle refusa d'y succomber, préférant se fier à son intuition. Wolf ne pouvait pas être intéressé par cette femme calculatrice et mal élevée.

Elle lui sourit froidement.

— Non, il ne m'en a rien dit. Cela n'a pas dû lui faire grande impression.

Elle vit sa belle-mère rougir.

— Ce message que vous avez pour mon époux, puis-je le lui transmettre ? demanda-t-elle plus poliment dans l'espoir d'écourter l'entretien.

Sa belle-mère joignit les deux mains par le bout de ses doigts, et Sabina écarquilla les yeux en découvrant la longueur de ses ongles.

— Ma foi... oui, pourquoi pas. Cela concerne le baron et certaines irrégularités financières que *Meister* Behaim trouvera intéressantes.

Sabina hocha la tête, faisant signe à son interlocutrice de poursuivre.

— J'avais compté voir *Meister* Behaim en personne, regretta la baronne. Il m'avait promis une belle récompense si je découvrais quoi que ce soit de nature à l'intéresser.

Devant l'air perplexe de Sabina, la baronne expliqua :

— À la demande de votre mari, je surveille les activités de Marcus. Il semble que mon époux ait trempé dans des affaires louches une fois de trop.

— Mon mari vous a demandé d'espionner le baron ? En échange d'argent ? Mais pourquoi donc ?

— C'est tout à fait logique, dans la mesure où Marcus exerce une emprise sur *Meister* Behaim. Or votre mari n'est pas le genre d'homme à laisser perdurer cette situation. Il lui a semblé prudent de se renseigner sur les agissements de Marcus au cas où quelque élément pourrait lui être utile.

Un frisson parcourut Sabina.

— Quel genre d'emprise le baron exerce-t-il sur Wolf ?

La baronne haussa les épaules.

— Je n'ai pas encore pu le déterminer, mais ce n'est pas clair. Vous n'avez qu'à poser la question à votre mari à son retour, ajouta-t-elle, perfide.

— En effet, murmura Sabina, furieuse que cette femme en sache davantage qu'elle sur les affaires privées de Wolf. Mais revenons-en à vous, pourquoi risquer de déplaire au baron pour aider Wolf ? Cela vous place dans une position de déloyauté et de précarité, non ?

— Je crois que ma situation est suffisamment précaire pour justifier que ma loyauté change de camp. Le baron n'est pas l'homme le plus généreux de toute la Saxe électorale, vous le savez, or j'ai l'intention de me rendre bientôt indépendante. *Meister* Behaim m'a offert ce dont j'ai besoin. Je veux l'assurance, si je vous raconte ce que je sais, que vous lui transmettrez les renseignements.

Elle regarda autour d'elle, sceptique.

— J'espère qu'il aura de quoi me payer. J'accepterai toute promesse de rémunération de votre part.

— Je ne puis vous faire cette promesse, étant étrangère à votre arrangement originel. Cependant, mon mari est un homme de parole. S'il vous a dit qu'il vous paierait, il le fera. Je vous promets de lui raconter tout ce que je vous m'aurez dit à la première occasion. Alors, de quoi s'agit-il ?

Satisfaite, la baronne se pencha en avant.

— J'ai accès à certaines informations permettant de croire que Marcus a dérobé de l'argent au trésor municipal. Je peux prouver qu'il tenait un deuxième registre de comptes, différent de celui qu'il présentait à la municipalité alors qu'il en était le trésorier. D'autres documents montrent des investissements qu'il a réalisés pour qu'un navire hollandais rapporte d'Orient des épices et des tissus, navire qui aurait sombré en mer. D'après son homme d'affaires, avec qui j'ai... tissé des liens d'amitié, il n'est pas possible qu'il ait financé cela avec les revenus que produisent actuellement les terres et les loyers. En d'autres termes, mon mari est un voleur.

Sabina se renfonça dans son siège, stupéfaite.

— Le baron sait-il que vous êtes au courant de cela ?

La femme haussa un sourcil.

— Pour lui je ne sais même pas compter, et encore moins lire.

— Je comprends.

Un sourire amer ourla les lèvres de la baronne.

— Je ne sers qu'à une chose aux yeux de votre père, et cela n'a rien à voir avec mon intelligence.

— Je vois, dit Sabina, soudain pleine de compassion pour elle. Cela pourrait se révéler fort dangereux pour vous, si tout cela est exact. Si le baron apprend que vous savez, il se vengera. Et indépendamment de cela, si ses crimes sont dévoilés, il sera...

— ... exilé. Ou exécuté, termina froidement la baronne. Y verriez-vous un grand inconvénient ?

Sabina se leva et marcha jusqu'à la fenêtre. Elle regarda dehors et songea à son père adoptif. L'homme qui l'avait trahie, brutalisée, oubliée... L'homme qui l'avait pour ainsi dire vendue à un parfait inconnu en échange de mille ducats. Malgré tout, elle se rendit compte soudain qu'elle gardait le vague désir d'envisager une réconciliation.

— Je... je ne sais pas. Il reste le seul père que j'aie jamais connu. Le mien est mort avant ma naissance. Dieu nous ordonne d'honorer nos pères. Je me suis montrée négligente à cet égard dans le passé. Peut-être n'ai-je que ce que je mérite...

— Et si j'ajoutais qu'outre voleur, je pense aussi que c'est un assassin ? Il se peut qu'il soit responsable de la mort de votre mère, et de celle de sa troisième épouse.

Sabina pivota pour lui faire face.

— Que dites-vous ? Comment le savez-vous ? demanda-t-elle, le cœur battant.

La baronne hésita.

— À vrai dire, je n'en ai pas la certitude. Mais je nourris de graves soupçons.

— Pourquoi donc ?

La baronne s'adossa à sa chaise.

— Marcus tient plus que tout à concevoir un héritier mâle. Contrairement à ma mère et à mes sœurs, il se trouve que je suis stérile. Sa troisième femme ne l'était pas, mais aucun enfant n'a survécu. Quant à votre mère... vous êtes au courant. Si Marcus meurt avant vous sans avoir eu de fils, vous héritez de tout. Et moi de rien, à moins que je ne lui donne un héritier. Tout le reste, le titre, les terres, tout, vous revient... Or il s'y refuse catégoriquement.

Sabina se laissa tomber sur la banquette, stupéfaite. Enfin, elle retrouva l'usage de la parole.

— Mais vous vous trompez ! Le testament de mon grand-père stipulait que les terres devaient aller à un héritier mâle, et que tout descendant de sexe féminin aurait droit à un dixième de l'héritage.

— Qui vous a dit cela ?

— Le baron, bien sûr...

Elle se tut, comprenant soudain qu'elle n'avait jamais vu le testament. La baronne reprit :

— J'ai lu les documents prouvant ce que je viens de vous dire. Je voulais être au courant de tout. Apparemment, votre grand-père n'avait pas grande confiance en Marcus pour préserver l'héritage familial. Marcus garde des papiers dans le double fond d'une lourde malle. Il y est écrit qu'il ne peut pas directement hériter des terres. En l'absence de descendant mâle, tout va à l'aîné des héritiers légaux, naturel ou adopté, sans précision de sexe.

— Cela ne reviendrait donc pas à son cousin ? s'exclama Sabina.

— Non. Détail que le baron a comme par hasard négligé de vous révéler pendant qu'il vous corrigeait pour vous punir de votre retour inattendu. Tant que vous étiez au couvent, il pouvait continuer à contrôler la distribution de l'héritage et se donner l'illusion d'être le successeur. Vous êtes devenue soudain très gênante...

— Mais qu'est-ce qui vous fait penser qu'il aurait tué ma mère et sa troisième femme ?

— Les domestiques parlent, et des bruits courent parmi les plus âgés qui n'ont pas réussi à trouver du travail ailleurs. Ses trois dernières femmes ont eu la malchance de ne pas lui donner de garçon. Deux sont mortes dans des circonstances étranges. Il serait logique de penser que je vais suivre le même chemin.

Sabina contempla la jeune femme, qui n'avait guère plus de vingt ans.

— Vous pensez qu'il a l'intention de se débarrasser de vous ?

La baronne hocha la tête.

— Il y a eu certains... incidents, ces dernières semaines. Qui, à quelques secondes près, auraient pu signifier ma mort prématurée. J'ai depuis peu un petit chien. La nuit dernière, par la grâce de Dieu, je n'avais pas faim, et je lui ai donné ma soupe à laper. Ce matin...

Sa voix s'étrangla et, pour la première fois, elle manifesta une émotion sincère.

— Tôt ou tard, il parviendra à en faire autant avec moi. Je suis trop jeune pour mourir.

Sabina s'assit lourdement.

— Si ce que vous dites est vrai, vous ne pouvez pas retourner au château. Vous devez rester ici avec nous jusqu'à ce que *Meister* Behaim élabore un plan.

Mais la baronne secoua la tête.

— Non. J'ai prévu de rendre une visite prolongée à ma mère. Elle semble avoir contracté une maladie fort commode et de longue durée, qui requiert ma présence à ses côtés. Ce dont je l'informerai dès mon arrivée chez elle.

Sabina sourit malgré elle.

— Comme c'est désolant pour votre mère... J'espère que sa guérison sera lente et paisible.

La baronne haussa un sourcil.

— Merci. Cependant, c'est la raison pour laquelle je ne puis attendre votre mari. Je vais vous donner l'adresse de ma mère afin que *Meister* Behaim puisse me faire parvenir là-bas ma... récompense.

La baronne sortit une carte de visite et trois clefs en fer, une grande et une petite, de la pochette accrochée à sa ceinture.

— Il aurait été trop dangereux que je m'empare des documents. Le baron est méfiant et vérifie régulièrement qu'ils sont toujours là. C'est ainsi que j'en ai eu connaissance. J'ai fait semblant de dormir et je l'ai espionné plusieurs nuits de suite, jusqu'à ce que j'aie deviné son secret et fait exécuter une copie à la cire de ces clefs. La malle se trouve dans la tour nord, où personne ne va jamais. À l'intérieur, vous trouverez tout ce qu'il faut pour le confondre.

Elle tendit à Sabina la plus grosse des clefs.

— Celle-ci ouvre la pièce perchée tout en haut de la tour. Et les deux autres sont celles de la malle. La plus petite correspond à une fausse serrure sur le devant, il ne faut surtout pas l'utiliser, c'est un piège actionné par un mécanisme à ressort. Vous le regretteriez...

Sabina examina soigneusement les clefs, puis elle regarda sa belle-mère.

— Puis-je avoir le plaisir de connaître votre prénom ?

Pour la première fois, la jeune femme sembla hésiter. En cet instant, Sabina découvrit la jeune fille que celle-ci n'avait jamais eu la chance d'être.

— Agnès. Je m'appelle Agnès, répondit-elle presque timidement.

— Agnès, je prierai pour votre sécurité. Soyez sûre que mon mari sera instruit de tout cela dès son retour. Si je puis faire quelque chose pour vous...

— Faites en sorte que Marcus paie pour ce qu'il nous a obligées à devenir. Une nonne et une putain.

Sur ce, elle se leva.

— Le bonjour, *Frau* Behaim. Ce fut une grande... satisfaction de vous rencontrer.

Sabina se leva également, reprit la main d'Agnès et, après une brève hésitation, elle l'étreignit brièvement. Agnès sembla surprise et se dégagea. Elle n'était pas habituée à une telle gentillesse. Encore une dette pour laquelle Sabina serait heureuse que le baron paie.

— Que Dieu vous garde et vous bénisse, Agnès, dit-elle.

— Et vous aussi, Sabina.

Elle se retourna et partit rapidement, laissant Sabina seule dans le salon vide, avec le tumulte de ses pensées pour toute compagnie.

23

Sabina fut incapable d'attendre le retour de Wolf pour lui raconter la visite d'Agnès. Elle se changea rapidement, enroula le foulard traditionnel autour de sa tête et de son cou, et alla d'un pas vif dans le centre de Wittemberg pour voir Wolf à l'imprimerie.

Elle le trouva en train de surveiller le positionnement des caractères d'imprimerie pour la publication d'un pamphlet. La plus grande partie du travail de l'atelier consistait en livres et gravures ; ils publiaient également un billet commercial trimestriel à l'attention des marchands, ainsi que des pamphlets et des annonces d'événements spéciaux.

Sabina crut remarquer une activité plus fébrile que d'habitude dans la salle de presse, ce jour-là. Mais elle n'y était venue qu'une fois auparavant, aussi était-ce difficile à affirmer.

L'atelier empestait malheureusement l'urine de chat, dont on imprégnait les billes des presses pour les garder propres et souples, et le noir de fumée, utilisé pour la fabrication de l'encre.

Sur le seuil, Sabina aperçut Wolf qui travaillait avec le typographe. Il avait ôté son pourpoint et retroussé ses manches, et était en train de composer les caractères de plomb pour former de longues lignes de texte sur la planche. Sur son ordre, les mains du typographe se déplaçaient rapidement pour choisir les petites pièces métalliques dans les deux rangées de casses, que l'on désignait sous le nom de « haut de casse » et « bas de casse ».

Après discussion, le compositeur aligna dans un cadre en bois les lettres ainsi piochées afin de créer les mots et les phrases. Sabina les regarda avec fascination poser le cadre terminé dans un châssis. À l'aide de tampons encreurs, le pressier préparait les lettres à la presse initiale. Un deuxième pressier serrait la manivelle sur le côté de la machine, calait son pied pour faire levier et, de toutes ses forces, l'abaissait fermement. Une large vis centrale plaquait le rouleau contre la partie encrée des lettres, et le premier pressier tirait la feuille du châssis pour la tendre à Wolf. Wolf y apportait quelques corrections, les caractères étaient ajustés, et l'on recommençait.

En observant ce labeur musculaire du pressier, Sabina comprit pourquoi Wolf était si fort, lui qui travaillait dans des ateliers d'imprimerie depuis qu'il était enfant. Le deuxième pressier relâcha la manivelle et Wolf prit la feuille pour examiner les marques une nouvelle fois. Il apporta encore quelques changements, et une nouvelle feuille fut préparée.

Cette fois, nul besoin de correction, et Wolf donna une tape sur l'épaule du typographe en signe d'assentiment. Il ordonna au premier pressier de commencer à imprimer des exemplaires supplémentaires.

L'un des hommes leva la tête et aperçut Sabina.

Surpris de voir une silhouette féminine, il fit un grand sourire édenté. Comprenant soudain qui elle était, il hocha poliment la tête, un peu gêné, et donna un coup de coude à Wolf en lui montrant la porte.

Wolf regarda dans cette direction et, pendant un moment, Sabina eut l'impression qu'ils étaient seuls dans la vaste salle.

Elle admira son corps solide, la puissance de ses avant-bras et de sa poitrine, évidents même sous sa chemise ample, ses cuisses musclées sous ses hauts-de-chausses. Elle avait très envie de lui, soudain… Elle décida de le lui prouver le soir même.

Wolf s'approcha d'elle, en se demandant ce qui l'avait poussée à venir ainsi seule à l'imprimerie. Il remarqua distraitement que ses hommes avaient cessé de travailler, fascinés par la façon sensuelle et éhontée dont elle le dévisageait.

Un puissant sentiment de possessivité s'empara de lui. Il aurait voulu, si irresponsable et irrationnel que ce soit, leur bander les yeux à tous et la prendre là, par terre, la marquer comme étant sa propriété. Il refoula brutalement ses impulsions.

Il cessa de sourire, adressa un regard à la ronde pour intimer – efficacement – à ses hommes l'ordre de se remettre au travail.

— Sabina. À quoi dois-je ce plaisir inattendu ? Tu aurais dû me prévenir que tu venais aujourd'hui. Je t'aurais accompagnée. Il n'est pas prudent de marcher seule dans les rues, ajouta-t-il en la conduisant en haut des marches dans son bureau, en surplomb de la salle.

La petite pièce ne possédait pas de porte mais, dès qu'ils furent hors de vue, il l'attira contre lui et l'embrassa avec fougue. Elle se hissa sur la pointe des pieds, enroula les bras autour de son cou et se plaqua contre lui avec un soupir.

Quand se lasserait-il d'elle ? Jamais, probablement...

Elle retomba sur ses talons et lui sourit, momentanément distraite.

— Quelle était la question, déjà ?

Il sourit. Il adorait cette façon qu'elle avait de s'égarer entièrement dans ses baisers. C'était très flatteur.

— Qu'est-ce qui me vaut ce plaisir ?

— Oh, oui, je me souviens, dit-elle, redevenant soudain sérieuse.

Elle lui raconta tout ce que lui avait dit Agnès, y compris ses craintes quant au décès de sa mère et de la troisième femme du baron.

— Je le soupçonnais, mais l'entendre confirmer ainsi... Oh, Wolf, qu'allons-nous faire ?

— Je vais m'en occuper, affirma celui-ci, rassurant. Ne te fais plus de souci à ce sujet.

— Wolf, protesta-t-elle, cet homme est mon père adoptif ! Ce qu'il a fait, il me l'a fait à moi, et aux miens ! Il me revient autant qu'à toi, voire davantage, de veiller à ce que justice soit rendue. Je refuse d'être tenue à l'écart.

Wolf fronça les sourcils.

— Je suis ton mari. Tu es sous ma responsabilité. Je m'occuperai de tout ce qui t'affecte ou te nuit. Personne n'a le droit de faire ce qu'a fait cet homme à une personne que j'…, qui m'appartient. L'affaire est close.

Elle pinça les lèvres et se tordit les mains.

— Ne veux-tu pas me dire quel moyen de pression le baron exerce sur toi ?

— Pardon ? demanda-t-il en se figeant.

— Même Agnès a compris qu'il y a quelque chose de bizarre entre vous, autre que l'histoire de la dette de ton père. De quoi s'agit-il, Wolf ? Dois-je demander la vérité au baron ?

Affolé, Wolf lui serra les bras avec force.

— Je t'interdis de t'approcher de lui, tu m'entends ?

Il la secoua.

— Il est dangereux. Bien plus que je ne le supposais encore. Bientôt il sera aux abois, et prêt à tout.

— Tu me fais mal, Wolf, dit-elle avec calme.

Il la lâcha et massa les endroits qu'il venait d'agripper si violemment.

— Je suis désolé. Mais… je ne puis supporter l'idée de te savoir près de lui.

— Vas-tu me le dire ? insista-t-elle sans s'émouvoir.

— Te dire quoi ?

— Quelle est son emprise sur toi ?

Wolf évita son regard.

— C'est…

Non. Il ne pouvait pas lui expliquer les circonstances de la mort de son père, ni le rôle honteux qu'il y avait joué. Pas maintenant, alors que tout était si beau entre eux.

— C'est une affaire personnelle. Elle ne te regarde pas.

Et s'il parvenait à s'emparer des documents incriminants, il pourrait à son tour faire chanter la seule autre personne à connaître la vérité.

— J'aurais dû me douter que tu serais trop obstiné pour me le dire. Cependant, j'ai promis à Agnès de te tenir au courant.

Elle se leva, nettement plus froide qu'en arrivant.

— Bonne journée. Nous nous reverrons ce soir.

Curieusement, sa mauvaise humeur le contraria. Il l'arrêta d'un bras.

— Sabina, attends. Je ne veux pas me disputer avec toi.

Elle le considéra sans passion.

— Moi non plus. Mais si tu insistes pour me traiter comme une quantité négligeable, nous sommes voués à des désaccords occasionnels.

Frappé par l'amertume de son ton, il demanda :

— Qu'est-ce que tu racontes ? Il ne s'agit pas seulement du baron, n'est-ce pas ?

— Non, répondit-elle avec hauteur. Et si tu ne l'as pas encore compris, ne compte pas sur moi pour te l'expliquer.

Il serra les dents.

— Nom de Dieu ! Pourquoi ne me dis-tu pas tout simplement ce qui ne va pas ?

Elle baissa la voix d'un ton.

— Comment oses-tu jurer ainsi ? Je te prie de ne pas invoquer le nom du Seigneur en vain.

Il sentit venir la discorde, mais ne pouvait l'empêcher. Il n'était même pas certain de ce qui l'avait causée. Peut-être était-ce inévitable avec deux caractères bien trempés comme les leurs. Mais il fallait qu'elle apprenne quelle était sa place. Il ne pouvait y avoir qu'un chef de famille, et c'était lui.

Il la foudroya du regard.

— Et à qui crois-tu donc donner des ordres ainsi ?

Elle campa les poings sur ses hanches.

— À un entêté incapable de voir ce qui se trouve sous ses yeux, si tu veux tout savoir !

Sa voix se brisa, et soudain elle fondit en larmes.

Il la contempla, embarrassé, et lui prit maladroitement les épaules.

— Sabina, que se passe-t-il ? Nous étions simplement en train de discuter, il n'y a aucune raison de…

— Aucune raison ? Mais non, bien sûr, aucune. Oh, tant pis !

Elle se frotta le visage et passa devant lui d'un pas vif. Il la rattrapa par le bras.

— Lâche-moi ! grinça-t-elle. Je ne veux pas que tu me touches.

Blessé, il la laissa aller.

— Je ne comprends pas. Je ne t'ai jamais fait de mal. J'ai cru que tu appréciais que je te touche. Pourquoi me dire une chose pareille maintenant ? Qu'y a-t-il ?

Elle tournait en rond avec colère devant lui dans l'espace restreint du bureau, les bras croisés, et les mots jaillirent soudain de sa bouche :

— Tu n'as rien compris, n'est-ce pas ? Ainsi, tu veux savoir ce que je pense ? Eh bien, je vais te le dire...

Elle se planta devant lui.

— Je t'aime ! Quelle bonne blague, n'est-ce pas ? Et chaque fois que tu me touches, je ne t'aime davantage encore.

Wolf la fixa, stupéfait

— Je veux faire partie intégrante de ta vie, de tout ce que tu fais. Mais une partie de toi m'est inaccessible. Tu es tellement absorbé par *ta* vie, *ton* monde, *tes* sentiments, que tu ne vois pas la blessure que tu m'infliges en me tenant à l'écart. Je mérite mieux que cela. Je ne peux plus le supporter. Je préfère n'être rien pour toi plutôt que de continuer à vivre cette... cette vie en sourdine !

Alarmé, il s'écria :

— Mais que diable veux-tu dire ? Tu m'aimes, n'est-ce pas ?

De tout ce qu'elle avait dit, c'était la seule chose qu'il avait réellement comprise.

— Naturellement, idiot ! Crois-tu que je pourrais être avec toi comme je le suis nuit après nuit si je ne t'aimais pas ? Crois-tu que je me sois déjà conduite ainsi avec quelqu'un d'autre ?

Frappé par l'évidence, il détourna les yeux. L'expression de Sabina s'assombrit, et elle reprit d'une voix tendue :

— Écoute-moi bien, maintenant, Wolfgang Philip Matthew Behaim. Je n'ai fait l'amour avec George, l'homme que je croyais être mon mari, que trois ou quatre fois. Pas plus. Et à aucun moment il ne m'a fait ressentir ce que j'éprouve dans tes bras. Et si tu me crois capable d'avoir fait avec d'autres que toi ce que nous avons fait ensemble, cela me donne envie de... de te taper sur la tête avec un de tes tampons encreurs ! Comment oses-tu ! Je ne suis pas une femme de petite vertu, monsieur. Je suis ta femme !

Un tonnerre d'applaudissements monta de l'étage inférieur, noyant sa réponse. Wolf et Sabina se rendirent compte ensemble qu'ils avaient oublié les autres. Des cris et des sifflements retentirent, et Wolf, dont les yeux lançaient des éclairs, se précipita en haut des marches.

— Si vous tenez à être encore employés ici demain, je vous conseille de reprendre votre travail sur-le-champ !

Les applaudissements cessèrent, et le silence fut comblé par les bruits de la presse et des hommes qui se hâtaient de se remettre à la tâche.

Wolf se retourna vers Sabina, qui avait plaqué deux doigts sur ses lèvres frémissantes pour s'interdire de sourire. Cela ne fit qu'attiser sa mauvaise humeur.

— Tu trouves cela drôle, mais tu verras quand tu devras traverser cette salle...

Il baissa la voix.

— Je devrais te prendre là, sur la table, pour leur montrer qui est le maître, jusqu'à ce que ta voix soit enrouée à force de crier mon nom.

Sabina posa les yeux sur le bureau. Elle appuya une hanche dessus, appliqua une main sur la surface lisse et la tapota. Puis, lentement, très lentement, elle toisa Wolf de la tête aux pieds.

Quand leurs regards se croisèrent à nouveau, il était fou de désir.

— Sabina...

Elle le mettait au défi ! Il fallait faire cesser ce petit jeu avant que la situation échappe à son contrôle.

— Cela suffit.

— Allons, Wolf, minauda-t-elle en balançant lentement son pied. Tu as raison, je mérite cette leçon. Sans quoi, comment tes employés sauront-ils que tu es le maître de ta femme et de ton univers ?

Elle se pencha en avant, juste assez pour qu'il puisse voir son décolleté, et il ne se sentit soudain plus maître de rien du tout. Elle battit des cils.

— Je vais même te laisser me donner des ordres... cette fois, chuchota-t-elle en humectant ses lèvres roses.

Elle lui saisit la main et la posa sur sa cuisse.

Wolf ferma les yeux, prit une profonde inspiration et articula :

— Sabina, c'est ridicule. Nous avons manifestement beaucoup de choses à nous dire. Nous discuterons ce soir, à la maison. En privé.

Puis il sourit, et :

— Si tu as toujours envie que je sois ton maître, je me ferai un plaisir de te satisfaire.

Elle afficha une expression boudeuse qu'il ne connaissait pas. Elle le menait par le bout du nez !

— Sabina, je dois me concentrer sur mon travail. Je ne veux pas que tu rentres seule, maintenant que Müntzer est en Thuringe.

Il parlait de la région située sur la bordure est du duché, où s'étaient déroulés les récents soulèvements.

— Müntzer est en Thuringe ? demanda-t-elle avec surprise.

— Oui. Je pensais que tu en avais entendu parler. On dit qu'il a organisé une révolte militaire. Apparemment, il se sert de la ville de Frankenhausen comme base d'opérations. Pour l'instant, sa campagne se limite à cette région, mais si elle est couronnée de succès, son armée de paysans pourrait bien arriver jusqu'ici. Il considère toujours le professeur Luther comme son ennemi, et il serait ravi de damer le pion au prince-électeur qui lui préfère Luther.

Il regarda les yeux de Sabina passer de la séduction à l'inquiétude et s'efforça de faire taire la voix qui résonnait dans sa tête.

« Je t'aime », avait-elle dit. Des mots qu'il ne serait vraisemblablement jamais capable de lui dire à son tour. Sans quoi il briserait son lien avec Beth, la mère de son enfant, l'amour de sa jeunesse... Mais surtout, il risquait de revivre l'horreur d'une nouvelle perte. Or il ne pouvait s'y résoudre pour l'instant.

Sabina sauta prestement du bureau et vint lui demander avec anxiété :

— Wolf, qu'est-ce que cela signifie ? Vous allez être rappelés, toi et les autres hommes ?

— C'est peu probable. Il paraît que le landgrave Hesse de Thuringe et les troupes du prince parviennent à tenir tête à l'armée paysanne pour l'instant. Grâce à notre défense solide de la région, la dernière fois, nous avons étouffé les soulèvements dans l'œuf et peu des paysans d'ici sont disposés à risquer de nouveau leur vie pour Müntzer. Mais seul l'avenir nous le confirmera.

Il mit une main au creux de son dos pour la faire pivoter vers l'escalier.

— La conséquence immédiate pour nous est que j'ai demandé à l'électeur de rédiger un brûlot dénonçant Müntzer et ses sbires, et exhortant les paysans et ceux qui les soutiennent ici à garder leur calme. Nous nous attendons à être fort occupés dans les jours qui viennent. Tu comprends donc que j'adorerais rester ici à échanger des plaisanteries avec toi toute la journée, mais que je dois me remettre à l'ouvrage.

— Bien sûr... Je pars sur-le-champ.

Tandis que Wolf faisait signe à un des pressiers de l'accompagner, Sabina dissimulait son soulagement. Son petit numéro de charme avait distrait Wolf de la déclaration d'amour inconsidérée qu'elle lui avait faite. Il n'avait pas réagi. Quelle folie de lui révéler une chose pareille ! Avait-elle perdu la tête ?

— Attends, lança-t-il avant qu'elle ne parte.

Il s'approcha d'elle et ajouta dans un chuchotement :

— Je veux d'abord te dire ceci : je te prie de m'excuser si j'ai insisté un peu lourdement pour m'occuper seul de von Ziegler. Nous en discuterons également ce soir, de même que de toute démarche à entreprendre.

— Wolf, ce n'est pas la peine...

Un baiser la réduisit au silence, puis il ramena une petite mèche de cheveux sous son bonnet du bout du doigt. Il laissa ce même doigt descendre sur sa joue et s'arrêter sur ses lèvres.

— Comme tu l'as dit si... éloquemment tout à l'heure, tu es ma femme. Ce qui affecte l'un de nous deux affecte aussi l'autre. Nous trouverons un moyen de nous consacrer à cela ensemble.

Elle sourit.

— Très bien. Je t'attends à la maison.

Il se pencha pour l'embrasser encore. Le pressier toussota discrètement.

Wolf s'écarta et murmura :

— Vas-y. Maintenant. Avant que nous ne nous donnions en spectacle.

Sabina traversa la salle la tête haute, sans se soucier que les ouvriers aient entendu leur dispute. Elle sourit gracieusement à chacun d'entre eux. Ceux qui portaient des coiffes sourirent et les ôtèrent en signe de respect et d'admiration, et les autres portèrent leurs doigts à leur front en guise de salut. Elle rit et leur fit un signe joyeux avant de sortir.

24

Sabina jouait avec la peau croustillante de son canard rôti, mais manquait d'appétit pour lui faire honneur. Les événements des derniers jours le lui avaient ôté. Elle leva les yeux vers Wolf et Peter, qui discutaient avec animation en face d'elle. Ils semblaient s'intéresser aussi peu qu'elle à leur repas.

Elle savait bien ce qui les absorbait. La nouvelle de la mort du Grand-Électeur Frédéric le Sage avait mis tout le monde à cran. Son frère le duc Jean de Saxe lui succédait mais, en pleine crise des révoltes paysannes, cette agitation supplémentaire n'aurait pas pu tomber plus mal. Wolf et Peter ne parlaient de rien d'autre. Pour l'instant, l'affaire des crimes du baron était reléguée au second plan.

Sabina rongeait son frein, et n'avait pas renoncé à venger sa mère. Elle avait attendu avec une irritation croissante que Wolf aborde le sujet, mais son esprit, de même que celui de tous les hommes de la région, était rempli des discussions concernant les mouvements de troupes, la victoire décisive de Hesse à Frankenhausen contre la base paysanne, la fuite de Müntzer et sa disparition, et la mort de cinq mille paysans rebelles entre les mains des troupes du landgrave Hesse et de Jean de Saxe.

Wolf travaillait sans relâche et partageait son temps entre la boutique et sa position de chef de l'autorité à Wittemberg. Il rencontrait des heures durant certains meneurs des paysans, et servait d'intermédiaire entre eux et les nobles pour essayer de préserver le calme dans la région.

Chaque soir, en rentrant, il s'effondrait dans le lit qu'ils partageaient, trop fatigué pour entamer la conversation promise. Sabina n'avait pas le cœur d'insister. Mais plus tard dans la nuit, il l'aimait, parfois en hâte, parfois pendant des heures, jusqu'à ce qu'ils s'endorment dans les bras l'un de l'autre. Le matin, il se levait avant qu'elle n'ait le temps de lui parler.

Bien qu'heureuse d'avoir la compagnie de Peter au souper, elle regrettait celle de Wolf. Pour compenser son absence, ils bavardaient longuement de la vie des garçons Behaim avant qu'elle ne les rencontre.

Ces conversations étaient très édifiantes. L'amour entre les trois frères ne faisait aucun doute, mais Sabina avait senti la tension entre Wolf et Günter. Peter lui laissa entendre que, s'ils étaient parfois en conflit, chaque frère savait pouvoir compter sur l'autre en cas d'adversité. Il ne lui en révéla pas davantage.

Sabina faisait tourner ses petits pois dans l'écuelle en bois avec sa cuillère en écoutant la conversation d'une oreille distraite. Les deux hommes échangeaient les dernières nouvelles de la guerre. Elle poussa un nouveau soupir et écarta son écuelle, incapable de supporter l'idée de manger.

Peter leva les yeux des morceaux de pain qu'il avait placés sur la table pour figurer les troupes de Hesse.

— Tu vas bien ?

— Oui, je n'ai pas faim, c'est tout.

Elle grimaça.

— Je trouve tous les aliments trop salés, ces derniers temps. Il faudra que j'en parle à Béa. Suis-je la seule ?

Peter eut un battement de paupières.

— Je ne constate aucune différence, personnellement. Et toi, Wolf ?

Wolf hocha négativement la tête.

— Dans ce cas, ce doit être moi, fit Sabina sèchement en se levant. Veuillez m'excuser, messieurs, je vais me coucher et vous laisser gagner la guerre à vous tout seuls.

Elle se détourna.

Peter jeta un bref coup d'œil à Wolf et arrêta Sabina en posant une main sur son bras.

— Pardonne-nous d'avoir monopolisé la conversation. Tu dois t'ennuyer. Mais tu connais les hommes. Une bonne bataille à préparer et il n'y a plus personne ! fit-il avec un sourire contrit. Assieds-toi et raconte-nous plutôt ta journée.

Elle soupira, mais lui accorda un petit sourire et se rassit. À Wolf, elle lança à peine un regard.

— Je doute sérieusement que vous soyez intéressés par l'avancement des betteraves, ou la pénurie de bons cochons au marché ces derniers temps, avec tous ces fermiers occupés ailleurs.

Peter sourit.

— Tu dois être une grande spécialiste du marché aux bestiaux, car les côtes de porc d'hier étaient parfaites.

— Nous avons eu de la chance avec celui-là. Et Béa a une recette divine. Nous aurons des pieds de porc demain... mais je m'en passerai, ajouta-t-elle avec une moue de dégoût.

Peter l'observait avec attention. Wolf, rentré trop tard pour le souper de la veille, se carra dans son siège et les regarda deviser avec une contrariété grandissante. Aveugles à sa mauvaise humeur pourtant manifeste, ils avaient repris avec aisance leurs conversations des derniers jours.

Quelque chose commençait à ronger Wolf, admit-il. Le soupçon ? La jalousie ?

Ridicule ! Jamais Peter ne le trahirait ainsi. Et Sabina ? Elle l'aimait, avait-elle affirmé.

Il la regarda rire d'une plaisanterie de Peter et plissa les yeux. Il se demanda s'il n'avait pas été trop absent, ces derniers temps. Il savait qu'il la satisfaisait... charnellement parlant. Mais les femmes avaient aussi besoin de conversation. Si étrange que cela puisse paraître, un homme pouvait gagner le cœur d'une femme rien qu'en lui parlant...

Il en était là de ses réflexions quand la nourrice entra. Dans ses bras, Gisel pleurait. Aussitôt, l'inquiétude remplaça toute autre émotion.

— Que se passe-t-il ? Est-elle malade ?

Il se levait déjà, prêt à la prendre. Mais Barbara lui adressa un petit sourire d'excuse et s'arrêta devant Sabina. Surpris, il regarda Gisel se tourner vers la jeune femme, les bras tendus, et s'écrier :

— Maman ! Maman !

Stupéfait, Wolf retomba sur son siège.

— Pardonnez-moi, *Frau* Behaim, mais cela recommence. Le même rêve... la petite est inconsolable. Elle vous réclame.

— Oh, ce n'est pas grave, Barbara. Vous avez bien fait de me l'amener.

Sabina tendit les bras à l'enfant en sanglots, et la nourrice s'éloigna avec une révérence.

Sabina berça Gisel sur ses genoux en caressant doucement ses cheveux couleur de miel, d'un geste aussi naturel que familier.

— Maman, le méchant lutin est encore sous mon lit ! gémit Gisel.

Sabina l'apaisa en lui embrassant les joues et en la berçant doucement. Avec un sourire d'excuse distrait à l'attention des hommes, elle se leva, l'enfant dans ses bras.

— Eh bien, mon petit cœur, nous allons le chasser ensemble. J'ai dû oublier de jeter mon sort magique contre les elfes ce soir. Faisons-le maintenant, tu veux ?

Gisel hocha vigoureusement la tête et Sabina l'emmena. À la porte, elle se tourna vers Wolf qui observait la scène, médusé.

— Pardonne-moi, ce ne sera pas long. Continuez votre dîner, dit-elle avant de sortir.

Maman ! La fille de Beth avait appelé une autre femme « maman ». Soudain, Wolf se trouva incapable de respirer.

Peter le dévisageait, les sourcils froncés.

— Wolf ? Ça va ? Tu es bien pâle.

— Ça va très bien, répliqua-t-il d'un ton tranchant. Fais-tu autorité en matière de santé, maintenant ?

— Mais...

— Occupe-toi de tes affaires, dit Wolf avec un geste de colère. Et éloigne-toi de ma femme.

Stupéfait, Peter s'exclama :

— Quoi ?

Wolf se leva, se pencha au-dessus de la table et approcha son visage menaçant de celui de son frère.

— Tu m'as bien entendu.

Il cherchait la bagarre, et sentait inconsciemment qu'il valait mieux se battre avec son frère qu'avec son épouse.

Peter le fusilla du regard.

— Je ne comprends absolument pas ce qui se passe dans ta petite tête, mais si tu t'imagines qu'il y a quelque chose entre Sabina et moi...

— Oui ? l'encouragea Wolf d'une voix sourde.

— Ma parole, tu le penses réellement ! Tu crois que Sabina... ou que je...

Il resserra les doigts autour du poignard qui lui avait servi à couper le canard, et le reposa prudemment. Il se leva, posa les paumes sur la table et soutint le regard de son frère.

— Elle n'aurait qu'à le demander.

Wolf retint un sifflement de rage. Peter se redressa et épousseta négligemment une miette sur son pourpoint.

— Malheureusement, ta femme n'a d'yeux que pour une certaine *tête de mule* incapable de la moindre attention.

Furibond, Wolf lâcha :

— Ah, je vois qu'elle t'a raconté...

Peter releva les yeux avec un petit sourire.

— Elle ne m'a rien raconté du tout. Sabina est bien plus discrète que les hommes qui travaillent pour toi. Ils ont trouvé la scène très drôle.

Quoi ? Ses propres employés colportaient des histoires sur son compte ? comprit Wolf avec horreur. Dès qu'il remettrait les pieds à l'imprimerie, il...

— Je vois que cela te fait réfléchir. De même que le fait que ta fille considère Sabina comme sa mère au lieu de Beth, qu'elle n'a même pas connue ?

Wolf sursauta.

— Qu'est-ce que tu racontes ?

— Allons, Wolf, soupira Peter. Tu ne crois pas plus à une aventure entre Sabina et moi qu'entre... Béa et moi, voyons ! Tu essaies simplement de te voiler la face, de ne pas admettre ce qui s'est passé pendant que tu te tuais au travail.

— À savoir ?

— L'*amour*, imbécile ! C'est la seule chose que veut Sabina, et tu persistes à le lui refuser comme si cela allait retirer quelque chose à Beth. Pourtant, tu sais aussi bien que moi que tu es fou amoureux d'elle !

Wolf se redressa.

— C'est absurde, grinça-t-il. Beth est la seule femme que j'aimerai jamais. Sabina le sait. Je ne lui ai jamais menti à ce sujet. Certes, je comprends, étant donné ses sentiments pour moi, qu'elle aspire à davantage, mais je n'ai rien de plus à lui donner. C'est une fille raisonnable. Elle comprend qu'il faut faire certaines concessions.

— Ah oui ? fit Peter avec un haussement de sourcils sceptique. Et Gisel ? Espères-tu qu'elle va garder l'amour qu'elle a dans le cœur pour une femme qui n'est plus en vie, pour je ne sais quelle raison sentimentale que tu es le seul à comprendre ?

— Sentimentale ? Beth est sa mère, voyons ! Et la femme que j'ai aimée pendant la moitié de ma vie. Je ne connais Sabina que depuis quelques semaines !

Wolf ressentit une fois de plus la douleur familière du temps perdu, des occasions gâchées...

Après la rupture si amère des fiançailles de Beth et Günter, Beth et Wolf avaient attendu longtemps avant de se marier et d'avoir Gisel. Leur union avait été interrompue trop tôt. Ils avaient formé des projets. Mais Dieu s'en était moqué, et avait laissé Wolf élever sa fille tout seul.

— Beth n'aura jamais la chance de voir Gisel sourire, rire avec elle, dit-il d'une voix étranglée. Elle ne la verra jamais grandir et devenir une jeune femme, ne lui apprendra jamais à comprendre les hommes, ne lui donnera pas son épaule pour qu'elle s'épanche dessus quand son premier amoureux lui aura brisé le cœur. Elle ne respirera jamais le même air que sa fille, ne regardera jamais le soleil se coucher sur elle, ne verra jamais combien Gisel lui ressemble !

Il se tordit les mains.

— Il est injuste qu'elle soit morte. Gisel ne connaîtra jamais sa véritable mère et cela aussi est injuste. Elle devrait être là. C'est elle que Gisel devrait appeler maman, et non une héritière que j'ai été contraint d'épouser pour son argent !

Peter pâlit soudain, les yeux rivés derrière l'épaule de Wolf. Ce dernier sentit son cœur se serrer, pivota et découvrit le visage anéanti de Sabina sur le seuil.

La jeune femme sortit de sa prostration et fit un pas hésitant dans la pièce. Elle regarda les deux hommes rougir d'un air coupable. Elle essaya de passer outre à la douleur fulgurante qui la traversait, la souffrance insupportable qui menaçait de la faire suffoquer. Par miracle, elle parvint à se poster face à lui.

Il aimait toujours sa femme. Il ne l'aimerait jamais elle. Mais il avait prononcé des vœux. Il devait en être libéré.

Sa voix, lorsqu'elle franchit ses lèvres, était sourde.

— Gisel dort. Je pensais que tu voudrais le savoir.

— Sabina...

Les deux frères avaient prononcé son nom en même temps.

— S'il te plaît, Wolf, tais-toi. Je ne vois rien à ajouter qui soit susceptible d'arranger les choses, alors... ne dis rien.

Wolf et Peter se regardèrent. Sabina se tourna vers son époux. Il semblait au supplice.

La souffrance de Sabina était indicible, mais elle ne pleurerait pas. Elle avait fini de pleurer. Elle avait juré un jour qu'elle préférerait être seule plutôt que de se voir refuser l'amour d'un homme. C'était le moment de tenir sa promesse.

Sabina s'éclaircit la gorge pour être sûre de parler d'une voix claire.

— Quant au fait que Gisel m'appelle maman, elle a commencé voici quelques semaines, et je n'ai pas eu le cœur de lui dire d'arrêter. Je lui expliquerai, bien sûr, que ce n'est pas approprié, maintenant que j'ai compris quel était ton souhait à ce propos.

— Je ne pensais pas vraiment ce que j'ai dit, s'empressa-t-il de répondre. Mais je ne m'y attendais pas, et cela m'a troublé. Naturellement, je ne vois pas d'objection à ce qu'elle t'appelle… ainsi.

Elle haussa un sourcil.

— Ah non ? Tu ne parviens pas même à prononcer le mot ! Non, tu te leurres. Quoi qu'il en soit, la question ne se posera bientôt plus.

Wolf fronça les sourcils. Sans quitter Sabina des yeux, il fit signe à Peter.

— Sors ! ordonna-t-il avec brusquerie.

Peter obéit aussitôt, mais Sabina l'immobilisa.

— Non, s'il te plaît. Ta présence ici est plus légitime que la mienne.

Les deux hommes échangèrent un regard inquiet.

Sabina croisa les bras devant elle, plus calme à présent, d'un calme presque inquiétant. Le son de sa voix était cassant, autant que le faux sourire qu'elle se força à adresser à son mari. Ses mains ne tremblaient quasiment plus.

— Un jour, tu m'as donné le choix, Wolf. Je crois que j'ai fait le mauvais. Je voudrais changer d'avis, à présent. J'accepte finalement la dissolution de notre mariage.

— Mais moi, je ne l'accepte pas ! Nous avons déjà consommé cette union. Tu n'as plus de motif valable pour l'annuler. Et nous sommes convenus que j'avais un an et un jour pour te convaincre.

— Oui, murmura-t-elle. Et cela ne fait que *quelques semaines*.

Wolf rougit de l'entendre reprendre ses propres mots. Peter les regardait à tour de rôle, mal à l'aise.

— Eh bien, dans ce cas, nous devrons chercher une autre solution pour rompre ce mariage. Nous sommes tous les deux intelligents, nous trouverons. Ah, ajouta-t-elle comme si la pensée venait de lui traverser l'esprit : est-ce que je me trompe ou la contrainte constitue également un motif de dissolution ?

— Tu ne te trompes pas. Mais tu peux également oublier ce motif.

— Et pourquoi donc ?

— Car tu violerais tous les vœux que tu as promis d'honorer.

Elle plissa les yeux.

— Tous les vœux que j'ai été *contrainte* de prononcer, tu veux dire...

— Il n'existe aucune preuve qu'une pression a été exercée sur toi. Personne ne témoignera dans ce sens, crois-moi.

Peter s'interposa en élevant les deux mains.

— C'est absurde. Sabina n'ira nulle part. Arrêtez ceci immédiatement tous les deux.

Ils ne lui prêtèrent pas plus d'attention l'un que l'autre.

— De plus, si tu pars en violant tes vœux et mon désir expressément formulé que tu restes, je ne te donnerai rien. Tu partiras avec tes vêtements sur le dos, et rien d'autre. Est-ce compris ?

Elle garda longuement le silence sans cesser de le dévisager.

Elle ne cilla pas.

— Cela me paraît correct, dit-elle doucement.

Et elle sortit.

25

Wolf contempla la porte par laquelle était sortie Sabina. Peter s'apprêta à s'élancer sur ses talons, mais il se tourna vers son frère, visiblement déchiré.

Wolf avait les poings plaqués contre ses flancs. Il tremblait, et sentait son désespoir grandir à mesure qu'il prenait conscience de la futilité de ses arguments.

Elle allait revenir. Apparaître sur le seuil, se mettre à rire et déclarer que c'était une erreur. Elle lui pardonnerait. Il lui pardonnerait. Ils seraient heureux ensemble. Pour toujours...

Il attendit, sans même distinguer les mots que lui disait son frère, il attendit en sachant qu'elle ne reviendrait pas.

Elle allait partir. Il le sentait au fond de lui. Il monterait dans leur chambre, ouvrirait la porte, et elle ne serait plus là. Comme Beth...

C'était ce qu'il redoutait le plus. Se retrouver seul, encore une fois, scindé. Impuissant dans la nuit noire. Il avait toujours su que cela arriverait s'il s'autorisait à tomber encore amoureux.

Seigneur ! Il était amoureux...

Peter lui serra le bras et le secoua, inquiet.

— Wolf ! Parle-moi !

Son cœur... Elle lui avait brisé le cœur. Il porta une main à sa poitrine comme s'il pouvait retenir les morceaux avec sa paume.

Non. C'était impossible. Il ne lui avait pas donné son cœur. Il appartenait à sa bien-aimée, comment Sabina pouvait-elle le briser ? Son cœur avait déjà été brisé des années plus tôt. Et alors qu'il venait tout juste de le réparer, il constatait qu'il ne serait jamais plus intact !

Ses yeux brûlaient de larmes contenues, et il maudit sa faiblesse. Miséricorde, elle l'avait réduit à cela. N'avait-il aucune fierté ? Aucune dignité ?

Peter le dévisageait.

— Wolf ? dit-il d'un ton inquiet.

Wolf le regarda. Il était creux, une enveloppe vide. Et se sentait las, infiniment las.

— Laisse-moi tranquille. Pour l'amour du ciel, laisse-moi tranquille ! grinça-t-il avant de faire un pas en titubant.

Il se heurta à un banc et s'y laissa choir, ses bras pendant lamentablement entre ses genoux. Qu'était-il censé en faire, à présent, sans Sabina ? À caresser, à toucher, à aimer ? À quoi servaient les mains d'un homme, sinon à cela ?

Il prit une inspiration tremblante, stupéfait de constater à quel point l'idée qu'elle ne voulait plus de lui faisait mal. Il ne comprendrait jamais comment des émotions pouvaient se traduire par une souffrance physique aussi intense. C'était insupportable. La mort de Beth avait été une déchirure, qu'il avait dû accepter parce qu'il n'avait pas le choix. Sabina, en revanche, était vivante. Il le saurait, chaque jour, et il souffrirait indéfiniment de savoir qu'il ne pourrait jamais plus l'avoir.

— Elle reviendra, le rassura Peter.

Il s'agenouilla à côté de Wolf, les yeux emplis de sollicitude.

— Non. Du reste, si elle revenait, je ne voudrais pas d'elle.

Car si elle revenait, il devrait vivre une fois de plus cette angoisse monstrueuse et destructrice – ce dont il se sentait incapable.

Peter écarquilla les yeux, stupéfait. Puis son visage se durcit.

— Va la chercher.

Wolf sentit son cœur se fermer à l'intérieur de lui, emprisonnant ses sentiments. Peut-être cela valait-il mieux ainsi. Plus de blessures ouvertes, plus de désirs impossibles à assouvir...

— Non. Elle a fait son choix.

— Va la chercher, sinon c'est moi qui irai, gronda Peter d'une voix dure et déterminée.

— Tu n'as rien à faire ici, lança Wolf d'un ton glacial. Retourne à l'université ! Je m'occupe de tout cela...

— Comme tu l'as fait jusqu'à présent ? Pas question. Si tu es trop obtus pour comprendre ce que tu es en train de perdre, pas moi !

Peter se leva et se dirigea vers la porte. Wolf bondit et fut promptement devant lui ; de sa large silhouette, il lui barra le passage.

— Je te dis de ne pas insister. Elle veut partir ? Qu'elle parte. Au plus vite. Si elle ne comprend pas qu'un homme puisse se tromper...

Sa voix se brisa, et il reprit :

— Si elle préfère se sauver à la première difficulté, grand bien lui fasse !

— Écoute, Wolf, elle t'a entendu dire que tu l'avais épousée par intérêt, que tu ne voulais pas d'elle comme mère pour ton enfant. Tu n'espères tout de même pas qu'elle va se jeter dans tes bras, après cela ? Elle ne comprend pas ce que tu ressens. Va la rejoindre et dis-le-lui !

— Non ! cria Wolf. Elle aurait dû rester et me donner une chance. Elle aurait dû comprendre combien c'est dur pour moi de m'adapter à tant de changements après si longtemps. Elle devrait pourtant *savoir* ce que j'éprouve pour elle, maintenant. Pourquoi devrais-je le lui expliquer ?

La pièce lui sembla soudain vaciller, et il cligna rapidement des yeux.

— Beth ne m'aurait jamais fait cela...

Peter le contempla comme s'il avait soudain deux têtes, et Wolf crut lire de la pitié dans ses yeux. Puis il se détourna, marcha jusqu'à la table et posa les deux mains à plat dessus. Il regarda l'écuelle presque plein de Sabina. Cela faisait plusieurs jours qu'elle ne mangeait plus. Il l'avait remarqué. Pas Wolf.

Il poussa un soupir.

— Sabina n'est pas Beth. Pense à ce que cela doit être pour elle, Wolf. Beth avait tout. Tout, excepté la santé. Mais toute sa vie, elle a été aimée. Elle a eu un foyer chaleureux, une vie heureuse. Elle n'a jamais rien dû demander à aucun de nous que nous ne lui ayons déjà donné de notre plein gré. Sabina, elle...

Il hésita un moment.

— Sabina n'a personne, et pourtant elle a survécu. Grâce à sa fierté, à son obstination, elle a survécu. Mais cela lui a coûté cher. Très cher.

Peter avait vu dans les yeux de Sabina les choses qui la hantaient et qu'elle ne lui avait jamais confiées. Des choses que Wolf ne connaissait peut-être même pas. Peter aimait beaucoup la jeune femme, en ami et, oui, en tant qu'homme. Mais sa prière la plus fervente était qu'elle panse le cœur blessé qui battait dans la poitrine de son frère, car il avait constaté les dégâts qu'y avait causés la mort de Beth, et il savait bien qu'il avait failli le perdre lui aussi. Peter avait vu en Sabina une âme sœur pour Wolf. Ayant elle-même vécu l'horreur, elle était la seule capable de l'atteindre. Et Wolf la laissait s'en aller sans se battre ?

Quel gâchis !

— Elle n'a aucune idée de ce que tu ressens pour elle, Wolf, parce que tu l'ignores toi-même. Le premier imbécile venu comprendrait que vous êtes amoureux l'un de l'autre, bien sûr, mais si tu t'obstines à ne rien vouloir savoir...

Wolf contracta les mâchoires.

— Je refuse d'en parler avec toi ! Tu ne sais même pas ce que tu racontes.

— Comme tu voudras. Si tu ne veux pas d'elle, j'espère que cela ne t'offensera pas si je lui fais la cour.

Wolf redressa brutalement la tête.

— Quoi ?

Peter esquissa un sourire.

— Tu as entendu. Elle sera bientôt libre. Et j'ai envie de l'épouser.

— Jamais de la vie ! cria Wolf en le saisissant par le col.

— Et pourquoi donc ? fit Peter innocemment.

Wolf semblait à deux doigts d'exploser. Sa deuxième main saisit la gorge de son frère, qu'il souleva comme s'il ne pesait pas plus lourd qu'un enfant.

— Pourquoi ? Parce que c'est ma femme, nom de Dieu !

Peter sourit benoîtement, du mieux qu'il le pouvait dans sa position inconfortable, tout en se hissant sur la pointe des pieds pendant que Wolf était en train de lui comprimer la trachée.

— Certes, il est inhabituel qu'un homme épouse la veuve de son frère, siffla-t-il, mais je crois qu'il est important que ces choses-là restent en famille. D'ailleurs, ce n'est plus contraire à la loi.

— La veuve de son frère ? Mais je ne suis pas mort ! rugit Wolf en projetant Peter sur la table.

Les écuelles et les bols volèrent.

Moyennant quelques coups de pied, Peter se dégagea.

— Cela revient au même !

Il roula de côté alors que Wolf se jetait sur lui.

— Tu n'as pas seulement enterré Beth dans cette tombe il y a trois ans, tu t'es aussi enterré avec elle ! Eh bien, si tu veux rester allongé et mourir, à ta guise, mais moi j'ai l'intention d'épouser ta femme et de donner un bon foyer à ton bébé.

— Gisel a déjà un bon foyer ! hurla Wolf.

Il se jeta derechef sur Peter, qu'il plaqua contre le mur opposé en serrant sa gorge entre ses deux mains.

— Ma fille n'a pas besoin de toi, ni ma femme ! Sabina est à moi, gronda-t-il en approchant son visage contre celui de Peter. *À moi !*

— Je ne... parlais... pas... de Gisel, coassa Peter.

Et il attendit que Wolf réagisse. Cela prit un moment, mais il finit par comprendre. Il jeta la tête en arrière comme si son frère l'avait frappé, le laissa retomber et recula en titubant.

— Tu veux dire qu'elle est... ?

Peter se massa la gorge et toussa plusieurs fois. Lorsqu'il fut capable de reprendre la parole, il continua :

— Enceinte ? Je n'en suis pas certain, mais je le crois, oui. Par conséquent, si tu n'y vois pas d'objection, j'aimerais voir grandir ma nièce ou mon neveu. Ma chambre à l'université n'est pas bien grande et nous devrons trouver un endroit plus spacieux, mais ces détails-là s'arrangent et...

Hébété, Wolf éleva une main pour le faire taire.

— Assez, Peter, tu peux arrêter ta comédie, dit-il d'une voix blanche. J'ai compris.

Wolf poussa un long soupir et se frotta le visage, incrédule.

— Je suis un imbécile. Un imbécile amoureux de la femme qui porte mon enfant.

Il regarda son frère.

— J'ai beau être idiot, je n'ai pas l'intention de la laisser partir. Cela te convient-il ?

Peter sourit, sa confiance en son frère aîné rétablie.

— Oui, je crois que oui.

Wolf le considéra avec horreur.

— Tu es fou, j'aurais pu te tuer !

— Tu aurais pu *essayer*. Je ne suis pas tout à fait aussi grand que toi, mais je suis leste et je sais manier les lames.

Tranquillement, il reposa le poignard qu'il avait pris plus tôt sur la table.

— Rassure-toi, je ne m'en serais pas servi.

Wolf haussa un sourcil, fit une moue, et revint à son propos.

— Au sujet de l'enfant...

Peter précisa vivement :

— Elle n'en a encore rien dit. Je ne suis pas sûr qu'elle le sache elle-même, en vérité.

— Alors comment... ?

— La nourriture. Soudain, certains aliments lui répugnent et, pour une femme qui mangeait de bon appétit tous les jours, cela est étrange. De plus, elle est devenue irritable ces temps-ci et sujette à des sautes d'humeur. Cela ne te rappelle rien ?

— Beth... Les premiers mois, elle présentait les mêmes symptômes.

— Et Greta aussi, à chacune de ses grossesses. Je l'ai remarqué parce que nous avons passé beaucoup de temps ensemble, dernièrement, Sabina et moi.

Wolf passa un doigt sur sa mâchoire.

— Cela expliquerait aussi...

Il se tut, coula un regard vers son frère et toussa en rosissant.

— Quoi donc ? s'étonna Peter.

— Elle... elle n'a plus le même goût. Si tu vois ce que je veux dire.

— Je crois que oui, sourit Peter. Dis-moi, a-t-elle eu ses menstruations, dernièrement ?

Wolf s'empourpra franchement.

— Non. Je n'ai pas pensé à...

— À mon avis, elle n'en est probablement qu'à quelques semaines de grossesse, six ou sept. Et il est tout à fait logique que cela se produise maintenant, étant donné l'effort colossal que vous avez déployé en ce sens tous les deux, termina-t-il avec un sourire lascif.

— Tais-toi, Peter ! lança Wolf.

Peter éclata de rire et demanda :

— Eh bien, que comptes-tu faire ?

Wolf soupira.

— Ma foi, si je n'ai pas irrémédiablement tout gâché, je vais aller m'excuser auprès d'elle. Platement. Puis je me mettrai à genoux, et je recommencerai.

Il adressa à Peter un regard pitoyable.

— Crois-tu que cela opérera ?

— Dommage que tu n'aies pas un joli petit objet brillant à lui offrir, en sus. Ces choses-là facilitent toujours les choses, avec les femmes.

À cet instant, Franz entra dans la pièce, suivi du garçon d'écurie, Petit Jean.

— Pardonnez-moi, *Meister* Behaim, je ne voulais pas vous déranger pendant votre repas, mais ce jeune voyou dit avoir quelque chose de très important à vous dire qui ne peut attendre demain.

Franz posa un regard affectueux sur le garçon de douze ans, qui n'était autre que son petit-neveu.

L'enfant hésita et regarda nerveusement autour de lui, intimidé.

— Parle, Petit Jean, l'encouragea Franz avec une petite tape sur l'épaule.

Le garçon prit une inspiration et se lança :

— Voilà. Pardon pour le dérangement, *Meister* Behaim, mais j'ai vu quelque chose d'étrange et je voulais vous prévenir. Je sais que ça ne me regarde pas, mais *Frau* Behaim est une gentille dame et je ne voudrais pas qu'il lui arrive malheur, bredouilla-t-il.

À l'évocation de sa femme, Wolf se redressa aussitôt.

— Qu'y a-t-il, Jean ? Parle.

— Eh bien voilà, je l'ai vue sortir par la porte de derrière tout à l'heure. Je ne la suivais pas, mais j'étais juste sorti me soulager et... Oh, je vous demande pardon, *Meister* Behaim, se reprit-il, mortifié.

Avec un geste impatient, Wolf lui fit signe de poursuivre.

— Continue, dit-il entre ses dents serrées.

— Alors, reprit lentement Petit Jean, je la vois qui sort en catimini, comme si elle ne voulait pas qu'on la voie. Elle regarde autour d'elle, se met un châle sur la tête et la voilà qui va vers la grille. Alors je me dis : « Petit Jean », c'est comme ça qu'on m'appelle, vous savez, parce que mon grand-père s'appelle Jean le Grand, alors je me dis, « Petit Jean, qu'est-ce qu'une dame de sa condition fait donc dehors toute seule au milieu de la nuit ? »

Alarmé, Peter intervint :

— C'est une très bonne question, Petit Jean. Et as-tu découvert la réponse ?

Le garçon regarda Peter.

— Je vais vous le dire. Je l'ai suivie, pendant un petit moment…

Les trois hommes hochèrent la tête impatiemment, et Jean se tourna vers Wolf.

— … juste pour être sûr qu'elle ne courait pas de danger. Une dame comme elle, seule… tout peut arriver, je me suis dit. Je l'ai donc suivie jusqu'aux portes de la ville, en me demandant ce qu'elle allait faire de la sentinelle qui garde l'entrée. Elle lui a parlé brièvement à voix basse, et est passée en lui faisant un petit signe. Moi je sais qu'on ne me laisserait pas passer, alors j'ai dit au garde que j'avais cru voir passer ma sœur… Il m'a dit que non, que c'était la baronne von Ziegler, partie rendre visite à son père. Là-dessus, il m'a tiré l'oreille et m'a ordonné de m'en aller.

Les deux frères échangèrent des regards alarmés, tandis que Petit Jean poursuivait, tout à son récit.

— C'est là que je me suis dit que le maître aimerait sûrement être tenu au courant, alors je suis revenu au pas de course pour vous le raconter. Je crois qu'elle ne devrait pas traîner hors de la ville, avec ces bandits qui infestent les campagnes et en ont après les pauvres paysans comme nous. Comme moi…, corrigea-t-il promptement.

— Tu as bien fait, Petit Jean. Merci pour ta vigilance.

Wolf sortit plusieurs pièces de sa poche et les mit dans la main du garçon. Sans doute ignorait-il le sens du mot « vigilance », mais cela valait manifestement une semaine de gages.

— Je vous en prie, fit-il, émerveillé. J'ai juste fait ce que je croyais bien.

Wolf prit le temps de lui adresser un regard admiratif.

— Ça, mon garçon, c'est davantage que ne feraient la plupart des hommes qui ont deux fois ton âge !

Sitôt disparus Franz et le garçon, Peter se tourna vers Wolf.

— Qu'est-ce que cela signifie, à ton avis ?

— À mon avis, fit Wolf d'un air sombre, ma chère femme est partie régler son affaire avec le baron lui-même. Par les saints et les anges ! jura-t-il. Il va la tuer !

26

Sabina essuya son nez sur sa manche. Disgracieuse habitude, dont elle avait eu du mal à débarrasser Gisel, mais dans sa hâte à quitter Sanctuaire elle n'avait pas pensé à emporter de mouchoir. Ce qui, étant donné qu'elle pleurait sans discontinuer depuis son départ, ajoutait l'indignité à la blessure.

Étouffant un nouveau sanglot, elle leva sa lanterne et s'arrêta pour examiner devant elle le sentier qui menait au château von Ziegler. Elle avait enveloppé la lanterne dans de la toile huilée au cas où elle devrait se dissimuler précipitamment. Puis elle releva la tête. La voûte des arbres se détachait à peine sur le ciel étoilé. De temps en temps, la stridulation d'un insecte troublait le silence. Ce chemin n'était pas le plus emprunté, mais il était le plus court. Et on ne risquait guère de l'y retrouver, au cas où on l'aurait cherchée.

Ce qui était fort peu probable.

Elle reprit sa route.

Quelle folie d'imaginer qu'un homme tel que Wolf aurait pu l'aimer ! Elle s'était leurrée, avait cru trouver une maison, un foyer. Elle se maudit pour la centième fois. Elle avait tout perdu. Son refuge, son époux... Même les vêtements sur son dos n'étaient pas à elle !

Mais elle ne pouvait en vouloir à Wolf. L'histoire avait prouvé à maintes reprises que, pour une raison qu'elle ignorait, personne ne pouvait s'attacher durablement à elle.

Sabina ajusta le col de la robe grise de servante qu'elle avait portée durant sa première semaine à Sanctuaire. Elle avait pris Wolf au mot, était partie les mains vides. Elle avait même laissé son alliance. Elle ne lui devrait rien de plus.

Soudain, Sabina s'arrêta et tendit l'oreille. Elle avait cru entendre quelque chose, un peu à l'écart du sentier. Elle éleva la lanterne et la promena en décrivant un arc de cercle. Elle ne vit rien. Quelque animal, sans doute. Il ne s'approcherait pas de la lumière. Tant qu'elle gardait la tête froide, tout irait bien. Pour se rassurer, elle posa les doigts sur le manche du poignard caché sous sa cape. L'unique objet qu'elle eût emporté de Sanctuaire.

Elle se remit en marche, mal à l'aise malgré son calme apparent.

Allons, se dit-elle, ce raccourci pour rejoindre le château de famille ne présentait aucun danger, elle l'avait parcouru maintes fois dans sa jeunesse pour rentrer du marché avec sa mère ou sa bonne. Elle serait bientôt arrivée.

Elle tira sur le ruban accroché autour de son cou. Les trois clefs qu'il retenait étaient enveloppées de tissu et cachées dans son corsage. Elle ferait ce qu'elle avait à faire. Elle n'avait pas enduré pour rien l'enfer de toutes ces années enfermée au couvent, sa fuite dans une barrique, ses semaines d'emprisonnement, et le mépris du seul homme qu'elle aimerait jamais...

Il ne lui restait plus que son refuge pour rêve, et le sésame de l'héritage qui aurait dû lui revenir était caché dans le château. Elle n'avait rien à perdre. Elle récupérerait les documents et prouverait que le baron l'avait spoliée. Elle lui ferait payer cher cette trahison !

En s'approchant des douves asséchées qui séparaient le sentier du château, Sabina baissa la lanterne et la recouvrit du tissu huilé. Elle attendit que ses yeux s'accoutument à l'obscurité et écouta le silence surnaturel de la forêt.

Quelque chose n'était pas normal. Elle n'aurait su dire quoi, mais il régnait dans la nuit une atmosphère étrange.

À mesure que sa vision s'accoutumait, elle inspecta les hauteurs crénelées du château, au cas où des sentinelles y seraient postées. Elle ne vit personne, mais comment savoir si des gardes n'effectuaient pas une ronde de l'autre côté ? Le baron n'était pas homme à employer davantage de personnes qu'il n'était strictement nécessaire.

Quelle pouvait être la cause de son malaise ?

Sabina s'accroupit et examina la tour nord. La distance qu'elle devait franchir à découvert avant d'atteindre sa façade en ruine était assez courte. Quelques minutes lui suffiraient, si on ne la remarquait pas.

C'est alors qu'elle prit conscience de ce qui la troublait : on n'entendait pas de grillons. Quelqu'un avait dérangé les insectes et les animaux nocturnes avant son arrivée, et ils n'avaient pas encore repris leurs occupations. Quelqu'un rôdait par ici...

Affolée, elle regarda en hâte autour d'elle. Grâce à sa cape noire et à son écharpe, elle se fondit dans la nuit.

Elle se dirigea vers le tronc d'un grand sapin en bordure de clairière et se tapit à son pied. Immobile, fixant les ténèbres au point que ses yeux en devenaient douloureux, elle attendit que l'intrus, s'il existait, se trahisse.

Elle ne vit rien. Peu à peu, les sons de la nuit reprirent, elle reconnut le chant mélancolique des grillons, la chouette et le rossignol. Mais Sabina continua à attendre. En respirant lentement, pour ne pas faire de bruit.

Soudain, les cris d'un animal hurlant de douleur retentirent. Sabina sursauta, avant de se ressaisir. Une pauvre bête avait dû se faire prendre dans le piège d'un braconnier. Pour nourrir leurs familles affamées, malgré les menaces de représailles sévères, certains paysans posaient secrètement des pièges en espérant ne pas se faire prendre.

Horrifiée par ce cri d'agonie, elle se boucha les oreilles. En vain, car il se faisait de plus en plus puissant. Soudain, elle crut distinguer des mots. Grands dieux, il ne s'agissait pas d'un animal ! Quelqu'un hurlait de douleur !

Les cris venaient du château, perçut-elle, mais de derrière son arbre elle ne voyait rien. Quelqu'un subissait une torture hideuse, soupçonna-t-elle, et une vague de nausée lui souleva le cœur.

Que diable faisait le baron ?

Elle préférait ne pas le savoir. Devrait-elle aller au château et essayer d'intervenir ? Ou regagner au plus vite la ville pour alerter la sentinelle ? L'homme ne quitterait probablement pas son poste parce qu'elle avait entendu quelqu'un crier. Et puis, mieux valait en avoir le cœur net. Si elle devait être appelée à témoigner contre le baron, elle devait être capable d'en dire davantage.

Déterminée, elle regarda une dernière fois la clairière et contourna précautionneusement l'arbre. Après avoir posé la lanterne par terre, elle sortit son poignard et traversa à grands pas les douves en priant le ciel pour ne pas recevoir une flèche en plein cœur.

Deux yeux stupéfaits la regardèrent courir vers le château.

27

— Nom d'un chien, que fait-elle ? gronda Wolf dans sa barbe.

Il jeta un coup d'œil rapide à Peter pour voir s'il avait vu l'ombre aux pieds ailés traverser les douves. Son air interdit lui signifia que oui.

La silhouette, qu'une cape sombre rendait presque invisible dans la nuit, arriva de l'autre côté de la clairière et contourna rapidement le mur de la tour nord, où elle s'arrêta brièvement. Puis, soudain, elle disparut.

Les deux hommes se levèrent simultanément et s'engagèrent dans la clairière.

Dès qu'ils avaient compris la destination de Sabina, ils avaient enfourché leurs chevaux et galopé à toute allure pour la devancer. Wolf avait chauffé les oreilles du jeune gardien qui avait laissé passer sa femme, et ils avaient chevauché jusqu'aux abords du château, en s'arrêtant pour fouiller la forêt. Bredouilles, ils avaient attaché leur monture et décidé de continuer à pied.

Avec les masses belligérantes qui s'affrontaient dans les régions voisines, et des criminels aux abois qui essayaient encore d'échapper à la capture, il fallait se montrer extrêmement prudent. N'importe qui pouvait se cacher dans les bois. Il était malade d'angoisse à l'idée du danger auquel, à cause de sa dureté, il l'exposait.

Ils venaient d'arriver en lisière de la forêt quand ils entendirent des cris en provenance du château.

Instinctivement, Peter saisit son épée, mais Wolf l'empêcha de bondir. Il tendit l'oreille.

— C'est un homme, chuchota-t-il, soulagé.

Wolf désigna la tour.

— Allons-y ! chuchota Peter impatiemment.

Wolf atteignit le mur avant son frère, mû par l'inquiétude qu'il nourrissait pour Sabina. Il chercha la brèche par laquelle elle avait pénétré à l'intérieur. Il semblait n'y avoir aucune autre entrée. Enfin, il trouva.

Des années plus tôt, plusieurs des pierres qui composaient la tour s'étaient descellées. Quelqu'un les avait remises en place sans mortier. En scrutant l'ouverture, Wolf découvrit que l'épais mur avait été creusé longtemps auparavant et formait une sorte de tunnel d'accès...

Les cris effrayants résonnèrent à nouveau, suivis d'un déchirant accès de larmes. L'urgence fit battre le sang dans ses veines. Il n'était pas question que Sabina subisse le même sort !

Son frère le rejoignit, et Wolf posa un doigt en travers de ses lèvres. Il lui montra l'étroite ouverture. Peter hocha la tête et les deux hommes dégagèrent encore quelques pierres pour élargir la brèche et pouvoir passer tous les deux de face, leur épée brandie.

Puis ils entrèrent, comme l'avait fait Sabina.

Sabina regardait avec horreur la scène qui se déroulait en contrebas. Elle avait grimpé tout en haut de l'étroit escalier délabré et utilisé la grande clef fournie par Agnès pour entrer dans la pièce située au sommet de la tour. La grande malle se dressait au milieu.

Bien des années auparavant, la pièce servait à retenir prisonniers les nobles en attendant la rançon qu'ils allaient rapporter. Elle avait été aménagée en dortoir à l'époque où le baron donnait encore de grandes parties de chasse.

Sabina se hissa sur la pierre qui saillait du mur pour servir de banc et contempla la cour intérieure du château. Les lumières des torches accrochées à intervalles réguliers contre le mur ne diffusaient qu'un faible halo, et personne ne risquait de l'apercevoir. Elle prit soin cependant de rester dissimulée.

Allongé, prostré sur le sol, le baron saignait abondamment de la bouche et des oreilles, les yeux tuméfiés et fermés par les coups reçus. Deux doigts de sa main droite, vit-elle avec horreur, avaient été coupés. Du sang s'en écoulait. Un grand homme se dressait devant lui, menaçant ; la large lame du couteau de boucher qu'il brandissait luisait à la lueur des torches. Un autre gaillard immobilisait le bras du baron, un pied sur son poignet.

Plusieurs gardiens du château et quelques autres hommes, visiblement morts, avaient été traînés dans un coin et gisaient, empilés comme du vulgaire bois de chauffage, leurs membres pendant de façon grotesque. Les autres domestiques étaient alignés contre un mur. Certains sanglotaient, d'autres regardaient stoïquement les deux hommes armés tenir une jeune servante immobile entre eux. Ils lui avaient ligoté les mains derrière le dos, et l'un d'eux pointait un couteau sur sa gorge. Deux autres hommes surveillaient les gens de maison. La menace était claire : s'ils intervenaient, la fille mourrait.

Un dernier homme observait la scène, à la fois intéressé et détaché. Elle avait la nette impression qu'il s'agissait du chef de la bande. Il était le seul à être muni d'une armure, le seul à avoir une épée et un bouclier. Les autres portaient les vêtements frustes et les sandales réservés à la classe paysanne. Elle entendait mal sa voix, mais son autorité naturelle sautait aux yeux. Elle distingua des bribes de phrases.

— Tu continues à nier... Flagorneur impie... donne-moi tes trésors ou offre-moi encore un doigt !

Il fit signe au grand homme à la hache, qui s'apprêta à trancher un autre doigt.

— Non, pitié ! supplia le baron en sanglotant.

Des larmes coulaient le long de son visage, des filets de morve pendaient de son nez, mélangés à son sang.

— Je n'ai pas de trésors... je vous le jure ! J'ai tout vendu ! De grâce, ne me faites plus de mal...

Sabina se rapprocha pour mieux entendre.

Le colosse leva un regard interrogateur vers l'homme posté en retrait.

— *Herr* Müntzer ? Dois-je... un autre ?

Müntzer ! Thomas Müntzer ? Sainte mère de Dieu ! Que faisait-il dans le château de son père ?

Elle avait entendu dire qu'il avait échappé aux troupes du prince et continuait à se cacher, mais personne ne savait qu'il se trouvait à Wittemberg, ni même en Saxe électorale. Il avait dû s'infiltrer à l'insu des autorités. Le voilà qui torturait le baron von Ziegler pour s'emparer de sa fortune, comme il l'avait fait chez les nobles d'une quarantaine d'autres châteaux, et dans les cloîtres qu'il avait attaqués dans toute la Thuringe, ces derniers jours. À l'époque, cependant, il avait disposé d'une armée derrière lui. À présent, elle ne voyait plus qu'une demi-douzaine d'hommes, à moins que d'autres ne montent la garde quelque part.

À la question de son homme, Müntzer fixa le baron de ses yeux songeurs. Il hocha la tête, et l'homme trancha un autre doigt. Le baron hurla, et Sabina porta une main à sa bouche, craignant d'avoir une nausée. Elle en avait assez vu.

Elle recula vivement... et se retrouva entre des bras puissants. Elle s'apprêtait à hurler quand une main de fer se plaqua contre sa bouche, et elle tomba de sa pierre comme un sac de navets.

— Tais-toi...

Wolf ! Elle faillit s'évanouir de soulagement.

— Le ciel soit loué, soupira-t-elle dès qu'il ôta sa main.

Elle remarqua alors Peter, et se sentit encore plus rassérénée. Jusqu'à ce qu'elle se retourne et voie l'expression de Wolf.

Il la secoua sans ménagement mais en silence, et si durement que ses dents s'entrechoquèrent. Il était hors de lui. À un point qu'elle n'aurait pas cru possible. Et c'était légitime, car elle les avait tous mis en danger. À l'évidence, il l'avait poursuivie jusqu'ici. La pensée qu'il éprouvait quelque chose pour elle, pour s'être ainsi lancé à sa recherche, lui réchauffa le cœur.

Il pencha la tête vers elle et, malgré la pénombre, elle le vit articuler les mots « *tu es folle à lier* ». Puis il la plaqua contre lui et enfouit son visage dans ses cheveux. Son corps tremblait violemment contre celui de Sabina. Elle contempla Peter, impuissante et perplexe, par-dessus l'épaule de Wolf.

Ses tremblements étaient probablement le contrecoup de l'émotion, du soulagement qu'il avait ressenti en voyant sa femme saine et sauve, fût-ce dans un lieu si dangereux. C'était la réaction d'un homme qui avait cru avoir perdu un être auquel il tenait. Enfin, il desserra un peu les bras, assez pour s'écarter et la regarder dans les yeux. Ce qu'elle y vit lui donna des ailes...

Il l'attira à nouveau contre lui et, malgré le danger, le baron qui gémissait en bas et des hommes armés qui menaçaient les domestiques, il l'embrassa comme jamais il ne l'avait fait auparavant. Et ce baiser contenait toutes ses émotions refoulées, toute son angoisse, toutes ses inquiétudes.

Elle le lui rendit désespérément, avec tout son amour et sa passion.

La réalité les rattrapa quand elle entendit Peter murmurer :

— Pourriez-vous reporter cela à plus tard ? Ça sent le roussi, par ici.

Revenant à la raison, Wolf s'écarta de Sabina.

Peter leur fit signe d'observer la scène qui se déroulait en bas.

Le baron sanglotait toujours ; il désigna la tour nord.

— ... je vous ai dit, tout ce qui me reste est là-haut, bredouilla-t-il avant de sombrer dans l'inconscience.

Les deux frères se regardèrent, puis ils se ruèrent vers la porte. Sabina refusa de se laisser entraîner et secoua la tête.

— Non. Ils vont nous voir, chuchota-t-elle avec anxiété. La porte de la tour se trouve juste sous l'escalier. Nous n'avons pas le temps, ajouta-t-elle alors qu'ils entendaient déjà grincer la porte, en bas.

Peter et Wolf regardèrent désespérément autour d'eux, mais Sabina savait qu'il n'existait pas d'autre issue.

Wolf et Peter dégainèrent leur épée comme un seul homme.

— Non, chuchota-t-elle encore. Nous ignorons combien ils sont...

— Nous n'avons pas le choix, répliqua Wolf.

— Cachons-nous, siffla-t-elle en montrant les tapisseries murales qui couraient du sol au plafond.

L'urgence de son ton eut raison de l'orgueil des frères, et ils se cachèrent chacun sous une tenture en espérant que le nuage de poussière retomberait avant l'entrée des hommes. Sabina sortit son poignard et le serra dans ses mains que la sueur rendait moites.

Elle entendit la porte vétuste s'ouvrir, et retint son souffle.

28

Le silence régnait dans la tour. Puis, la porte pivota sur ses gonds et claqua contre le mur opposé. En baissant les yeux, Wolf vit la lumière d'une torche vaciller sur le sol.

— Là ! Il y a un coffre, ici, fit une voix rocailleuse.

— Eh bien, ouvre-le donc, fit une autre.

Wolf entendit des mouvements tandis que les hommes encerclaient la malle. Il l'avait remarquée, en entrant. Elle faisait la dimension d'une grosse huche à pain, mais pesait vraisemblablement beaucoup plus lourd.

— Sûrement pas, c'est à *Herr* Müntzer de le faire. Il aura notre peau s'il croit qu'on s'est servis avant de le lui apporter.

— Tu as raison. Prends un côté et moi l'autre, décida son ami.

Wolf les entendit grogner et ahaner pour soulever la malle.

— Par sainte Marie, ça pèse un âne mort ! grogna le deuxième homme.

Le premier émit une réponse inintelligible, et ils quittèrent la pièce en ployant sous le poids du coffre. La lumière de la torche les suivit. Ils discutèrent un moment de la façon dont ils devaient descendre l'escalier, et quand Wolf entendit les glissements et raclements révélateurs, il comprit qu'ils traînaient l'objet marche après marche. Il attendit que le bruit cesse pour quitter sa cachette.

— La voie est libre, chuchota-t-il.

Peter et Sabina émergèrent à leur tour, et ils reprirent leur surveillance. Müntzer regardait approcher la malle avec une étincelle dans les yeux. Il l'examina en cherchant comment l'ouvrir.

— C'est curieux... Je n'ai jamais rien vu de tel, l'entendirent-ils dire.

Voyant les différentes serrures, Müntzer ordonna à l'homme à la hache de ranimer le baron inconscient.

— Clefs...

Ce fut le seul mot qu'il lui arracha. Un coup de pied dans les côtes ne le rendit pas plus loquace.

— Venez, murmura Wolf. Ils ont ce qu'ils voulaient. Rentrons pendant qu'ils sont occupés par la malle.

— Mais... Wolf, protesta Sabina, nous ne pouvons pas partir ainsi ! Et ces gens, en bas ? Et le baron ?

— Quoi, le baron ? dit-il en l'entraînant vers la porte restée ouverte.

Sabina s'immobilisa, récalcitrante.

— Tu sais bien ce que contient ce coffre, insista-t-elle avec ferveur. Je ne partirai pas sans lui. Ces hommes risquent de détruire les preuves de ses crimes, et il ne comparaîtra jamais en justice. Je ne récupérerai jamais mon héritage.

Il la considéra d'un œil torve.

— Sabina, si nous mourons, cela ne servira à rien. Ils sont trois fois plus nombreux que nous.

— Plus maintenant, fit une voix grave dans leur dos.

Ils sursautèrent et lancèrent leur épée dans la direction de la porte. Günter se dressait sur le seuil, armé de sa longue épée et d'un sourire sombre.

Dès qu'il fut remis du choc, Wolf demanda dans un sifflement :

— Mais que diable fais-tu ici ?

— C'est une longue histoire, répondit Günter à voix basse. Je te la raconterai plus tard, si je suis encore en vie.

Il montra Sabina de la pointe de l'épée.

— Et maintenant, qui nous faut-il tuer pour l'emmener en lieu sûr ? Et que fait-elle ici, d'abord, par le sang de Dieu ?

Wolf lui décocha un coup d'œil sarcastique.

— C'est une longue histoire. Je te la raconterai plus tard, si je suis encore en vie. En attendant...

Il saisit le bras de Sabina et s'approcha de la porte.

Comme elle secouait la tête et s'agrippait au chambranle, Peter, exaspéré, les dévisagea et marmonna :

— Nous allons tous mourir.

— Sabina, chuchota Wolf instamment, écoute bien, car je n'aurai le temps de le dire qu'une fois : Oublie l'héritage. Tu n'en as pas besoin. Je prendrai soin de toi. Je prendrai toujours soin de toi, parce que tu ne vas pas me quitter, parce que je t'aime et que la seule façon pour toi de me quitter sera de marcher sur mon corps sans vie. Ce qui risque d'arriver prématurément si tu refuses que nous partions sur-le-champ !

Sabina hésitait, prise de court. Les émotions les plus contradictoires s'affrontaient en elle. Enfin, elle secoua la tête.

— C'est bien d'un homme, de dire une chose pareille dans un moment aussi crucial, grinça-t-elle. Moi aussi je t'aime, mais, même sans l'héritage, il y a des gens en bas qui ont besoin de notre aide. Tu sais bien, dans ton cœur, que nous devons faire ce qui est en notre pouvoir pour les sauver. Nous ne pouvons pas laisser Müntzer s'échapper encore !

À l'évocation de ce nom, les hommes la dévisagèrent. Wolf la prit par le poignet tandis que Peter grimpait vivement sur la pierre pour regarder en bas.

— Müntzer ? Cet homme est Thomas Müntzer ? demanda Wolf.

— Oui.

Wolf regarda Günter, puis Peter, qui haussa un sourcil et demanda avec consternation :

— Nous restons, n'est-ce pas ?

Wolf acquiesça de la tête. Sabina avait raison. Müntzer avait été mêlé au massacre des milliers de paysans qui l'avaient suivi, sans parler de sa responsabilité directe dans le meurtre de dizaines de nobles. Si on le laissait poursuivre sa campagne...

— Bon, soupira Peter. Quel est le plan ?
— Aucune idée, commença Wolf.
— Moi j'en ai un, dit doucement Sabina.
Les trois hommes se tournèrent vers elle avec stupeur.

29

Il fallut de précieuses minutes à Sabina pour convaincre Wolf d'adopter son plan. Il se disputa furieusement avec elle, autant que faire se pouvait en chuchotant.

— As-tu une meilleure idée ? finit-elle par demander, exaspérée.

— Je prends ta place.

— Non. Vous devez rester libres tous les trois pour vous battre. Et je suis la seule à pouvoir les distraire.

Il secoua la tête.

— Il doit exister un autre moyen. Je préfère encore t'assommer et t'emmener de force plutôt que...

— Wolf, coupa Günter à contrecœur. Ta femme a raison. C'est un bon plan, il peut fonctionner.

— Il *peut* ! gronda Wolf en pivotant vers lui.

— Chut, dit doucement Sabina. Je vais y arriver. Fais-moi confiance, je ne tiens nullement à mourir. Et j'ai foi en toi. Tu me protégeras. Tu m'as fait des promesses, et j'ai bien l'intention de te voir les tenir.

Wolf lui lança un regard furieux, piégé, et s'éloigna. Puis il revint vers elle. Une angoisse désespérée lui étreignait la gorge.

— Sabina, s'il arrivait quelque chose, *n'importe quoi*, sauve-toi immédiatement. Sans te retourner. C'est compris ?

— Oui.

— Et cours jusqu'à ce que tu rejoignes nos chevaux sur le sentier. Prends-en un et retourne en ville chercher de l'aide. Promets-le-moi, insista-t-il.

— Je te le promets. Il n'arrivera jamais plus de mal à un être que tu aimes, chuchota-t-elle avant de l'embrasser. Je t'aime, Wolf. Ne l'oublie pas, quoi qu'il advienne.

— Tais-toi. Il n'adviendra rien à aucun de nous, coupa-t-il d'un ton sec.

Il n'allait pas la perdre, c'était impossible. Elle était sienne... pour l'éternité.

Il l'attira contre lui et murmura contre son oreille :

— Je t'aime, ma douce Sabina. Je crois bien que je t'ai aimée dès le jour où nous nous sommes rencontrés.

Il sentait les larmes sur ses joues quand Peter lui tapa sur l'épaule.

— C'est le moment, Wolf. Le baron commence à reprendre connaissance...

Tous les yeux se tournèrent vers lui, et il hocha lentement la tête.

— Soit. Nous allons exécuter le plan de Sabina.

Günter esquissa un nouveau sourire sinistre.

— Ne restez pas à portée de mon épée. Je n'aimerais pas vous trancher la gorge par mégarde.

Ses deux frères le regardèrent avec méfiance, et Wolf répondit enfin :

— Je suis heureux que tu sois dans notre camp, Günter.

Sabina adressa un dernier regard à Wolf, descendit l'escalier et, après une infime hésitation, elle sortit dans la cour intérieure. Tous les regards étaient braqués sur le baron blessé. Elle avança silencieusement et rapidement en espérant pouvoir s'éloigner de la porte de la tour avant qu'un des hommes de Müntzer ne remarque d'où elle avait surgi. Elle passa derrière eux en rasant les murs que les torches n'éclairaient pas.

L'homme à la hache donna encore un coup de pied au baron pour le ranimer. Von Ziegler gémit et se recroquevilla sur lui-même.

— Où sont les clefs ? demanda Müntzer.

Sabina en profita pour émerger de l'ombre, du côté opposé de la cour.

— Laissez-le tranquille ! ordonna-t-elle d'une voix forte que son appréhension étrangla néanmoins quelque peu.

— Halte là ! Qui va là ? cria l'un des hommes en faisant volte-face et en levant son gourdin.

Toutes les têtes se tournèrent vers Sabina, qui retint son souffle quand elle vit s'entrouvrir, en face d'elle, la porte de la tour nord.

Il s'agissait de distraire les hommes afin que les trois frères puissent les prendre par surprise. Manifestement, elle y parvenait.

— J'ai dit, répéta-t-elle avec autorité, laissez-le tranquille !

Le regard de Müntzer la balaya, et Sabina eut soudain la chair de poule. Son visage était pincé et ridé, pourtant il ne devait pas avoir plus de trente-cinq ou trente-six ans. Il était grand et fort ; même sous l'armure, elle voyait que son ventre était enveloppé. Des entailles encore mal cicatrisées couvraient un côté de sa tête, blessures reçues probablement durant les terribles combats de Frankenhausen. Mais ce furent ses yeux qui la frappèrent le plus. Sombres et emplis d'une haine plus effrayante encore que la franche colère, ils la dévisageaient comme si elle n'était qu'un insecte à écraser et à ôter de son chemin.

Sabina réprima un frisson glacial.

Müntzer s'écarta du baron pour s'approcher d'elle lentement.

— Tiens donc, ma chère enfant... Et d'où venez-vous ainsi ?

Elle tira le poignard qu'elle cachait dans les replis de sa cape et se dressa en position défensive, comme le lui avait montré Wolf, les coudes si serrés qu'on n'aurait pu la désarmer facilement.

— Ne faites plus un pas, l'avertit-elle en tenant fermement la lame devant elle.

Bien qu'il ne parût pas se soucier de son arme, Müntzer s'arrêta.

— Comment osez-vous me menacer ? demanda-t-il, apparemment abasourdi. Sans doute ignorez-vous qui je suis. Permettez-moi de me présenter, fit-il avec un salut : *Herr* Thomas Müntzer, à votre service, et voici mes compagnons d'armes.

Sans la quitter des yeux, il désigna d'un geste ses camarades.

— Nous sommes venus vous libérer de l'oppression en soulageant votre maître ici présent de ses fardeaux financiers. Une femme aussi... intrépide que vous serait certainement d'une grande aide pour le Nouveau Royaume. Les gains mal acquis des parasites tels que lui, ajouta-t-il en montrant le baron, contribueront à son avènement.

Il l'avait prise pour une paysanne, comprit Sabina, à cause de ses vêtements. Cela pourrait peut-être tourner à son avantage...

— Écartez-vous de lui, décréta-t-elle.

— Dites-moi, mon enfant, pourquoi prenez-vous donc sa défense avec tant de ferveur ? demanda Müntzer d'une voix presque aimable. Dès que nous aurons ouvert ce coffre-fort, nous en partagerons les richesses avec chacun d'entre vous, paysans méritants. Après en avoir soustrait les dépenses engagées pour mener cette guerre sainte, et regroupé ces voyous qui ont traîtreusement déserté faute de rétribution. Allons, posez ce poignard. Vous allez vous blesser.

— Ce que vous cherchez n'est pas en sa possession, dit-elle distinctement tout en essayant de repérer les mouvements à peine discernables hors du halo de lumière.

Müntzer haussa un sourcil.

— À savoir ?

— La clef. Ce n'est pas lui qui l'a, redit-elle en espérant que le baron n'allait pas la contredire.

— Ah oui ? Et comment savez-vous cela ?

— Parce que c'est moi qui la détiens.

— Vous ? Ma foi, quelle bonne fortune !
Son sourire froid s'évanouit.
— Donnez-la-moi, dit-il.
— D'abord, laissez-les partir, exigea Sabina en désignant du menton les serviteurs. Ce n'est pas après eux que vous en avez, mais après les nobles. Pourquoi les garder en otages si vous vous battez pour leur cause ?
Il fronça les sourcils devant cette logique.
— En effet, pourquoi ? murmura-t-il. Fort bien. Montrez-moi la clef et je les laisse aller. Vous avez beau être exquise et audacieuse, je n'ai aucune raison de vous faire confiance.
C'était la réaction que Sabina avait escomptée. Elle sortit une clef de sa poche et la fit pendre par le ruban, devant elle.
— Libérez-les !
Müntzer garda le silence un moment en observant la clef et la jeune femme. D'un bref hochement de tête, il ordonna qu'on libère les domestiques. Ils s'enfuirent dans la nuit sans demander leur reste, deux ou trois la remercièrent au passage, les yeux pleins de larmes, mais tous eurent le bon sens de ne pas révéler qui elle était, bien qu'elle fût certaine qu'ils l'eussent reconnue. Elle lança la clef à Müntzer, qui l'attrapa au vol.
— J'espère pour vous, ma fille, que votre clef ouvre bien cette serrure, sans quoi votre mort sera bien plus douloureuse que celle que j'avais prévue pour lui, annonça calmement Müntzer.
— Elle l'ouvrira. Prenez ce que vous voulez et partez.

Il la regarda un instant et, au fond de ses yeux, elle vit quelque chose qui la fit frissonner.

— Croyez-moi, dit-il d'une voix au calme trompeur, j'en ai la ferme intention.

Il retourna le coffre.

— Quelle est la bonne serrure ? Comment cela fonctionne-t-il ?

Sabina lui montra l'une des serrures. Il y inséra la clef, qui tourna aisément. Il sourit. Mais son sourire se figea lorsqu'il essaya vainement de soulever le couvercle. Il tourna vers elle un regard furieux.

— Vous devez enfoncer votre doigt dans le trou et appuyer, bredouilla-t-elle, afin d'actionner un mécanisme de ressort.

Müntzer se tourna de nouveau vers la malle, plissa les yeux et glissa l'index de la main droite dans l'orifice.

Le piège se déclencha aussitôt. Müntzer hurla à l'instant où la lame de rasoir se referma sur son doigt, l'écharpant jusqu'à l'os. Du sang jaillit de la blessure. Il était littéralement pris la main dans le sac, incapable de remuer le doigt. Ses hommes médusés le regardaient sans comprendre.

À cet instant, un cri à glacer les sangs déchira la nuit. Les hommes de Müntzer eurent si peur qu'ils se tournèrent vers le démon qui avait émis un tel hurlement. Günter avait visé avec une précision meurtrière. Distraits, deux des paysans hésitèrent un instant, ce qui leur coûta la vie. Vif comme l'éclair, Wolf en abattit un troisième. Quant à Peter, il se jeta devant Sabina, son épée prête à la défendre contre quiconque oserait s'approcher.

Günter se tourna alors vers l'un des hommes qui avaient porté la malle. Il abaissa aussitôt son arme et s'enfuit dans la nuit. Se désintéressant de lui, Günter s'élança alors sur l'homme à la hache. Un autre commit l'erreur de balancer sa lame dans la direction de Peter et de Sabina. Peter la stoppa du replat de son épée tandis que l'acier de Wolf s'enfonçait dans son flanc exposé. Il glissa à terre sans un bruit. Mort…

Sabina détourna les yeux.

Après s'être promptement débarrassé de l'homme à la hache, Günter pointa sa longue épée sanglante vers Müntzer, toujours emprisonné.

— Que voulez-vous faire de lui ? demanda-t-il avec calme.

Peter, Wolf et Sabina se tournèrent tous vers Müntzer qui, malgré sa blessure, avait réussi à tirer son épée de sa main libre et en menaçait le baron à peine conscient. Sa main tremblait, mais il tenait la lame directement sur le cœur de von Ziegler.

Les yeux agrandis par la peur, ce dernier regardait autour de lui sans rien comprendre.

— Je vais le tuer, siffla Müntzer, le visage rendu livide par la douleur.

Des éclaboussures sanglantes couvraient le côté du coffre métallique.

Malheureusement, à cet instant, le baron vit Sabina.

— Ma fille, supplia-t-il, sauve-moi ! Je suis désolé pour tout le mal que je t'ai fait… Ne le laisse pas me tuer !

— Ma fille ? répéta Müntzer en reportant son attention sur elle. Voilà qui est… intéressant.

À travers ses dents serrées, il ordonna :

— Relâchez-moi tout de suite, sans quoi je tuerai votre père.

Elle contempla le baron, cet homme qui l'avait battue, affamée et enfermée comme un animal, cet homme qui l'avait tourmentée pendant des années. Elle essaya de ressentir un peu de compassion pour lui, de le voir comme un homme faible qui s'était égaré. Mais n'y parvint pas.

— Avez-vous tué ma mère ? demanda-t-elle.

— Quoi ?

Le baron cligna rapidement des yeux comme s'il ne comprenait pas la question.

— Avez-vous tué ma mère ? répéta-t-elle d'un ton tendu.

Il fallait qu'elle le sache. Elle sortit la deuxième clef de sa poche et la lui montra, puis elle l'éleva au-dessus de sa tête en brandissant le poing.

— Dites-moi la vérité, sans quoi je vous laisserai mourir.

— Mais je…, bafouilla-t-il.

La lame de Müntzer se pressa contre sa poitrine, et une perle de sang en coula. Le baron gémit.

— Oui. Oui, mais la mort dans l'âme. C'est ta faute ! Ce n'était pas une mauvaise femme, mais je voulais un fils et elle n'a jamais pu m'en donner d'autre. Si tu n'avais pas tué mon unique héritier, je n'aurais pas été obligé de supprimer ta mère ! Tu es aussi responsable de sa mort que moi ! cria-t-il.

Wolf avança vers lui, les yeux étincelants.

— Espèce de misérable vermine ! C'est moi qui vais vous tuer !

Müntzer menaça aussitôt Wolf de son épée brandie. Günter s'interposa tandis que Peter saisissait le bras de son frère pour le retenir.

Le baron se tourna vers Wolf, fou d'angoisse.

— Vous ! Tuez-le ! Libérez-moi !

— À votre place, je ne le ferais pas, l'avertit Müntzer en montrant son épée à Wolf. Je suis habile de mes deux mains, ambidextre comme on dit. C'est un don du diable...

Il éclata de rire.

— Sauvez-moi, supplia de nouveau le baron. Sans quoi je leur révèle *toute* la vérité.

— Alors vous mourrez à coup sûr, dit Wolf d'une voix blanche.

Il contempla le baron, dont le visage devint gris, mais ses suppliques se muèrent en sanglots pitoyables. Les autres assistaient à l'échange sans comprendre.

Müntzer pointa de nouveau son épée vers le baron. Ses yeux sombres se rivèrent à Sabina.

— La clef, femme. Tout de suite !

Sabina resta immobile, la main tenant la clef toujours bien haute au-dessus de sa tête. Une rage froide l'habitait, salutaire, libératrice. Elle n'avait qu'à jeter la clef et regarder le baron mourir en lâche. Il ne méritait pas mieux. C'était un assassin, cupide et ambitieux...

Mais sa conscience lui soufflait une pensée importune : si elle le laissait mourir ainsi, qu'est-ce que cela ferait d'elle ?

— Dépêche-toi, imbécile ! la somma le baron.

Certaine, désormais, de ce qu'elle devait faire, elle lança son bras en arrière et jeta la clef le plus loin possible.

Les hommes regardèrent la clef décrire un arc de cercle dans la cour intérieure avec la même expression choquée. Elle atterrit avec un bruit sourd quelque part dans la nuit noire. Personne, manifestement, n'aurait cru Sabina capable d'un tel acte – pas même Sabina elle-même.

Elle regarda Müntzer.

— Faites ce que vous avez à faire, articula-t-elle d'un ton glacial. Cet homme ne représente plus rien pour moi.

Elle se dirigea vers Wolf qui, sidéré, lui fit immédiatement un bouclier de son corps.

Un spasme de douleur fit grimacer Müntzer, mais il garda la main crispée sur son épée.

— Eh bien, voilà qui est fâcheux, dit-il.

Wolf avança vers lui et, comme s'ils avaient attendu tacitement ce signal, ses frères brandirent chacun leur épée et l'imitèrent.

— Posez votre arme, ou mourez sur place, déclara-t-il. La prison ou la mort. À vous de décider.

Müntzer secoua lentement la tête, comme s'il déclinait une invitation à souper.

— Je suis navré, mais je n'ai aucune intention d'être incarcéré. Pour moi, la prison signifie la mort. Vous le comprenez. Trouvez la clef et libérez-moi, ou il mourra !

Wolf accorda à peine un regard au baron.

— Vous avez mal choisi votre otage. Qu'il vive ou qu'il meure me laisse de marbre. Vous l'avez constaté, c'est un bien piètre beau-père.

Le baron se mit à vagir.

Müntzer haussa les sourcils. Un filet de sueur coula de son menton.

— Cet elfe bagarreur est votre femme ? Eh bien, je vous plains ! Elle tient davantage de sa mère, manifestement, ajouta-t-il avec un coup d'œil méprisant au baron von Ziegler.

La lame de son épée vacilla un bref instant.

— Nous voici dans une impasse. Que faire ?

Peter prit la parole.

— Vous ne pourrez pas vous enfuir. Vous devez le savoir. Posez votre arme et rendez-vous.

Müntzer contempla le petit groupe posté devant lui.

— Mes chances de m'échapper sont en effet bien minces.

Ses yeux se posèrent à nouveau sur Sabina.

— Quelle vaillante petite guerrière... Dommage. Vous auriez fait une épouse magnifique pour un de mes chefs paysans. Peut-être même pour moi...

Il soupira, résigné.

— Bien. Mais ne gâchons pas pour autant une si belle occasion, n'est-ce pas ?

Sur ces mots, il enfonça son épée droit dans le cœur du baron.

Sabina s'était trompée en pensant ne ressentir qu'indifférence. Ses cris couvrirent presque ceux du baron, quand elle s'élança vers lui. Günter s'interposa, et Wolf crut qu'il allait exécuter Müntzer tout comme il l'avait fait avec les autres hommes. Mais ce n'était pas nécessaire. Dans son état de faiblesse, il s'était évanoui et gisait à présent en travers de la malle, inconscient.

Peter alla examiner d'abord Müntzer, puis le baron. Il leva les yeux vers Sabina.

— Je suis désolé. Le baron est mort.

Wolf soutint son corps tremblant.

— C'était la volonté de Dieu, Sabina. La loi du talion. Nous n'en étions que les instruments. Vous n'avez rien à vous reprocher.

Elle fut saisie d'un frisson, puis elle recouvra son calme en hochant la tête.

Günter toucha Müntzer du replat de son épée.

— Il vaut de l'argent, vous savez, pour qui le livrera aux autorités. Quelqu'un désire-t-il s'accorder ce plaisir ? Non ? Eh bien soit, ce sera donc moi !

Il montra la main de Müntzer, toujours emprisonnée dans le coffre.

— Dois-je lui couper tout simplement le doigt, ou emporter le coffre… ?

— Je vais retrouver la clef ! intervint vivement Peter en élevant les deux mains pour le retenir. Attends, je crois avoir vu où elle est tombée.

Günter haussa une épaule indifférente.

Sabina regarda autour d'elle le carnage et la mort, toutes ces vies perdues, et commença à se sentir réellement mal.

— Excusez-moi, dit-elle en s'éloignant.

Elle courut soulager son estomac dans un coin de la cour, puis s'assit par terre, tremblante. Wolf vint aussitôt à ses côtés et posa une main fraîche sur son front en lui massant le dos.

— Je ne sais que dire pour te rasséréner, hormis que je t'aime.

Elle serra fort sa main. Appuyée contre son corps musclé et solide, elle ferma les yeux et répondit :
— Cela suffit. L'amour suffit toujours.

30

Wolf aida Sabina à descendre de Soliman en la berçant tendrement contre lui. Les hommes étaient convenus que Peter devait se rendre en ville pour informer la Garde des récents événements survenus au château, tandis que Günter escorterait Sabina et Wolf jusqu'à Sanctuaire, avant d'aller échanger Müntzer contre une belle récompense.

Sabina s'était endormie en route ; elle reposait, épuisée, dans les bras de Wolf, encore légère malgré des semaines de bons offices culinaires de Béa.

Wolf se remémora une autre fois où il avait ainsi franchi en la portant le seuil de sa maison. De *leur* maison, à présent, si elle le désirait toujours. Il s'émerveilla de sa bonne fortune quand, soudain, une voix l'interrompit.

— Attends...

Günter l'observait du haut de son cheval, qui dansait sur ses pattes, déstabilisé par la charge supplémentaire que représentait le corps inanimé de Thomas Müntzer. Günter tentait de le maintenir en place avec ses genoux.

— J'aimerais que nous parlions. J'ai des questions au sujet de papa. Au sujet de bien des choses, du reste.

Wolf jeta un coup d'œil à sa femme, puis :

— Et j'ai des réponses. Mais ce n'est pas le moment.

Günter réfléchit un instant, et hocha la tête avant de demander :

— Le moment viendra ?

Wolf soutint son regard clair.

— Oui, le moment viendra.

Après un bref silence, Günter remua sur sa selle.

— Bien, je dois me hâter. Il me faut rejoindre les marchands avec lesquels je voyage. J'étais seulement passé pour te donner des nouvelles. Imagine ma surprise quand j'ai appris de la bouche de Franz la disparition de ta femme. Quoi qu'il en soit, Müntzer va rapporter une coquette somme. Je la partagerai volontiers avec toi...

— Non. Nous ne voulons plus rien de lui ni de ceux de son espèce. Tu en disposeras comme tu l'entends.

Wolf fronça les sourcils.

— Mais pourquoi voyages-tu avec des marchands ?

Günter s'apprêtait à répondre quand Sabina remua contre Wolf. Une brise légère ébouriffait ses cheveux.

— Je dois te laisser, murmura Wolf en rabattant son foulard plus étroitement autour de son visage. Il faut que je m'occupe d'elle.

En levant les yeux, il vit que son frère le regardait avec une étrange expression.

— Te verrai-je plus tard ?

Günter ne répondit pas tout de suite. Puis il hocha la tête.

— Je comprends enfin ton attitude vis-à-vis de tes femmes, mon frère. Tu ne peux être fidèle qu'à une seule à la fois.

Il la regarda, et s'éclaircit la gorge.

— C'est une belle personne. Elle me rappelle... la mienne.

Wolf leva des yeux surpris.

— Comment ? Le valeureux guerrier serait-il tombé amoureux ?

Il s'émerveilla de voir son frère rougir et espéra que leur rancune au sujet de Beth allait enfin être enterrée.

Günter éluda la question d'un haussement d'épaules.

— Comme tu dis, il y aura un temps pour les réponses. T'inquiètes-tu parfois de trop t'attacher ? demanda-t-il en plissant le front. Nous vivons des temps difficiles. Même les femmes fortes ne survivront peut-être pas. Que ferais-tu si le pire arrivait une nouvelle fois ?

Wolf eut l'étrange impression que Günter lui demandait conseil.

— Je continuerais ma route. Ou peut-être pas...

Il baissa les yeux vers Sabina et un doux sourire ourla ses lèvres.

— Mais je garderais quoi qu'il arrive le souvenir du parfum de sa vie.

Il pensa qu'il devait avoir l'air idiot et leva un œil penaud vers son frère.

— Que veux-tu dire ? demanda Günter.

— Rien, dit Wolf, et ce fut son tour d'être gêné. C'est une chose qu'elle m'a dite un jour. Peu importe. Va ! Je serai ici à ton retour. Que Dieu te garde.

Günter hocha la tête et approcha son cheval de son frère. Leurs regards se croisèrent. Günter se pencha et donna une tape sur l'épaule de Wolf dans un geste d'adieu silencieux, puis il fit pivoter sa monture.

Wolf se tourna vers la porte. Franz et Béa l'attendaient avec anxiété.

— Un bain pour ma femme ! cria-t-il. Et à manger. Tout de suite.

La vapeur s'élevait en volutes nonchalantes au-dessus du corps de Sabina. Elle jeta un coup d'œil à Wolf, étrangement silencieux. Après lui avoir lavé les cheveux avec le savon parfumé de Béa, il rinça ses longues mèches avec un soin méticuleux et enveloppa la lourde masse dans un grand linge. Il la savonna ensuite avec une tendresse précautionneuse. Il laissa ses doigts glisser sur son ventre, où il hésita un instant avant de reprendre ses doux effleurements.

Sabina s'abandonna à ses caresses, heureuse de le sentir auprès d'elle, heureuse du contact de ses mains, n'aspirant à rien d'autre. Du moins jusqu'à ce que les doigts de Wolf s'insinuent entre ses cuisses entrouvertes. Aussitôt, elle sentit tout son corps s'éveiller sous ses doigts.

Elle souleva les hanches, le cherchant, réclamant sa caresse. Leurs regards se croisèrent et elle lut dans celui de Wolf de l'hésitation et... de l'incertitude ?

— S'il te plaît, dit-elle en réponse à sa question muette.

Il plongea alors le bras dans l'eau, glissant le doigt dans cette partie d'elle qui n'appartenait qu'à lui. Elle appuya sa tête contre le bord de la baignoire et se laissa aller avec un soupir.

Il la regarda, attentif à ses réactions, désireux de la satisfaire sans se presser. L'orgasme, quand il vint, fut doux et lent, et d'autant plus intense. Enfin, elle relâcha son souffle dans un gémissement sourd, et saisit son poignet alors qu'il allait ôter la main de l'eau. Puis elle se leva, ruisselante, et tendit les bras vers lui, prête à partager l'acte ultime de possession et de don. Il l'imita mais, à sa surprise, il garda ses distances.

— Sabina, commença-t-il, et elle fut frappée par la pointe de tristesse dans sa voix. Nous devons parler...

— Maintenant ?

Il hocha la tête à contrecœur.

— Oui. Il ne serait pas correct que j'agrée à ton désir sans...

— Sans... ?

Il passa une main sur le front de la jeune femme et la fit glisser le long de sa joue.

— Sans tout te dire.
— Tout ? À quel sujet ?
— Moi. Nous. Pourquoi nous nous sommes mariés. Ce que j'ai fait...

— Que dis-tu ? Qu'as-tu fait ? demanda-t-elle, la peur faisant soudain place au désir.

— J'ai compris, ce soir, quand j'ai failli te perdre... que tu devais être libre de choisir. Or pour choisir, tu dois connaître la vérité. C'est le seul moyen.

Sabina fronça les sourcils d'un air interrogateur ; devant son regard clair, il détourna les yeux.

— Viens. Assieds-toi, reprit-il en lui tenant une serviette chaude. Je vais tout t'expliquer. Ensuite tu choisiras.

— Je choisirai quoi ? demanda-t-elle d'une voix trop aiguë.

Il cligna des yeux, et elle y lut son désespoir.

— Si tu souhaites rester ou partir.

— Rester ! répondit-elle spontanément.

— Non. Pas comme cela.

Il la déposa sur le lit et s'assit à côté d'elle en poussant un lourd soupir.

— Tu sais que je t'aime. Je ne peux le nier. Après avoir appris ce que j'ai à te dire, j'espère seulement que tu t'en souviendras. Sache aussi que je veux que tu restes à mes côtés, car tu es ma femme dans tous les sens du terme. Mais si tu décides de partir, je respecterai ton choix et ferai tout ce qui est en mon pouvoir pour t'accorder ta liberté.

— Wolf, tu me fais peur..., chuchota-t-elle.

— Pardonne-moi.

Il lui prit les mains et les contempla.

— Bien. Finissons-en. Un jour, j'ai dit qu'en tant qu'époux, nous ne devons avoir aucun secret l'un pour l'autre. Il en reste un, pourtant. Il s'agit de mon père.

Il baissa les yeux.

— Sa mort n'était pas accidentelle. Tu sais qu'il s'était attiré des ennuis, de graves ennuis. Il s'était endetté à un point impossible à surmonter.

Il releva la tête et la regarda.

— Ce que tu ignores, c'est que, incapable de supporter le poids de ses engagements, la honte de ses échecs, il... il s'est donné la mort.

Elle poussa un cri, choquée, et se redressa.

— En es-tu certain ?

— Oui. Il n'est pas tombé des Falaises Blanches par accident sous la pluie, comme chacun le suppose. Il s'est jeté dans le vide. Il a laissé une lettre dans sa poche. C'est moi qui l'ai retrouvé avant le reste de la battue. J'ai rapporté la lettre à la maison et l'ai brûlée dans la cheminée. Puis j'ai péché, j'ai menti au prêtre afin que mon père soit enterré dans une terre consacrée, car l'Église condamne le suicide.

Il passa la main dans ses cheveux emmêlés.

— Pire, le baron l'a vu sauter et est venu me trouver ensuite en me menaçant de divulguer l'information si je n'acceptais pas son plan. L'humiliation que cela nous aurait causée, ou les conséquences sur l'avenir de ma famille, m'étaient insupportables.

Il haussa une épaule impuissante.

— À l'époque, je croyais que Peter voulait épouser Fya. Sa famille n'aurait jamais accepté cette union si cela s'était su. J'ai pensé aussi à Gisel. Quel espoir aurait-elle eu de trouver un époux si l'on avait su que son grand-père était mort d'une mort non sanctifiée et que sa famille ne payait pas ses dettes ?

Avec un soupir, il poursuivit :

— C'est ainsi que j'ai accepté de te prendre pour femme.

Il se leva.

— Du moins, c'est ce que je me suis dit.

— Tu avais les meilleures des raisons, je regrette simplement de ne pas l'avoir su plus tôt.

— Mais ce ne sont pas les véritables raisons qui ont légitimé ma décision, dit-il avec calme.

Sabina pinça les lèvres.

— Pourquoi, alors ?

Il carra les épaules et son regard devint lointain.

— La vérité, c'est que j'avais honte. Non de papa, mais de moi. Il est venu à moi quelque temps avant son décès. Il m'a demandé de l'aider. Et je... j'ai refusé.

Wolf, l'homme qui volait à l'aide de tous, qui endossait des responsabilités qui n'étaient même pas les siennes, qui combattait des ennemis mortels avec aplomb ?

— Cela ne te ressemble pas. Tu devais avoir une très bonne raison, dit-elle d'un ton convaincu.

Le cœur rempli de tristesse, Wolf sourit à la femme qui, encore maintenant, essayait de l'absoudre.

— Je le croyais, à l'époque. Il avait une idée, une idée folle, qui aurait plongé nos deux commerces dans la faillite si je l'avais adoptée. J'avais travaillé si dur pour démarrer mes propres imprimeries. Je leur avais consacré des années de ma vie. Elles commençaient tout juste à connaître le succès. Ce sont les seules choses qui m'ont fait tenir après la mort de Beth. Ça, et ma fille.

Il se rappelait avec une précision vivace la dispute qu'ils avaient eue ce jour-là...

« J'imprimerai une nouvelle bible, meilleure que celle de Gutenberg ! s'était exclamé son père en claquant une main sur le bureau de Wolf. Sur papier vélin, et non avec de la pâte à papier comme celle qui sert dans les latrines.

— Ça n'intéressera jamais personne, papa, avait protesté Wolf en se levant. La dimension du cadre est trop grande. Tu n'as pas d'acheteurs, et le vélin coûte une fortune. Il ne passe même pas bien dans la presse. C'est réservé aux scribes. Aux commandes spéciales. Or tu n'en as pas ! Le temps de ce type de bibles est passé ! Et d'ailleurs, où trouverais-tu l'argent pour les matériaux ?

— C'est toi qui vas me le donner. Investis dans mon projet, fils, et nous serons riches tous les deux. Tu verras ! Nous engagerons les meilleurs copistes pour enluminer les feuilles. Nous construirons une nouvelle presse s'il le faut, mais l'investissement en vaudra la peine. »

Wolf avait serré la mâchoire.

« N'importe quel imprimeur sait que le marché est en faveur des bibles peu encombrantes et abordables. Sans commande, c'est de la folie d'imprimer quelque chose de plus grand. »

Il s'était penché au-dessus du bureau.

« Tu te criblerais de dettes si tu accomplissais ce projet, et moi avec.

— Tu te trompes, mon fils. Je te le prouverai si tu m'avances l'argent. »

Ils s'étaient disputés pendant des heures. Wolf se rappelait les derniers mots qu'il avait dits à son père :

« Je suis désolé, papa. Je t'aime, mais je ne t'aiderai pas à te détruire. »

— Papa n'a pas voulu en démordre et a monté son projet sans moi, expliqua-t-il à Sabina. Il s'est lourdement endetté, a essayé de jouer pour se refaire, en vain. Mon refus l'a entraîné dans une spirale infernale qui a fini par le pousser au suicide.

— Oh, Wolf..., dit doucement Sabina en lui touchant la main.

Il revit le visage de ce père qu'il aimait, ce père qui l'avait imploré d'investir dans son rêve.

— C'était mon père. J'avais l'obligation de tout faire pour l'aider. Mais j'ai fait passer la raison et l'argent avant la famille. J'ai fini par comprendre mon erreur et j'ai voulu revenir sur ma décision, mais il était trop tard. Papa était déjà mort.

Sa voix se brisa, et il détourna le visage avant qu'elle ne voie les larmes dans ses yeux.

— Voilà, tu sais maintenant que je suis un lâche et un fils indigne. Et, de ce fait, que je suis responsable de la mort de mon père. Je voulais te le dire afin que tu saches quel genre d'homme tu avais épousé. Si tu choisis de te séparer de moi maintenant, je le comprendrai.

Il alla vers la fenêtre et posa ses mains sur la vitre froide, attendant le verdict.

Sabina regarda le profil de son mari, marqué par le chagrin et la douleur, et comprit ce que lui avait coûté son refus d'aider son père. Ce que cela lui coûtait encore.

Soudain, il se retourna et ajouta :

— Mais je prie le ciel pour que tu ne partes pas. J'ai bien des raisons de souhaiter que tu restes, mais la plus importante, la seule qui compte, c'est que je t'aime plus que ma propre vie, et je passerai le reste de mes jours à m'efforcer de rétablir mon honneur. Afin que tu sois fière de moi. Je veux que tu sois fière de moi, dit-il d'une voix à peine audible. Peu me chaut ce que peuvent penser les autres, tant que j'ai une chance de gagner ton respect.

Elle le regarda.

— C'est impossible...

La douleur qu'elle vit dans ses yeux faillit lui briser le cœur.

— ... comment peux-tu gagner une chose que tu as déjà ? acheva-t-elle doucement.

Le soulagement illumina son visage, mais il semblait encore hésiter à croire ce que le sourire de Sabina et ses mots lui disaient.

— Tu n'as pas... honte de moi ? De ma lâcheté ?

Elle toucha son visage.

— Wolf, tu n'es pas fautif. Ton père a fait un choix. Plutôt que de regarder les choses en face, de reconnaître ses erreurs, d'essayer de se racheter, il t'a obligé à porter le poids de sa disgrâce. C'est ce qu'il a commis, *lui*, qui est un véritable acte de lâcheté.

Wolf secoua la tête.

— Il ne savait plus où il en était. Il était désespéré.

Elle le fit taire en posant un doigt sur sa bouche.

— Je sais que tu l'aimais, mais je le répète, de vous deux, c'était lui le lâche. Abandonner sa famille et la laisser payer pour les conséquences de ses actes, t'obliger à conclure un pacte avec le baron… ce sont les actes d'un homme dénué de tout courage. Tu ne peux te tenir pour responsable des agissements d'un tel homme, malgré tout l'amour que tu lui portais.

Elle caressa sa mâchoire contractée.

— Qui plus est, si tu lui avais donné ce qu'il voulait, comment savoir si l'échec de son projet ne l'aurait pas incité à commettre le même acte désespéré ?

Wolf garda un moment le silence, puis secoua la tête.

— Tu as raison. Papa a toujours été un homme mélancolique, enclin à des émotions incontrôlées, et cela s'est accentué encore à la fin de sa vie. Comme s'il ne maîtrisait plus ses passions, comme si elles le gouvernaient à défaut de sa raison et de sa logique. Dans ses moments les plus sombres, il ne voyait rien à espérer de l'avenir.

— Il devait être de cette humeur lorsqu'il a décidé d'en finir avec l'existence. Tu n'en es aucunement responsable. Tu as bien fait de refuser ce qu'il te demandait, sous peine de mettre en péril l'héritage de ton enfant. Comment te serais-tu occupé de Gisel, si tu avais perdu l'imprimerie ?

— Je n'aurais pas pu, admit-il.

Elle plaça une main sur le cœur de Wolf pour essayer de lui communiquer la force qu'il lui avait un jour insufflée.

— Mon cher amour, ce n'est pas ta faute. Ni toi ni moi ne sommes responsables des péchés de nos pères. Que l'héritage de culpabilité et de honte meure avec eux aujourd'hui !

Wolf soutint son regard longuement. Puis il posa la main sur la sienne et essaya de parler, mais aucun mot ne franchit ses lèvres. Enfin, il l'embrassa, avec la délicatesse d'un papillon se posant sur une fleur.

— Pardonne-moi de ne pas t'avoir fait confiance et révélé la vérité plus tôt, prononça-t-il enfin. Merci.

— Bien sûr que je te pardonne.

Elle passa les bras autour de sa taille et enfouit son visage dans sa poitrine en humant son odeur virile si particulière. Le linge tomba de ses épaules et elle ne le retint pas. Elle leva vers lui un visage souriant.

— Viendras-tu au lit, à présent, mon mari ?

Il sourit et laissa glisser ses mains sur les hanches nues de Sabina.

— Aucune puissance sur la surface de la Terre ne pourra m'éloigner de... ma femme.

Épilogue

Wolf regardait quelque chose au fond du jardin, aveugle à la profusion de fleurs rouges et jaunes qui ondoyaient dans la brise. L'objet de son attention se tenait immobile sur un banc, au milieu de la splendeur printanière, le visage tourné vers le soleil comme l'une des centaines de roses ornant le sentier. Les yeux fermés, Sabina savourait avec délices la caresse du soleil sur sa peau et, pour la première fois depuis des semaines, elle avait l'air serein. Il hésita à la déranger, mais il était temps qu'ils parlent. Plus que temps.

Ils avaient enterré le baron von Ziegler un mois plus tôt. Günter avait livré Müntzer à Thuringe, où il avait été jugé par l'État, torturé à titre d'exemple, puis décapité pour ses crimes.

Les documents que recélait le coffre avaient été édifiants. D'anciens papiers faisaient état de l'héritage dû à Sabina. Le nouveau prince-électeur la déclara seule et unique héritière des biens de sa grand-mère et de tous ses titres.

Plus stupéfiant, le navire marchand du baron arriva au port peu après son enterrement. Apparemment, il n'avait pas été perdu en mer. S'il avait vécu quelques jours de plus, le baron aurait vu toutes ses machinations aboutir. Au lieu de cela, c'est Sabina et – grâce à la générosité de cette dernière – Agnès qui s'étaient partagé les bénéfices, devenant ainsi deux des femmes les plus riches de Saxe électorale. Sabina avait reversé une partie de sa fortune pour rembourser à la ville les fonds détournés par le baron, et y avait ajouté une donation.

Bien qu'elle eût professé son amour pour Wolf depuis le soir de sa confession, et bien des fois par la suite, elle n'avait pas encore parlé de la chose la plus importante : l'enfant qu'elle portait. Wolf était convaincu qu'elle était enceinte. Tous les symptômes étaient là, jusqu'au renflement de son ventre à mesure que leur bébé grandissait. Elle devait le savoir, maintenant. Pourtant, elle n'avait toujours rien dit.

Il s'impatientait. Il avait envie de faire des projets.

En ouvrant les yeux, Sabina se trouva face au visage inquiet de Wolf. Un lent sourire s'épanouit sur le visage de la jeune femme, qui se leva pour se lover dans ses bras.

— Bonjour, mon bel amour, murmura-t-elle.

Wolf rougit.

— Allons donc ! répondit-il en l'embrassant avec passion.

Elle se dégagea avec un sourire malicieux.

— Oh, mais si, tu es beau, inutile de nier.

Elle passa un doigt sur ses sourcils racés, son nez autrefois cassé, l'angle de sa mâchoire.

— Tu es le plus bel homme du monde. Avec ton physique, et mon intelligence, comment nos enfants pourraient-ils être vilains ? le taquina-t-elle.

Le regard de Wolf s'éclaira.

— À propos d'enfants...

Il l'enlaçait toujours.

— Oui ? murmura-t-elle en caressant d'un doigt la peau douce de ses lèvres.

— Y penses-tu, ces derniers temps ?

— Eh bien oui, justement. Comment l'as-tu deviné ?

Elle s'en voulut de jouer ainsi avec lui, mais c'était plus fort qu'elle.

— Oh, mon petit doigt me l'a dit, répondit-il avec un sourire satisfait. Aurons-nous donc de bonnes nouvelles à Noël, cette année ?

— Je ne sais pas. Crois-tu que les ouvriers auront terminé à temps ?

Il la considéra sans comprendre et demanda précautionneusement :

— Ah, peut-être ne parlons-nous pas de la même chose ?

Elle se tourna légèrement de côté pour cacher son sourire et feignit de s'intéresser à l'un des rosiers.

— Eh bien, je me demandais s'ils auraient le temps de finir la restauration du château pour Noël. Ce serait la période idéale pour que tous les enfants s'installent dans leur nouvelle maison, n'est-ce pas ?

— Tous les enfants ? répéta-t-il, éberlué.

Elle cueillit une rose somptueuse et y plongea le nez en essayant de ne pas éclater de rire.

— Bien sûr, voyons, ce ne serait pas un orphelinat s'il n'y avait qu'un enfant...

Le silence dans son dos fut assourdissant. Enfin, elle hasarda un coup d'œil dans sa direction.

— Tu as décidé de transformer le château en orphelinat ? dit-il d'une voix qu'il voulait neutre.

— Oui. J'espère que tu n'y vois pas d'inconvénient. L'idée de vivre au château ne me séduit absolument pas. Il s'y est passé trop de choses pour que j'y sois heureuse un jour.

Elle réprima un frisson, comme si un nuage était passé devant le soleil.

— J'espère y créer de nouveaux souvenirs, plus joyeux, en remplissant cet endroit d'enfants qui ont besoin d'amour.

Wolf fronça imperceptiblement les sourcils.

— Cela représente beaucoup de travail, il me semble. Je veux dire, étant donné que... ?

Il laissa planer un silence éloquent.

— Oh, non, pas du tout. Il faudra bien entendu un certain temps pour établir le refuge des religieuses, mais j'ai déjà trouvé un maçon qui peut rénover le château. Je compte parler au professeur Luther demain au sujet des anciennes nonnes avec lesquelles j'ai voyagé jusqu'à Wittemberg. Elles voudront certainement se rendre utiles.

Elle se rembrunit.

— Quand je pense au nombre de jeunes enfants de paysans qui se retrouvent sans père après la révolte, je pense que fonder un orphelinat est la moindre des choses. J'aime l'idée de faire bon usage des biens mal acquis du baron. Avec les revenus de la cargaison, nous pourrons loger et nourrir une cinquantaine d'enfants.

— Sabina, dit-il doucement en l'attirant à nouveau contre lui, tu ne dois pas considérer l'argent de cette façon. Il fait partie de ton héritage.

— Je peux donc en disposer à ma guise. À moins que mon mari n'y voie une objection ? ajouta-t-elle en s'écartant légèrement.

Son expression signifiait clairement que, le cas échéant, il pouvait s'attendre à dormir seul pendant les prochains mois.

— Non, aucune, voyons ! s'empressa-t-il de répondre.

Elle se blottit de nouveau contre lui, délibérément lascive, et il resserra les bras autour d'elle.

— Tant mieux. Et puis, ajouta-t-elle en se hissant sur la pointe des pieds et lui mordillant le menton, cela m'occupera en attendant l'arrivée du bébé.

Distrait, Wolf marmonna :

— C'est bien.

Puis :

— Quoi ?

— Et, après la naissance, poursuivit-elle, nous pourrons enseigner aux anciennes religieuses à devenir nourrices et gouvernantes, comme Barbara et Béa, afin qu'elles ne soient pas condamnées à rester nonnes ou à se prostituer.

Elle ouvrit les pans de la chemise de Wolf et, avec un soupir, caressa sa peau nue. La rose tomba, oubliée, sur les dalles. Elle encercla du pouce un de ses tétons cuivrés.

Wolf lui saisit les doigts et les écarta. Son regard vert intense était rivé au sien. Visiblement déchiré entre le désir de l'allonger derrière les rosiers et celui d'entendre, une bonne fois pour toutes, qu'il allait être à nouveau père, il demanda :

— Qu'y a-t-il, Sabina ? Pour l'amour du ciel, dis-le-moi clairement.

Elle rit et referma les mains autour de son cou.

— Nous allons avoir un enfant, Wolf. Un petit bébé rien que pour nous.

Le visage de Wolf s'illumina, mais son sourire joyeux s'éteignit soudain.

Sabina eut l'impression d'entendre les pensées qui le torturaient : il craignait qu'elle ne perde la vie, comme la mère de Gisel lorsqu'elle l'avait mise au monde...

C'était d'ailleurs la raison pour laquelle elle avait tant tardé à le lui annoncer. Elle voulait être certaine que tout se présentait bien.

Elle serra sa chemise, l'attira tout contre elle et lui souffla :

— Wolfgang Philip Matthew Behaim, regarde-moi.

Il obéit.

— Je ne suis pas Beth, dit-elle avec ferveur. Je suis en parfaite santé, et solide comme un roc. J'ai survécu à bien plus que la plupart des hommes ne pourraient endurer en une seule vie. Et je ne vais *pas* mourir. Ce bébé va naître, et nous aurons un fils ou une fille magnifique à élever ensemble aux côtés de notre adorable Gisel, et d'autres encore ensuite, car nous vivrons heureux et comblés. Me comprends-tu bien ?

Il acquiesça de la tête.

— Oui. Oui, ma petite femme, je comprends.

Wolf sentit soudain un grand soulagement et une indicible joie déferler dans tout son corps. La serrant contre lui à lui faire mal, il lui donna un baiser fou, passionné, un baiser qui, une fois de plus, choqua les domestiques.

Ce n'était pas la première fois. Et ce ne serait pas la dernière...

Postface de l'auteur

Pour écrire ce livre, et mieux connaître la période des débuts de la réforme luthérienne, j'ai consulté les ouvrages de plusieurs historiens, notamment Steven Ozment, William J. Petersen, Dietrich Steinwede, Roland H. Bainton et David N. Durant. Un remerciement tout particulier à M. Ozment, professeur d'histoire à la Harvard University, et au professeur John Flood, de la University of London School of Advanced Study, Institute of Germanic Studies, pour leurs généreuses réponses à mes questions. Il va de soi que toute erreur historique ne saurait être imputable qu'à moi et à moi seule.

Merci également aux personnes de la International Printing Museum Foundation à Carson, Californie, de m'avoir permis d'actionner une véritable presse Gutenberg. Le musée est ouvert au public et les dons sont bienvenus pour soutenir cette belle cause (www.printmuseum.org).

Ceux qui s'intéressent à l'aristocratie allemande peuvent se rendre sur le site alt.talk.royalty sur

Internet. Je dois énormément à un article rédigé par Gilbert von Studnitz, pour ses excellentes explications quant à la hiérarchie chez les nobles allemands. Là encore, si erreur il y a, elle n'est due qu'à moi.

Bien que les héros principaux de ce roman soient entièrement fictifs, j'ai incorporé à la trame du récit des personnages historiques et des événements réels. Martin Luther, Thomas Müntzer, le prince-électeur Frédéric le Sage, Philippe de Hesse, le duc Jean de Saxe, le professeur Philippe Melanchton, l'imprimeur Hans Lufft et l'artiste et banquier Lucas Cranach sont tous contemporains de ces temps troublés. L'empereur Charles V a envoyé des mercenaires allemands dans la région pour mater les soulèvements des paysans. Müntzer a fini par être arrêté et livré en Thuringe, où il a été torturé et exécuté.

La guerre des paysans a duré de 1524 à 1525. J'ai raccourci cette période dans mon récit pour des raisons littéraires. Des réformes modérées ont finalement été votées, mais les paysans ont payé le prix fort. Les nobles ont écrasé les révoltes : quelque 70 000 à 100 000 paysans misérablement armés ont perdu la vie contre les unités de cavalerie et d'artillerie envoyées contre eux par la noblesse aussi bien protestante que catholique.

J'ai tissé l'histoire de mon héroïne Sabina von Ziegler en me fondant sur des anecdotes authentiques : Martin Luther a aidé douze religieuses à s'échapper du couvent de Nimbschen comme il est décrit dans le livre, il leur a donné un asile, leur a trouvé une situation ou un mari et en a lui-même épousé une : Katherine von Bora – « sœur Katie » –, l'amie de Sabina.

*Découvrez les prochaines nouveautés
de nos différentes collections J'ai lu pour elle*

Le 7 décembre

Inédit — **Trois destinées - 3 - L'idéaliste**
ೞ **Tessa Dare**
Isabel Grayson a un rêve : devenir une femme d'influence luttant contre les injustices sociales grâce à la fortune et au rang social de son mari. Sir Tobias Aldridge est loin de correspondre à cet époux idéal, et pourtant, si elle parvient à transformer cet incorrigible séducteur en un homme respectable, elle obtiendra ce qui lui est si cher, le respect de tous. Mais Isabel se livre à un petit jeu de persuasion très dangereux, où elle pourrait bien y perdre son cœur...

Trahisons dans les bayous ೞ **Candice Proctor**
La Nouvelle-Orléans, 1862. Emmanuelle est entièrement dévouée au service des blessés sudistes qui arrivent à l'hôpital du docteur Santerre, jusqu'au jour où elle assiste au meurtre de ce dernier, tué par une flèche. La jeune femme est certes le principal témoin mais aussi... suspectée du meurtre ! L'enquête est confiée à Zachary Cooper, major de l'armée occupante. Emmanuelle le hait, ce bleu, cet ennemi ! Et pourtant, elle n'a pas le choix : il lui faudra coopérer...

Les sœurs Lockwood - 2 -
Mauvaise réputation ⋈ **Julie Anne Long**
Sylvie Lamoureux, brillante ballerine à Paris, est promise à un bel avenir. Pourtant, quand elle apprend l'existence d'une sœur quelque part en Angleterre, elle abandonne tout et part la retrouver. Mais, rejetée par cette dernière et spoliée par un brigand, Sylvie se retrouve à la rue. Il ne lui reste plus qu'à quémander l'aide de Tom Shaughnessy, le directeur d'un théâtre à divertissements polissons. Sylvie est danseuse ? Parfait ! Elle aura donc le premier rôle de son prochain spectacle...

Inédit *Les sœurs Lockwood - 3 -*
Le secret de la séduction ⋈ **Julie Anne Long**
Sabrina Farleigh aime Geoffrey Gillray mais celui-ci n'a qu'un rêve, partir pour l'Afrique. Dans l'espoir de financer ses projets, il se rend chez son cousin Rhys Gillray, duc de Rawden, le seul capable de l'aider. Surnommé le Libertin, Rhys est célèbre pour sa poésie frivole et audacieuse. Certaine que son bonheur futur aux côtés de Geoffrey se joue entre les mains du scandaleux Rhys, Sabrina s'introduit chez lui. C'est sans savoir que l'impénitent séducteur fera d'elle sa nouvelle proie...

Le 7 décembre

Sous le charme d'un amour envoûtant
CRÉPUSCULE

Inédit ***Les réfugiés de l'apocalypse*** ∞ **Joss Ware**

En 2010, une série de tremblements et de tempêtes dévastatrices ont ravagé la Terre, puis une étrange maladie a entraîné la mort d'une grande partie de l'humanité. Cinquante ans plus tard, les survivants et leurs descendants ont rétabli la vie dans les ruines de leur ancien monde, à l'écart des mystérieux « étrangers » immortels. Simon Japp et ses compagnons ont échappé aux catastrophes et se sont réveillés d'un profond sommeil, dotés de dons surnaturels. Hanté par les remords et ses souvenirs, Simon vit en solitaire, replié sur lui-même. La sublime Sage Corrigan, une jeune femme née après la fin du monde, est très attirée par cet homme farouche et décide de l'approcher. C'est alors bien plus que leurs destins qu'ils vont désormais engager...

Le 7 décembre

FRISSONS

Du suspense et de la passion

La dernière trahisons ⋖ **Julie Gardwood**
Théo Buchanan, séduisant procureur fédéral, est pris d'un terrible malaise lors d'une réception donnée en son honneur à La Nouvelle-Orléans. Lorsque la jeune chirurgienne, Michelle Renard, vient à son secours, elle ignore à quel point cette rencontre va bouleverser son existence et l'entraîner dans une aventure où l'amour n'est pas le seul maître du jeu. Un gang d'escrocs a lancé à ses trousses un tueur à gages pour récupérer des documents compromettants qu'elle détient à son insu. Théo pourra-t-il protéger la femme qu'il aime et qui lui a sauvé la vie ?

Inédit *Le voile de la nuit* ⋖ **Linda Howard**
Organisatrice de mariages, Jaclyn Wilde travaille d'arrache-pied pour satisfaire les moindres caprices et demandes de Carrie Edwards. L'affaire tourne au cauchemar quand Carrie est sauvagement assassinée...et que Jaclyn devient l'une des principales suspectes. Le détective Eric Wilder, en charge de l'enquête, a bien du mal à distinguer le vrai du faux et son travail de son attirance pour Jaclyn ! Tandis que la tension monte, le meurtrier se rapproche...

Le 7 décembre

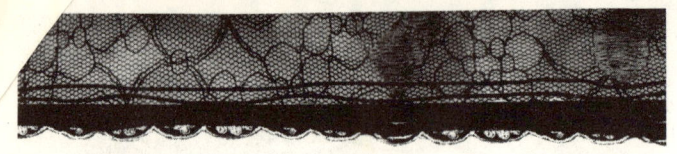

Passion intense

Des romans légers et coquins

Inédit — ***Nuits blanches - 3 - L'ombre de minuit***
cx **Lisa Marie Rice**

En une nuit, lors d'une violente agression dont elle n'a plus le moindre souvenir, la talentueuse musicienne Allegra Ennis a perdu la vue, son père et sa carrière. Désormais, elle est seule dans un monde où il fait toujours nuit. Sa seule compagnie, ce sont ces terribles cauchemars qui ne cessent de la hanter… et un assassin qui la traque, guettant chacun de ses pas. Sa rencontre avec l'ancien soldat Douglas Kowalski, défiguré par la guerre, marque un tournant décisif dans sa vie. Douglas ne s'attendait à vivre qu'une nuit ardente et passionnelle aux côtés de la sublime jeune femme, mais il réalise pourtant une chose : Allegra fait désormais partie de sa vie et, s'il veut la garder auprès de lui, il doit à tout prix la protéger…

Inédit — ***Les combattants du feu - 5 - Piégé par les flammes*** cx **Jo Davis**

Il y a plusieurs années, le capitaine Sean Tanner a perdu sa femme et ses enfants lors d'un tragique événement. Bouleversé, il a longtemps noyé sa peine dans l'alcool. Désormais guéri de ses démons, Sean s'apprête à entamer une vie nouvelle mais sa tranquillité est mise à l'épreuve par sa rencontre avec la magnifique et sensuelle Eve Marshall. Habité par un ardent désir, Sean revit. Jusqu'à découvrir l'effroyable vérité : l'accident ayant causé la mort de sa famille était le fait d'un criminel. Poussé par les fantômes du passé, il commet alors un acte irréparable, qui pourrait bien anéantir sa vie et celle de ceux qu'il aime. Eve la première…

Et toujours la reine du roman sentimental :

Barbara Cartland

« Les romans de Barbara Cartland nous transportent dans un monde passé, mais si proche de nous en ce qui concerne les sentiments. L'amour y est un protagoniste à part entière : un amour parfois contrarié, qui souvent arrive de façon imprévue.
Grâce à son style, Barbara Cartland nous apprend que les rêves peuvent toujours se réaliser et qu'il ne faut jamais désespérer. »
Angela Fracchiolla, lectrice, Italie

Le 7 décembre
Je t'ai cherchée toute ma vie
Premier bal

9646

Composition
FACOMPO

*Achevé d'imprimer en Italie
par  Grafica Veneta
le 2 octobre 2011.*

Dépôt légal : octobre 2011.
EAN 9782290029169

ÉDITIONS J'AI LU
87, quai Panhard-et-Levassor, 75013 Paris

Diffusion France et étranger : Flammarion